Lost in Text
Meta-Reading in American Literature

精読という迷宮

アメリカ文学の
メタリーディング

[編著]
吉田恭子
竹井智子

[著]
高野泰志
中西佳世子
島貫香代子
舌津智之
杉森雅美
森慎一郎
伊藤聡子

松籍社

目　次

第二部　精読を精読する

目次

精読という迷宮——アメリカ文学のメタリーディング

はじめに

吉田　恭子

精読の初心に返る?

本書はアメリカ文学研究と教育に大きな影響力をもってきた精読という制度を再検討することを目的に編纂された。二〇一三年から精読読書会として始まり、二〇一五年からは科研費助成事業「一九世紀から二一世紀アメリカ文学に見る書く行為と読む行為の相互作用に関する研究」(課題番号 JP15K02369)として継続してきた私たちの研究は当初「初心に返る」と呼ぶことさえ恥じらわれるほど素朴な問いから始まった。あらためて、精読とは何であろうか。そこには、真に精読という名にふさわしい読みに巡り逢うことはきわめて稀であるが、なんとかして自分たちもその「精読の境地」にたどり着きたいという動機があった。

文学研究で精読が不可欠のスキルであり手順であることに反論はないだろう。あらゆるテクスト研究が精読の成果であることを自負している。「世界文学」研究の台頭で話題になった「遠読」ですら、一方で各国語文学の精緻な読みが基盤にあるという前提の上に成り立っている。ここには精読の氾濫と欠如という一見矛盾する文学研究の現実がある。

アメリカ文学における「精読」(close reading)はより慎重な扱いが必要だ。ゆっくり丁寧に詳しく無心に読むということでもなければ、読みの精度を上げる技巧や理論の習得でもなく、それが高度に政治的な読み方であることを今日私たちは知っているはずだからである。

日本におけるアメリカ文学の精読は、漢学的伝統に由来する訓詁学的な作業と、二〇世紀半ばの南部の文芸誌『フュージティヴ』や『ケニヨン・レヴュー』由来の新批評的方法論との折衷的なアプローチを指すことが主流であろう[1]。これに加えて、六〇年代以降の脱構築主義的文学理論に導かれて、文芸テクストプロパーのみならずあらゆる現象にまで拡大されたテクストの森に分け入り、その精妙な差異を読み解きつつ森を横断する行為もまた精読であると、ジェーン・ギャロップをはじめとする近年の精読擁護者たちは主張するが、文学理論上の違いがあり相容れない点も多いからか、日本では文学理論の台頭で精読をないがしろにするようになったという見方が根強く、前者の組み合わせがもっぱら精読とされる傾向がある。両者の見解の違いからも明らかなことは、精読とは文学研究の基本という点で異論は生じないものの、普遍的・客観的・科学的分析手段ではなく、それがいったい「なにを・どのように・なんのために」読むのかという共通理解を欠いた、むしろ特定の思想・哲学を伴う極めて多様な実践のありようであり、視角であることである。

新批評的精読は対象テクストを歴史的・社会的文脈や作者の伝記から切り離し、それ自身で自律的な有機体とみなすことから、厳密かつ客観的な手法である印象を与えてきたし、また自らそう主張してきた。かかる手法で高く評価される作品は作者の名声によるのではなく、純粋にその形式的構造美の賜物であるという訳である。文学作品の生態研究ではなく解剖こそがその本質に迫りうるという教義は、外国文学としてアメリカ文学を読む者には都合がよい。その一方で、その作品を生み出した（原則的には匿名で入れ替え可能なはずの）作者は、作品がひとつの独立した美的世界をなす限り、絶対的な存在となる。新批評がジョン・クロウ・ランサム、アレン・テイト、クレアンス・ブルックスら南部のモダニズム詩人らを中心に展開したことを思い起こすまでもなく、新批評は書き手の背景を問わぬことでその権威を中和するように見せながら、テクスト創造主を神秘的に超越した存在へと変容させるのである。おそらく日本における脱構築的な精読への抵抗には、文学作品の作者の権威をめぐる葛藤がからんでいる。

新批評はまた戦後冷戦体制下において「審美的判断」を基準にモダニズム文学を再定義することで、イデオロギー的には多岐にわたった戦間期の実験的文学を「脱政治化」することに成功した。戦間期の革新的文学の歴史を傍流化したのである。その結果、南部農本主義を背景とした人文主義が正常化されるとともに、共産圏文学に対するアメリカ文学の自由という優位性の根拠となった。

そうしてセス・モグレンの言葉を借りると「苦痛ながらの黙認」(pained acquiescence) (Moglen 11) を基調とする白人男性の忍従の文学がアメリカのモダニズム正典となり、新批評の「美学」は、モダニズムを軸とした南北戦争前から第二次世界大戦後にかけてのアメリカ文学史の枠組みを形作るのに威力を発揮してきたのだが、そのような構造が意識されるようになったのは、冷戦終結後三〇年目にしてようやく近年文学史の時代区分の見直しが活発になり、モダニズムの地理的・階級的・人種的横断性と、時代的な縦の広がりに光が当てられるようになってからであった。(2) 日本における新批評的美学の受容も、日米安保体制下の冷戦的文化政治の文脈から再検証が進んでいる。(3)

とはいえ、当時から新批評が標榜する客観的中立性は一部の批評家にとってあからさまに政治的な操作であることは言うまでもなかった。アーネスト・カイザーは「エリソンの小説および作者本人と作者についての社会文芸批評の批判的検証」(一九七〇)において、新批評の農本主義的出自とその理論的主張が不可分であると明言し、新批評的評価に適う作品は「無感情、無関心、無関与」で「責任逃れの逃避」でしかないと厳しく批判する。

[ロバート・ペン・ウォレンとクレアンス・ブルックスと] その弟子は、社会的意識の高まりを見た一九三〇年代に [他の批評家らと] 張り合い、一九四〇年代、第二次世界大戦後に、大学の文学部と文芸誌の完全支配を達成し、今日もなお支配を続けている。詩や小説の構造的特徴について一行一行、一語一語を分析した緻密で難解で客観的「科学的」批評を書くことで、形式に心理学を従属させ、詩そのものがすべてであり目的であると見なし、作品の主題に関係なく、詩の形式とスタイルのなかに作品理解につながる知識が埋め込まれているとする。彼らは極端なまでの芸術のための芸術派なのである。……アディソン・ゲイル・ジュニアは「文化的ヘゲモニー――南部白人作家

とアメリカ文学」(一九七〇)で、これらの農本主義批評家、詩人、作家らを、南部貴族であり反民主主義的人種差別主義者と呼び、こう述べている。彼らにとっては「詩や小説は、精巧な壺のように、内的な規則に律せられた『自己目的的な構造物』であり、選ばれし少数者しか分析し解釈できない言語構造を規範としている。作家の役割はヘンリー・フィールディングが信じていたごとく教育目的ではなく、文化資本的エリートの審美眼を満足させる名人芸を生み出すことなのである。」

(Keiser 57)

ラルフ・エリソンが新批評の基準に則った後期モダニスト的規範で評価されることは、多くの黒人批評家にとってエリソンが人種・社会問題に直接コミットしようとしないことの証左であり、体制維持への協力と映ったのだった。ゲイルが表明するフラストレーションは、新批評の「客観性」が限定されたものでしかなく、実はある種のテクストを権威づけするための仕掛けであると同時に、新批評がアメリカ文学史の長年にわたる人種分離《セグリゲーション》を支えてきたことをも暴き出す。人種によるアメリカ文学史の分離は、政治・行政上の分離が終焉を迎えた後も、ジェンダーによる分離とともに長らく規範であり続けた。それはごく最近までアメリカ文学史の教科書には黒人文学や女性文学といった項目立てが存在していたことが端的に物語っている。新批評的精読は、書き手の人種・エスニシティやジェンダーを考慮せず文学テクストが科学的に分析評価できるかのように謳う一方で、これらの文脈を無視してしまうと実りのある読みに達しえないテクストを精読に不向きなテクストとしてあらかじめ排除してしまう(4)。

このように特定のモダニズムテクストを「美学テクスト」として国民文学のヒエラルヒーの最上位に

位置づけることで、その規範に合致しないものが「政治テクスト」として周辺化される構造については、本書の出発点において、高野泰志「政治テクストと美学テクスト」が明瞭な議論を提供している。

本書の各章で分析の対象となる作家のほとんどは、二〇世紀半ば以降のアメリカ文学史観で正典作家の地位を確実なものとしている。本書の執筆に至るまでの研究会では、これらの正典テクストは芸術作品として、現実から独立して自律的な想像空間が精巧に構築されているがゆえに精読に耐えるのではなく、実は言語構築物としてテクスト外への言及に依存することで高文脈を維持するからこそ精読を誘うのであるという理解を得るに至った。すなわち、先行テクストへのたえまない言及こそが、すでに評価が定まった作品と肩を並べつつも自らを差異化し、その言及と差異がゆえに精読を誘い、美学テクストとしての自己定義を可能にするのである。具体的には高野論文で分析されている『日はまた昇る』の第二章、他には（本書では論じられていないが）ウィリアム・フォークナーとアーネスト・ヘミングウェイによるシャーウッド・アンダソンのスタイルやテクストのパロディ化、ナサニエル・ホーソーンのテクストをめぐるポーの批評などが研究会での検討の対象となった。これらの研究は正典テクストのオリジナリティの根拠をあらためて問い直すとともに、剽窃やパロディ、パスティーシュの問題が精読を誘導する仕掛けと密接に絡んでいることを指摘するのに役立った。

また、間テクスト性の基本理論としては、ジュリア・クリステヴァの『セメイオチケ1　記号の解体学』(5)が出発点となった。クリステヴァが想定する間テクスト性とは、いわゆるポストモダンなメタフィクションで小説の虚構性を前景化するからくりとして先行テクストを小説世界に侵入させるたぐいのインターテクスチュアリティではなく、例外なくすべての小説作品に見られる特性である。社会的・歴史的文脈の中から生まれ、かつその中に小説を位置づける間テクスト的な機能としてのイデオロギー素が小説の重要な要素であり、テクストは諸テクストの置換であり、テクスト内には他のテクストから取られた複数の言表が交差するとクリステヴァは述べる。本書第一部「精読と間テクスト性」は小説が精読を誘う仕掛けとしての間テクスト性に着目する。高野泰志「政治テクストと美学テクスト」は、言葉の選択と並べ方に価値をおくテクストを「美学テクスト」、特定の機能を持ったテクストを「政治テクスト」とするとき、精読に値するのは「美学テクスト」とする価値観は、あくまでもモダニズム美学が生み出したものであり、精読に根ざした文学研究はモダニズムテクストの特権化であると指摘する。続いて中西佳世子「『手堅い現金』と『泡《あぶく》のごとき功名』――ホーソーンの創作と報酬」は美学テクストに最上の価値を置く職業作家にとっては永遠のジレンマである芸術と経済（収入・生活）の問題を扱う。ナサニエル・ホーソーン自身が「痛々しいほどつまらない」と酷評する短編「ピーター・ゴールドスウェイトの宝」（一八三八）をあえて取り上げ、作品中における「カネ」をめぐる表現を、当時の作家の書簡、さらにはホーソーンも支持者であったアンドリュー・ジャクソンの金本位制についての言説に接続することで、「美学テクスト」作家ホーソーンにとって、「カネ」が世評以上に、孤独な作家の創作美学・創作行為の支えとなったことを、伝記上のみならず短編で援用されるレトリックの内に読み解く。島貫香代子「「ヴァビーナの香り」の追加――『征服されざる人々』における登場人物と作家の成長」はウィリアム・フォークナーが雑誌掲載の短編を組み合わせて長編へ発展させた『征服されざる人々』（一九三八）の創作上の工夫と配慮を伝記的事実、他のフォークナー作品、そして歴史的文脈に重ね合わせる。主人公が精神的な成長を遂げる書き下ろしの最終章「ヴァビーナの香り」の背景として、彼が再建期後半にミシシッピ大学法学部に籍を置いたことに本論は着目し、一八七〇年代初頭のミシシッピ大学法学部の再編とその政治的背景を詳細に照合する。本研究会に招聘講師として参加した舌津智之は、精読とは間テクスト性を探り出し突き止める作業に他ならないと主張する。「抒情する反逆者――『オン・ザ・ロード』と白い音楽」では、従来ジャズ的な即興的パフォーマンスの影響が指摘されてきたジャック・ケルアックの『オン・ザ・ロード』(一九五七)について、それを認めつつも、フランク・シナトラのスローなバラードや、「黒い」ジャズとは対極にあると見られがちな「白い」カントリー音楽など感傷的なポピュラーソングの影響を小説の中に読み取り、人種的他者を欲望しつつも白さへと回帰してゆく男たちの抑圧がはからずも生み出すポリフォニーを指摘する。

作家が描く読む行為

アメリカ文学研究における文学理論流行史をふり返れば、新批評は六〇年代に下火となり、フランス由来の脱構築理論に取って代わられたという言説があるが、事態はそれほど単純ではない。新批評は今日もなお高等教育の場で大きな影響力を持つ。ひとつには、それがアメリカの国民文学生産のサイクルで大きな役割を果たしているからであり、その関連において、精読技巧の教授法が教室内できわめて有効な枠組みかつ道具であり続けるからだ。外国文学研究の対象としてアメリカ文学に接する限り、その受容をもっぱらの関心事とし、文学作品生産の側面は研究の埒外となりがちである。けれども文学作品生産、すなわち作家の執筆という観点からアメリカの英文科を見直すと、また違った様相が見えてくる。

ブルックスとウォレン編纂の姉妹本『詩の理解』(初版一九三八)と『小説の理解』(初版一九四三)は、戦後アメリカの文学教育でもっとも影響力をもった教科書であった。一九四六年からアイオワ大学ワークショップに学んだフラナリー・オコナーは『小説の理解』初版を「私のバイブル」と呼び後進に勧め、一九五九年には、オコナー自身の短編「善人はなかなかいない」が第二版に収録されるに至る(McGurl 133-34)。

『小説の理解』は初版時には「小説の意図」「プロット」「登場人物」「テーマ」「特殊な問題」の五節に分かれ、それぞれ六〜八編の短編または抜粋が収録されており、各テクストの後には作品の細部に学習者の視線を導く短い解題に続き、さらなるディスカッションのきっかけとなる問いで締めくくられた解説が付されている。英米文学以外にヨーロッパ文学の翻訳も収録され、当時存命中の作家としては、ユードラ・ウェルティ、ジェイムズ・サーバー、アーネスト・ヘミングウェイ、ウィリアム・フォークナー、キャサリン・アン・ポーターなどの短編が収録された。現在も流通している一九七五年刊の第三版では、第五節「特殊な問題」に代わってヌーヴォー・ロマンやメタフィクションを扱う「新しい小説」、ウェルティ、ポーター、ウォレンがそれぞれ自作について語るエッセイを含む「小説と人間の経験」、そして解説のない追加付録「読書のための短編」というセクションが追加されている。最終セクションにはジョン・アップダイクやF・スコット・フィッツジェラルドに加えて、ジーン・トゥーマー、ラルフ・エリソン、ジェイムズ・ボールドウィンといった新批評的な戦後のモダニズム規範から逸脱しない黒人作家の短編も加えられており、初版出版以後変化する小説のモードと書き手の顔ぶれに対応しようとする編者の意図が窺える。

以下の短編は主に楽しんでもらうため、そしてほぼ無限に多様な短編小説のさらなる例を読者にお見せするためにある。けれどもそれを最大限に楽しむためには、たとえばテニスの試合や銀行経営や子育てのような人生のほとんどの事柄と同様に、小説の読書においても受け身でなく知的な積極性が楽しみを喚起するのだということを、読者は最初に理解しておく必要がある。

具体的には、できうる限り最大限に想像力を駆使して短編を解釈する一環として、できうる限り最大限の理解に到達するべく読者は努めるべきである。このどちらが欠けてもだめなのだ。自ら率先して問いかけ、真剣にそれに答えようと努めるべきである。そしてこれらの問いは意味のみならず、手法に関わるものであるべきだ。今まで見てきた通り、この両者は緊密に絡み合っているのであり、多くの場合は、短編小説という同一のものの両側面なのである。だがこれに加えて、登場人物と行動に関して想像的な感情を発揮する努力が必要だ。小説を読むとき、人は役割を――複数の役割を――演じているのである。(Brooks et al. 383)

右の引用はトゥーマーとエリソンの作品が冒頭を飾る最終セクション導入部の全文だが、「バトル・ロワイアル」を楽しむべしという指針もさることながら、読者はまさしく精読修行ともいうべき態度でテクストに臨むことを命ぜられ、また、その際に、「なにが」書かれているかばかりでなく、「どのように」書かれているか読み解くことを求められている。

『プログラム時代――戦後小説とクリエイティヴ・ライティングの台頭』で、ヘンリー・ジェイムズから今日に至るまでのアメリカ小説の潮流を、いわゆるハイポストモダニズム、ミニマリズム、マイノリティ文学も含めて、長いモダニズムの一貫と主張し、文学史の見直しを促したマーク・マクガールは、新批評がモダニズムの「学校制度化」(institutionalization) に加担し、ひいては後続作家の育成教条となった過程を記述する。

戦間期の文学的モダニズムのあり方と手法は戦後に新批評の教授法で体系化され修正された。以前の作家業では層の薄かった階層の学生にまで幅広く浸透したのだった。他の効果としては、モダニズムの制度化が教育制度と手を取りその社会的機能範囲を顕著に強化拡大したことが含まれる。以前は都市部の同人の産物として小文芸誌のごく小さな読者層に流通していたのが、今やモダニズムの伝統に属するテクストは重宝され、学習対象としてシラバスに載るようになったのだ。その文学的実践の正典は、技巧に対する自意識的注意の要請も含めて、全国津々浦々の創作科の教室で追究されるようになり、その末期的実践者は教授会の構成員になりおおせたのである。(McGurl 50-51)

教科書としての『小説の理解』は、小説の「具体的作品の詳細な分析かつ解釈的読み」の教授を目標とするだけでなく、「読み方を学ぶ者」は「書き方を学ぶ者」であることをも明らかに意識しており、巻末の用語集はとりわけそのような学習者を対象としていた。一九世紀からの歴史的・書誌的アプローチを捨てた新批評は、ウォレンのような実践者兼批評家が戦後の文学研究の中心に「芸術家の視点」を据え、作家の創作過程を「理解」し、さらには「模倣」するように促すのであった(133-34)。新批評が北部の新人文主義と結託することで、アイオワ大学ワークショップをはじめとする創作科大学院を支えるテクスト理論であり続けるのも、書き手のエージェンシーを最大限に尊重するからであり、それがゆえに同じ英文科内において他の文学研究者らと対立することになる[6]。

マクガールが念頭に置いているのは戦後急速に発展した創作科の教授理論であるが、アメリカ文学において実作者による実作者のための小説読解の手本を示したのは、「長いモダニズム」のスタート地点に立つヘンリー・ジェイムズに他ならなかった。「作者の performance に意識的であり、社会・政治的文脈や道徳ではなく芸術的な観点から作品を判断できる読者」がジェイムズの思い描く modern reader であった(Pearson 13)。けれども、ジェイムズやウォレンらの指導を待つまでもなく、作家は書き手であるより以前に読み手である。読んだ量が書いた量より少ない作家は原則的に存在しえない。第二部では小説に表象される読む行為の読解、すなわちメタリーディングを試みた。その導入となる竹井智子「読むことと書くこととヘンリー・ジェイムズの『過去の感覚』」は、作中で描かれる読む行為は読者の精読を促す装置となりうると指摘し、ジェイムズの未完の長編『過去の感覚』(一九一七)において、作家の読む行為と書く行為が相互補完的な螺旋円環として描かれていることに着目する。吉田恭子「宙吊りの生に宿るネガティヴ・パワー——ベン・ラーナー『アトーチャ駅を後にして』を散文詩として読む可能性」は、ラーナーの第一長編『アトーチャ駅を後にして』(二〇一一)を小説としてだけではなく、ヴァーチャルな散文詩として読むことを試みる。そのような読みを促すのは、小説のちょうど中間地点で語り手が夜行列車内でジョン・アッシュベリーの詩を読む場面である。本研究会の連携研究者である杉森雅美による「ある黒人の『文字通り』な抵抗——ジェシー・レドモン・フォーセットの『エミー』」は、いわゆる「政治テクスト」と分類されるであろう作品で、精読が果たすクリティカルな役割をあぶり出す。一般に洞察的な読みとは言外の含意や文脈的背景や隠喩的な二重の意味などを読み抜くことと捉えられがちだが、雑誌『危機』の文学担当編集者であったフォーセットの短編「エミー」(一九一二—一三)は、字義的な読み、つまり明示的意味を直接受け入れることが逆説的に戦略的な読みになりうることを描き出す。最後に研究会に招聘講師として参加した森慎一郎による「The Nickel Was for the Movies——フィッツジェラルド『ラスト・タイクーン』の一場面をめぐって」は、未完の長編、それもたった一場面を徹底的に精読する試みである。ハリウッドで脚本家として働く文芸作家がプロデューサーに映画的物語技巧の指南を受けるという場面は、フィッツジェラルド本人の惨めなハリウッド体験を映し出す一方で、作家としての冴えた手練をも見せつけてくれると指摘しつつ、けれども精読にさらされたテクストが最適な解釈に収まりきることはないとして、あえてきれいな解釈に収まりきれないはみ出した部分にも意識を向けてゆく。

教室の精読

本研究会では今日の教育における精読の役回りもくりかえし話題に上った。文学研究者は文学作品を時間をかけて読み考察し批評する営みの価値を疑わない。一方で、日本およびアメリカの大学で教育にも携わっている者として、人文学的価値観が経済至上主義に浸食され、大学に対する社会的要請の見直しを誘導する動きがある今日、文学を大学で学ぶ価値を「布教」する必要性にかられている。その際焦点となるのは、文学研究者の養成ではなく、高度なリテラシーの習得、すなわちリベラルアーツ教育である。大学での読み書き教育において、文学作品はなぜ、どのように有効な教材となるのか。

議論のきっかけとなったのはエレイン・ショーウォーター著『文学を教える』*Teaching Literature*（二〇〇二）であった。本書はアメリカフェミニズム批評の重鎮ショーウォーター自らが初心に返って、教室内でのさまざまな問題点や実践的な知恵を同僚の文学研究者らと分かち合う構成になっている。教育への情熱に満ちてきわめて実用的である一方で、外国語文学としてアメリカ文学を教える立場からすると彼我の感も抱いてしまう本だが、登場するすべての教育者にとって、精読の実践とそこから学生が得る洞察こそが大学の教室で文学を用いる理由であり、疑いなく共有される根本的な価値観であることが再確認できる。作家にとって読むことと書くことが螺旋を描くように、大学教員にとっては研究と教育とが螺旋を描くのだ。と同時に、ショーウォーターのような文学批評家がこのような本を世に問うに至った背景には、アメリカにおける文学研究が細分化し、英語の読み書き教育から乖離しているかのような印象を与え、大学生の英語教育にもはや英文科の学位取得者は必要ないという極論さえ聞かれるようになった厳しい現状もある。だとすれば、今日社会が想定する高度なリテラシーとはどのような能力なのだろうか。

インド工科大学教授で詩人・言語学者のルクミニ・バヤ・ナイールは、大量文盲《イリテラシー》時代の到来を予言する。ここでいう「イリテラシー」は文字の読み書きができないことではなく、「高度なリテラシー」の欠如を指す。

つまるところ書く行為は、多少アメリカに似て、強力で支配的だがひやひやするほど若年なのである。技術としてのその新しさ、そして権力との密接な結びつきの証拠として、基本的な識字力は世界人口の半分にもまだ達していないという事実が挙げられる。こういうわけで、識字力は平等に配分されるわけでもなければ、容易に獲得できるスキルでもないということを何度も強調しておきたい。……

読み方の慣習が変わるにつれ、人々の「口承性」「リテラシー」「創作行為」にたいする概念もそれに伴い変化することになるだろう。というのも、最新の技術発明をもってすれば、利き手に書く道具を握るといった初期の書き手が要したもっとも基本的なスキルでさえ、今日では不要になったのだから。……もしかすると振り子はふたたび揺り戻して「大量文盲社会」とでもいえるものに近づきつつあるのかもしれないが、以前より学識に欠けた文化になるというわけではない。そこで根源的な問いが浮かぶのである。二一世紀において文学的創造性を常に書き言葉に結びつける必要があるのか？（Nair 9）

文字文化から新口承文化への振り子の揺り戻しという指摘は、ボブ・ディランのノーベル文学賞受賞を予感させるようだ。高度な情報伝達では文字通りの言質に加えて言外の情報が複雑に層をなしている。印刷技術が発達した近代以降は文字言語が微細で込み入った情報伝達の主役となり、言語表現と読解の技巧が洗練されてきた。だが今日、重層的な情報伝達の媒体が活字から映像に取って代わられたため、文字媒体は「文字通り」のことだけを伝える役割へと変化しつつあるという。たとえば「あさって五時に三条京阪高山彦九郎像前で待ち合わせ」という具合に。そうして比喩や修辞表現、二重の意味や文脈に依存する言外の意図のような複雑なレトリックを書き言葉に読み取る意思と能力が文明全体で収縮していく。この現代的識字危機の波は学歴を問わず、エリート層をもさらっていく。インドの場合だと、基本的な識字率が近代的レベルに達する前に高度な識字力が低下するのだから、なおさら影響は大きい。この指摘は大学に勤める私にもあまりに腑に落ちた。私たちは読むことについて驚くほど無防備になった。肝心なことは文字通りそこにあるから見逃すものはなにもなくいつでも検索できる、というわけだ。

文字言語が最も高度な情報伝達手段の地位から降りることは、同時に文学が国民国家の威信を担う任務から解放されることでもある。近代的な教養主義は終焉を迎える。文字言語に重層的な意味を読み取る能力は特殊技能となりつつあるのだ。だとすれば、文学テクストを用いた精読教育は人文学的教養の涵養というより、特殊な高度技能養成教育の側面があるのかもしれない。

きわめて高い義務教育就学率と識字率を誇る日本においては、文字が読めることを当然視するあまりに、正確に読めているのか、本質的な意味を把握しているのか、さらには言語の重層的なメッセージを認識できているのか、改めて疑問視することがなかった。だからこそ新井紀子『ＡＩ vs. 教科書が読めない子どもたち』(二〇一八)の報告は驚きをもって迎えられたのだろう。新井がディレクタを務める人工知能プロジェクトの調査によると、中高生の約半数が教科書の内容を正確に把握するだけの基礎的読解力を習得していない可能性があることがわかった。新井は、人工知能に代替されない人材に不可欠なのは意味を理解する能力であると結論づけている。前述のナイールの指摘を併せて考えれば、そのような能力を獲得するのは今後一層困難になっていくのだ。全国の中高生を調査しその結果を分析した新井は「もしかすると、多読ではなくて、精読、深読に、なんらかのヒントがあるのかも。そんな予感めいたものを感じています」(新井 二四六)ともらしている。

以上のような問題意識を共有した上で、本書では文学教育、精読と教育をめぐる議論から、あえて外国語習得の要素を外すことにした。読めない、意味がわからないという点においては、実は日本語も外国語も同じであるという前提を徹底するため、そして近年『教室の英文学』(二〇一七)などでくりかえし議論されてきた英文学教育の意義論・方法論とはまた別の側面から精読と教育の問題にアプローチするためである。

そこで第三部「精読と文学教育」にはフロリダ・ガルフコースト大学でアメリカ文学を教えている杉森雅美による「英語文学専攻と精読指導——アメリカの高等教育」と、現代アメリカ文学と英語教育学の双方を研究対象としてきた伊藤聡子による理論的考察「パワーポイントのない風景——文学的な精読を考える」を収録する。杉森はアメリカでの学部生を対象とした実践の詳細を報告し、伊藤は教育学の「自省的な読み・学び」の観点から、文学作品精読の意識的言語化にメタ認知技術の教授可能性を見出す一方で、教育に携わる文学研究者に意識改革を促す。

美事な精読に接する瞬間は宗教的啓示ともいえる。あらかじめ目の前にあったはずの細部にはじめて気がついたことがきっかけとなって、テクスト全体どころか世界が違って見えるような感覚を経験したことで文学の研究に魅了されるようになった人は少なくないはずだ。精読がテクスト選別に働く可能性を意識しながらも精読の魅力を追求することで、精読をめぐる議論を喚起することを執筆者一同が期待している。

注

（1）日本におけるアメリカ文学の精読的伝統については、巽「今、日本で、アメリカ文学にどう取り組むか?——学問と批評のインターフェイス」参照。また、そのような伝統を継承する近年の成果としては諏訪部による『マルタの鷹』精読の試みが挙げられる。新批評が果たした役回りについては越智『モダニズムの南部的瞬間——アメリカ南部詩人と冷戦』参照。

（2）近年の文学史の見直し、モダニズム再考については、McGurl、James、Mao and Walkowitz、Walkowitz、D'Arcy and Nilges、Hayot and Walkowitz、Douglas などを参照。

（3）越智「新批評、冷戦リベラリズム、南部文学と精読の誕生——トランスパシフィックな国語教育と川端康成」、金『日本文学の〈戦後〉と変奏される〈アメリカ〉——占領から文化冷戦の時代へ』などを参照。

（4）このような問題点は二〇一一年の日本英文学会第八三回全国大会シンポジア第九部門「精読の射程——アメリカ文学名作短編再発見」でも質疑応答で指摘された。

（5）本研究会では英訳 *Desire in Language: A Semiotic Approach to Literature and Art* を用いた。

（6）アメリカの英文科内における文学研究と創作科の緊張関係については吉田「情の技法のもつれ——アメリカの創作科と文学批評」参照。

引用文献

Brooks, Cleanth, and Robert Penn Warren. *Understanding Fiction.* Third Edition, Prentice Hall, 1975.

D'Arcy, Michael, and Mathias Nilges, editors. *The Contemporaneity of Modernism: Literature, Media, Culture*. Routledge, 2015.

Douglas, Ann. "Periodizing the American Century: Modernism, Postmodernism, and Postcolonialism in the Cold War Context." *Modernism/modernity*, vol. 5, no. 3, 1998, pp. 71-98.

Gallop, Jane. "The Ethics of Close Reading: Close Encounters." *Journal of Curriculum Theorizing*, vol. 16, no. 3, Fall 2000, pp. 7-17.

——. "The Historicization of Literary Studies and the Fate of Close Reading." *Profession*, 2007, pp. 181-86.

Hayot, Eric, and Rebecca L. Walkowitz, editors. *A New Vocabulary of Global Modernism*. Columbia UP, 2016.

James, David. *Modernist Futures: Innovation and Inheritance in the Contemporary Novel*. Cambridge UP, 2012.

Keiser, Ernest. "A Critical Look at Ellison's Fiction & at Social & Literary Criticism by and about the Author." *Black World*, Dec. 1970, pp. 53-59, 81-97.

Kristeva, Julia. *Desire in Language: A Semiotic Approach to Literature and Art.* Translated by Thomas Gora, Alice Jardine, and Leon S. Roudiez, Columbia UP, 1980.

Lentricchia, Frank, and Andrew DuBois, editors. *Close Reading: The Reader*. Duke UP, 2003.

Mao, Douglas, and Rebecca L. Walkowitz. "The New Modernist Studies." *PMLA*, 2008, pp. 737-48.

McGurl, Mark. *The Program Era: Postwar Fiction and the Rise of Creative Writing*. Harvard UP, 2009.

Moglen, Seth. *Mourning Modernity: Literary Modernism and the Injuries of American Capitalism*. Stanford UP, 2007.

Moretti, Franco. *Distant Reading*. Verso, 2013.

Nair, Rukmini Bhaya. "Thinking Out of the Story Box: Creative Writing and Narrative Culture in South Asia." *TEXT*, Special Issue: Creative Writing in the Asia-Pacific Region, April 2011. www.textjournal.com.au/speciss/issue10/Nair.pdf.

Pearson, John H. *The Prefaces of Henry James: Framing the Modern Reader.* Pennsylvania State UP, 1997.
Showalter, Elaine. *Teaching Literature.* Wiley, John & Sons, 2002.
Walkowitz, Rebecca L. *Cosmopolitan Style: Modernism Beyond the Nation.* Columbia UP, 2006.
新井紀子『ＡＩ vs. 教科書が読めない子どもたち』（東洋経済新報社、二〇一八年）
越智博美「新批評、冷戦リベラリズム、南部文学と精読の誕生――トランスパシフィックな国語教育と川端康成」（『文学研究のマニフェスト――ポスト理論・歴史主義の英米文学批評入門』（研究社、二〇一二年）
――『モダニズムの南部的瞬間――アメリカ南部詩人と冷戦』（研究社、二〇一二年）
金志英『日本文学の〈戦後〉と変奏される〈アメリカ〉――占領から文化冷戦の時代へ』（ミネルヴァ書房、二〇一九年）
諏訪部浩一『『マルタの鷹』講義』（研究社、二〇一二年）
巽孝之「今、日本で、アメリカ文学にどう取り組むか?――学問と批評のインターフェイス」『教室の英文学』（研究社、二〇一七年）
日本英文学会（関東支部）編『教室の英文学』（研究社、二〇一七年）
日本英文学会第八三回全国大会シンポジア第九部門「精読の射程――アメリカ文学名作短編再発見」司会・コメンテイター：舌津智之、講師：若林麻希子、國重純二、樋渡真理子、若島正（二〇一一年）
吉田恭子「情の技法のもつれ――アメリカの創作科と文学批評」『情の技法』（慶應義塾大学出版会、二〇〇六年）

第一部　精読と間テクスト性

政治テクストと美学テクスト

高野　泰志

精読における排除のメカニズム

テリー・イーグルトンはいくつかの著書で、批評理論を使って作品にアプローチする研究者が、作品の精読を怠っているという思い込みに対して激しく反発している。たとえば『詩をどう読むか』（二〇〇七）において以下のように反論している。

そもそも血も涙もない抽象概念や、中身がからっぽの一般論を振りまわして、精読というよき習慣の息の根をとめたのは、文学理論のほうではないか。だがじつは、これこそ今日の批評論争にはびこる真っ赤な嘘の一つ、根も葉もない決まり文句の一つであって、私は以前、ほかでもそう書いたことがある。これは、どうせ「分かりきったこと」だからと誰も疑おうとしない、よくある俗信の一つであり、たとえば連続殺人の犯人といえば、どこでも見かけるごく普通の人間で、あまり人づきあいはよくないが、近所の人にはいつもていねいに挨拶する、といったたぐいの思い込みにすぎない。あるいはクリスマスといえば、近ごろはひどく商魂たくましくなってつまらない、などという手垢のついた紋切り型だ。証拠も何もおかまいなしに、ともかくてこでも動かない頑固な迷信のつねとして、文学理論をめぐるこの妄説が、いまだにどっかりと居座っているのは、そのほうが好都合だという連中がいるせいだろう。頭でっかちで情の薄い文学の理論家どもは、恋ごころはおろか、隠喩の一つも見分けられない石頭で、だからこそむざむざと「詩」を絞め殺してしまった——これは、現代の批評におけるもっとも間抜けな通り相場の一つなのだ。（イーグルトン　一―二）

この引用のかなり激しい口調にも明らかなように、文学研究者にとって「精読」をしていないことは断罪されるに等しく、おそらくほとんどすべての文学研究者は、自分は「精読」していると主張しているのではないだろうか。これほど激しい反発ではないにせよ、同様に批評理論の理論家たちがテクストの精読においても高度に熟練していることを主張する論は数多い(1)。結局「精読」の誕生とともにアカデミックな文学研究が始まったのだから、文学研究に「精読」が前提になるのはある意味で当然のことともも言えるだろう。

ではここで言われる「精読」(close reading) とは何なのか。

ほとんどの英語の辞書において“close reading”というフレーズの定義がなされていないのは、その意味が自明のものとされているからであろう。日本語の場合、たとえば『大辞林』では「内容を細かく吟味しつつ、丁寧に読むこと。熟読。」と定義されているが、学術的に「精読」とそうでない読みを区別するには十分ではない。なぜなら「精読」をどのように定義するにせよ、より「細かく」より「丁寧な」（“closer”な）読みが想定できる以上、程度の問題でしかないのであり、どこまで「細かく」「丁寧」であれば「精読」と認められ、どれだけ不注意であれば「精読」から排除されることになるのかの境界線を引くことなど不可能であるからだ。(2)

結局のところ、誰もが「精読」が何であるかもわからないままに、誰もが自分は精読していると主張しているという奇妙な状況が見られるのである。ジョナサン・カラーはこの状況に言及して「精読とは母親やアップルパイと同様、誰もが大切だと考えているものなのだ。たとえ自分が精読をしていると考えているときにしている内容がそれぞれまったく異なっていたとしても」と述べている（Culler 20）。先のイーグルトンの発言とあわせて考えると、ここから引き出すことのできる答えはおそらく以下のようなものになるだろう。すなわち「精読」とは、そうでない読みを排除するためになされたそもそも政治的でしかない区分なのである。したがってそもそもイデオロギー的に決定されるものであり、「精読」という実体があるわけではない。むしろ「精読」を機能論的に定義づけることにはあまり意味はなく、それがイデオロギー的に何を排除しようとしているのかを見ることが必要なのではないだろうか。

研究者が「精読」を誇示しなければならない必然性とは、特定のテクストが「細かく」「丁寧に」読む価値があると主張するだけではなく、自分たちが扱わないテクストをそうする価値がないと名指しためでもある。「精読」行為においては読者に対して何らかの「効果」を及ぼすことを目的とするようなテクストよりも、自らのあり方の特異性に存在意義を求めるようなテクストの方が重視されることになる。パラディグマティックな言葉の選択とシンタグマティックな言葉の並びに意味があるとするテクストを「美学テクスト」とし、テクストの機能にのみ注意をはらい、なるべく多くの読者に働きかけることを目的とするテクストを「政治テクスト」と仮に名づけるとするならば、精読がそのふさわしい対象とするのは美学テクストの方であり、政治テクストはその対象からは排除される。むしろこの排除のメカニズムこそが「精読」の主要な目的であるとも考えられるだろう。当然のことながらテクストが一方的に美学テクストであったり政治テクストであったりすることはまれであり、多くの場合、その両極の間のどこかに位置しているが、「精読」はこの度合いを評価し、ふたつの種類に振り分けることを目的にしているのである。したがって以下、本稿で述べる「精読」とは、美学テクストに見られる差異を明確化し、テクストの美学性に特異な関心を払う読み方を意味している。

アカデミックな文学研究の誕生以来、「精読」は美学テクストを高く評価し、本来政治テクストであった作品に見られる差異を掘り出すことであえて美学テクストとして読みかえることを試みてきた。しかし近年、文学史自体の無意識の政治性に注目が集まり始め、キャノンの見直しが叫ばれるようになると、「精読」がひそかに隠し持っていた排除のための政治性が無視できなくなってくる。マイノリティ文学の再評価とその結果としての文学史の再構築という英米文学の制度の中に生じた大きな潮流の中で、従来どおり「精読」中心の研究を続けていると、必然的に白人中心のキャノン、すなわち美学テクストを無批判に前提とし、その枠組みから外れる政治テクストを除外する（あるいは少なくとも劣ったものと評価する）結果になるからである。このように「精読」は文学研究の「前提」でありながら、そのイデオロギー的問題点が浮き彫りになり、結果として「精読」のもつ排除のメカニズムそのものが機能不全に陥っているのである。

本稿で目指したいのは、この精読派の批評家たちの重視する美学テクストが、文学史的には一時的な現象であり、美学テクスト自体が政治テクストの一部にすぎないことを指摘することである。美学テクストを重視する価値観が普遍的なものではなく、文学史全体の中ではごくマイノリティにすぎないことを明らかにすることにより、美学テクストがいかに政治テクストに依存しているかを論証したい。そして「精読」のもつ排除のメカニズムを解体し、文学研究における「精読」のあるべき位置づけを検討したい。

精読による美学化プロセス

美学テクストは間テクスト性の網の中で差異に自覚的であり、隣接するテクストからの「差異」を示し、自らの存在の特異性を主張する。それに対して政治テクストでは「差異」はそれほど意味をなさない。むしろ同じ主張、同じフレーズを繰り返すことでその政治的効果を強調するのである。ただしここで「政治的」という場合、狭義の政治、すなわち国や団体の内部で働く力学を意味するものではなく、より広義の「他者への働きかけ」、「効果」といった力学を指している。そういう意味で最も典型的な政治テクストはポルノグラフィであり、センチメンタル・フィクションである。前者においてはひたすら読者に特定の「効果」を与えることのみを重視し、最も「効果的」とされる常套表現を常套的に繰り返すことによって最大限の効果を果たそうとするのである。センチメンタル・フィクションを始めとする典型的な政治テクストもまた、『アンクルトムの小屋』（一八五二）の例を引くまでもなく、しばしば狭義の政治的活動に活用されたことは、本稿で言う「政治性」が狭義の「政治性」と地続きであることを示しているだろう。ポルノグラフィもまた、支配的なジェンダー・セクシャリティの支配的言説を補強、あるいは転覆させようと試みてきたことは明らかであり、読者は自らの欲望を通じて作品の訴える政治的主張を身体に書き込まれることになる。ポーリーヌ・レアージュの『O嬢の物語』（一九五四）やアン・ライスの「眠り姫」シリーズ（一九八三、一九八四、一九八五、二〇一五）などは、ポルノグラフィのもつ政治的効果を意識的に活用した例として挙げられるだろう。(3)

そして文学史を概観すれば、それがそもそも読者に特定の効果を与えようとする政治テクストの歴史にほかならないことは自明であろう。今日では美学テクストの作家として扱われているエドガー・アラン・ポーが、「構成の原理」（一八四六）において「わたしはまず効果を考えることから始めたいと思っている」と述べていることからも明らかなように（Poe 13）、そもそも何よりも「効果」を与えることをこそ、作家たちは目指していたはずなのである。それが隣接するテクストから差異化を図り、「芸術のための芸術」を主張したのはモダニズムの文学運動において始まった現象である。それもアメリカにおいて美学テクストが主流を占めたのはわずかに二〇世紀初頭の二〇年に満たない短期間であり、一九三〇年代にはすぐさま左翼作家による政治テクストに取って代わられるのである。そして言うまでもなく、アカデミックな文学研究は英米のモダニズム運動とともに始まったのであり、その結果、文学研究とはこのモダニズムのテクストを特権化するための試みとなったのである。そしてそれ以外の時代のテクストは美学テクストとしてのみ価値を与えられ、政治テクストとしての側面はすべて無視、あるいは軽視されることになる。

まずは「精読」の行う美学化プロセスを確認してみよう。ここで最適な例として提案したいのはウラジミール・ナボコフの『文学講義』(一九八〇)である。典型的な美学テクストの生産者であるナボコフは、アメリカのふたつの大学で行った講義において、自ら「精読」を試みている。ギュスターヴ・フロベールの『ボヴァリー夫人』(一八五六)を論じた箇所で、ナボコフは以下のような指摘をする。

しかし、読んだ作家がいいわるいは別問題だ。問題は、エンマが拙劣な読者であったということである。彼女は小説を情緒的に、浅薄な子供っぽい読み方で、あれこれの女性人物のなかにわが身を置いて、読む。フロベールは実に精緻な手を使っている。あちこちで彼は、エンマの心に親しいロマンティックで月並陳腐なものを列挙しているが、これらの安易なイメージを選び出し、それをリズミカルに配列して美しい曲線を描く語句に構成する、フロベールの巧緻な手腕は、調和した芸術的効果を生み出している。……

フロベールは、オメーの俗悪さを列挙する場合にも、全く同じ芸術的な詐術を使っている。内容そのものは下卑ていて不快なものであっても、その表現は芸術的に抑制が利き調和しているのだ。これこそ文体というものなのである。これこそ芸術なのだ。小説で本当に大事なことは、これを措いてほかにない。(ナボコフ　三二九－三三〇)

たとえ「下卑ていて不快なもの」であっても、表現によって「芸術」たり得るとするのは典型的な形式主義的芸術観であると言えるだろう。ただここで問題にしたいのはその点ではない。エンマの「読み方」に関するナボコフの見解である。「あれこれの女性人物のなかにわが身を置いて、読む」のは「浅薄な子供っぽい読み方」であるという。これは言うまでもなく、アカデミックな文学研究の出発点においてウィムザットとビアズリーが指摘した新批評の綱領のひとつ「感情の誤謬」(affective fallacy) と同じものである。[4] つまり「精読」の際、登場人物に感情移入してはならないというのである。

またナボコフはジェイン・オースティンの『マンスフィールド荘園』(一八一四) を論じた箇所でも読者の姿勢について戒めを述べる。

一見したところ、ジェイン・オースティンの書き方も内容も旧式で、大仰で、非現実的に見えるかもしれない。だが、そういうふうに見えるのは、下手な読者がおちいりやすい迷妄にすぎない。良き読者は、こと小説に関するかぎり、現実の人生、現実の人間などを求めることが、いかに無意味なことであるか、よく知っている。小説において、人物、物、環境の現実性は、ひとえにその特定の小説の世界に依存しているのだ。独創的な作家はつねに独創的な世界をつくり上げる。もしある人物なり、ある筋なりが、その世界の様式のなかにぴったりと嵌まっていれば、そのとき、わたしたちは芸術的真実の心楽しい衝撃を経験する。その人物なり物なりが、書評家や哀れな売文家どもが「実人生」と呼ぶものの中に移しかえられたとき、いかにありそうもないものに見えようともで

ある。天才的作家にとって、実人生などという代物は存在しない。(ナボコフ　六九)

この箇所は文学が現実の表象であることに異を突きつけたモダニズムの文学運動に通じるものである。小説は「現実」を写し出したものではなく、それ自体が独立した世界なのである。もっともそう主張しながらその数ページ後にナボコフは「古いカレンダー」を持ち出してきて、作品の舞台である一八〇八年一二月二二日が木曜日であることを指摘している(七二)。ナボコフ自身、作品を現実から切り離す必要性を説きながらも作中に描かれた虫や植物の種類を始め、「現実」に対してきわめて強い関心を持っている作家である。逆に言えばそれほど「現実」にこだわりながらも、その自らの傾向に逆らってまで小説を「現実」から切り離さなければならないという強迫的な前提が働いている証左であり、こういった読みがいかにイデオロギー的であるかを暴露していると言える。

このふたつの引用からナボコフの主張する「精読」する読者の条件をまとめるならば、テクストを「現実」と読者の「感情」から切り離された自律的な空間として読むことを前提としていることがわかる。しかし小説の誕生から一九世紀後半にいたるまで、小説は常に「現実」の表象としてのリアリズムを志向していたのであり、読者を感情移入させ、感動させることを目指していたのである。であればこのナボコフの「精読」がモダニズムの文学作品に特にうまく当てはまり、そして先行テクストをモダニズム作品のように読むことを求めていることは明白であろう。

精読の成立

このような「精読」行為の成立を象徴的に表した作品として、リアリズムからモダニズムへの移行期に位置するヘンリー・ジェイムズの『大使たち』（一九〇三）を検討してみたい。主人公のランバート・ストレザーは、アメリカのウレットの大富豪ニューサム夫人の代理として、パリにやってくる。目的はニューサム夫人の息子、チャドをニューイングランドに連れ戻すことであった。この使命を無事達成するとストレザーはニューサム夫人と結婚することになっているのである。ところがパリに来てみると、チャドを連れ戻すどころか自分がパリに魅了されてしまい、自分の使命を忘れて遅すぎた青春を満喫し始める。とりわけストレザーはチャドをパリ風に洗練させたマダム・ド・ヴィオネに強い関心を抱く。一見愛人関係にあるように思えるチャドとマダム・ド・ヴィオネのふたりが清い関係にあると思い込み、密かにマダム・ド・ヴィオネに魅入られていくのである。結局いつまでも役割を果たそうとしないストレザーに業を煮やし、ニューサム夫人はストレザーを「大使」として見限る。以下で検討するのは物語の結末近く、ストレザーが若い頃に手に入れたいと思っていたエミール・ランビネの風景画を実際の風景の中に見出そうと求め、パリ近郊の田舎を歩く場面である。かつて買いたくても買えなかったランビネの絵は、ストレザーにとっては十分に生きることのできなかった青春を表象するものであり、今パリで遅すぎた青春を満喫する中でふたたびランビネの絵を求めていたのである。そしてストレザーは目の前に広がる田園風景をランビネの絵に見立て、ランビネの風景の中を歩いているような気分になる。つまり現実でもってランビネの絵を表象させるという通常の絵とは逆方向の表象行為を試みている

Lambinet, *Paysage avec batelier* (Musée Lambinet 82)

のである。以下の引用がその場面である。

彼が見たのはまさにおあつらえ向きの光景だった——ボートが曲がった川の向こうから、櫂を操る男と、ピンクのパラソルをさして船尾に座る婦人とを乗せてやってきたのだ。これらの人物たちが、あるいはそれに似た何かが、それまで見ていた絵に足りなかったものだという印象を与えた。多かれ少なかれ一日中足りなかったものが、今やゆったりとした川の流れに乗って、仕上げをしてやろうと視界の中に漂ってきたかのようだった。その人物たちはゆっくりとこちらに流れており、明らかにふたりを眺めるストレザーのすぐそばの船着き場に向かっていた。そして宿の女主人が食事を用意していたのはこのふたりの人物のためであるということも、彼には同じくらいはっきりとわかったのだ。ストレザーはすぐさまそのふたりをとても幸せな人たちだと考えた。若者のほうは上着を脱ぎ、若い女性はゆったりとしたきれいな服を着ており、どこか別の場所から楽しく漕いできたらしい。この近辺に詳しいので、この隠れ家に来れば何が手に入るかあらかじめわかっているのだ。ふたりが近づいてくると、さらに微妙なことがわかってきた。彼らはこの辺のことに手馴れていて熟知しており、頻繁に訪れることがあるのだということが。絶対に初めてであろうはずがなかった。どうすればよいのかをわきまえているのだ、となぜだかストレザーは思った。そのせいでなおさら牧歌的な雰囲気が増した。しかしそう思った瞬間、たまたまボートは大きく進路をそれて漂い、漕ぎ手は進路をもとに戻そうとはしなかった。しかしそのころにはボートはかなり近くまで来ており、ストレザーはなぜだか自分がそこにいてふたりの方を見ていることを、船尾に腰かけた女性が気にしているらしいとぼんやり思った。その女性はそのことを素早く告げたのだが、連れ合いの男は振り向かなかった。というよりストレザーにはまるで彼女がじっとしているようにと命じたのではないかと思われたほどだった。彼女は何かを見て取り、その結果、船の進路が揺らいだのだ。ふたりがそのまま何もできずにいる間も揺らぎ続けていた。このわずかな印象は突然で素早いものだった。あまりに素早いのでストレザーがそのことに気づいたのと、鋭い驚きを感じたのとほとんど同時であった。瞬く間に彼自身もまた何事かを見て取った。顔を隠そうとパラソルを動かして、輝く風景の中にひどく鮮やかなピンクの点を打ったその女性が誰かを知っていると気づいたのだ。信じられない、百万にひとつの偶然だ。しかしその女性が誰であるか知っていたとすると、背中をこちらに向けたまま近づこうとしないその紳士は、牧歌的光景の主人公たる上着を着ていない、女性の警戒に応じた紳士は、同じくらい驚くべきことに、誰あろうチャドであったのだ。(James 382-83)

眺めている風景にボートが入ってきたとき、それこそがストレザーの意図していた表象にひとつだけ欠けていたもののように思えるほど、それは風景にぴったり合うものであった。ところが近づいてみると、そのボートに乗っていたのはストレザーが清い関係だと思い込んでいたチャドとマダム・ド・ヴィオネであったのだ。つまりこのときストレザーは初めてチャドとマダム・ド・ヴィオネが愛人関係にあったことに気づくのである。

この場面は先に述べた「精読」行為の要素を凝縮させたような象徴的場面になっている。まずはこの場面がストレザーの「読み」の失敗を表す場面であるという点である。ストレザーは物語が始まって間もない段階から、希望的観測によってふたりの仲を疑おうとしない。これはマダム・ド・ヴィオネに対する自分の感情から真相を見誤ったという点で、いわば「感情の誤謬」に陥っているのであり、ナボコフの言う「浅薄な子供っぽい読み方」をしていることになる。そしてそのような読みが「誤り」であることを鮮やかに描き出した場面であると言えるだろう。

またここでストレザーが試みていた表象行為はランビネの絵というリアリズム絵画を現実の風景で表象させることであった。つまり「現実」をほかの媒体で表象する通常のリアリズムのテクストと異なり、「現実」を媒介として絵画を表象するという閉塞的な表象行為なのであり、そういう意味でここにはナボコフの言うように「実人生などという代物は存在しない」。表象を表象するという合わせ鏡のように閉じた関係に沈み込んでいくだけである。ただし「拙劣な読者」であるストレザーの誤読により、この表象行為は一瞬の後に崩壊し、失敗に終わるのである。ストレザーがもっとも見たくなかった「現実」の侵入を許してしまうからである。

世紀転換期のジェイムズは、きわめて自意識的に「精読」に適したテクストを書くことによって、後のモダニズム文学に先駆けていたと言えるだろう。ただしここで忘れずに指摘しておかなければならないのは、美学テクストの典型たるこの場面もまた、政治テクストに依存しているということである。なぜなら「現実」からも「読者」からも自律した物語世界を作り上げるに際して、やはりここでもランビネの絵というリアリズムのテクストを前提としているからである。これ以降もモダニズムの作家たちは象徴的な下絵として古典テクストを利用するだけでなく、先行するテクストから自らを差異化するためにほかのテクストを参照し続けなければならない。ジェイムズ・ジョイスの『ユリシーズ』（一九二二）における文体パスティーシュはその典型である。一見アクロバティックに見えるジョイスの試みは、もちろん優れて知的スリルを読者にもたらす離れ業でありながら、その一方で小惑星帯《アステロイドベルト》をハイスピードで切り抜けるSF映画の宇宙船さながら(5)、一歩間違えれば周囲を取り囲む政治テクストに衝突しかねない危機的状況にさらされてもいるのである。

政治テクストに依存する美学テクスト

最後に典型的なモダニズムのテクストにおける差異化の強迫的不安をアーネスト・ヘミングウェイの『日はまた昇る』（一九二六）に見てみたい。『日はまた昇る』は作者ヘミングウェイとその友人たちがパンプローナに闘牛を見に行くために旅行した時の体験をもとに書かれた作品であり、登場人物のそれぞれのモデルが特定できることから当時は実話小説として受け止められた。ヘミングウェイ自身をモデルにした語り手ジェイク・バーンズは、第一次世界大戦での負傷により性的不能となっており、そのためにお互い愛し合っているはずのブレット・アシュリーと結ばれることがない。ブレットはファッションや行動において革新的な女性として描かれており、作中では婚約者がいながらにして様々な男性と性交渉をもつことが描かれる。そのブレットに惚れ込んでしまったのが、ユダヤ人で最近作家として成功をおさめたロバート・コーンである。彼らはフィエスタの開催に合わせてパンプローナに出発するが、そこにコーンが関わることで人間関係に緊張感がもたらされることになる。

『ユリシーズ』がホメロスの『オデュッセイア』を、F・スコット・フィッツジェラルドの『グレート・ギャツビー』（一九二五）がペトロニウスの『サテュリコン』やT・S・エリオットの『荒地』（一九二二）を下敷きにしたように、『日はまた昇る』もアーサー王伝説の一部であるフィッシャー・キング伝説を物語の枠組みとして利用している。そういう意味で典型的なモダニズムのテクストであると言えるが、ほかにも聖書やガートルード・スタインを引用したエピグラフに始まり、イワン・ツルゲーネフやダンスホールで流れる流行歌や当時の観光スローガン[6]など作品全体にわたって無数のテクストへの言及が見られる。なかでも作品のちょうど中間にあたる第一二章は、地理的にも前半のパリと後半のパンプローナを結ぶフランスとスペインの国境近くの町ブルゲーテを舞台にしているが、間テクスト性の宝庫であると言える。ブルゲーテの宿では、ジェイクとふたりで泊まっているビル・ゴートンが、ラドヤード・キプリングの詩「レディたち」（一八九〇-九五）の一節を引用し、ジェイクは釣りの合間にA・E・W・メイソンの「水晶の棺」（一九一七）を読み、その内容を比較的長めに紹介している。またその後ビルはウィリアム・カレン・ブライアントの「森の聖歌」（一八二四）の一節を引用する。ほかにもスコープス裁判でのウィリアム・ジェニングズ・ブライアンへの言及がなされたり、またヘンリー・ジェイムズやH・L・メンケン、ギルバート・セルデスなどにも触れられ、当時の流行歌の歌詞なども引用されている。そしてもちろん性的不能の漁夫王フィッシャー・キングのモチーフが明確になるのは、性的不能のジェイクが釣りをするこの第一二章であることは言うまでもない。ヘミングウェイが物語的にも地理的にも中心に位置するこの第一二章であえて数多くのテクストに言及していることは偶然ではないだろう。『ユリシーズ』や『荒地』、『グレート・ギャツビー』といった先行するモダニスト・テクストの影響を受けながら、自分もここで危険な離れ業をやってのけようとしているのである。

しかしながら本稿があえて注目しておきたいのは、この間テクスト的な離れ業ではなく、まだ物語が始まったばかりの第二章である。以下で論じるこの箇所の間テクスト性は、物語全体の方向性を決定する重要な要素であるばかりでなく、モダニストの行う離れ業がいかに危険なものであるかを如実に表してもいるからである。第二章の冒頭でロバート・コーンは新聞社に勤めるジェイクを訪ねてきて、一緒に南米に行きたいと何度もしつこく誘いかけるが、このコーンの南米熱をジェイクは以下のように説明する。

やつはW・H・ハドソンを読んでいたのだ。そんなことは特に害もないように思えるかもしれないが、コーンは『美わしきかな草原』を何度も読み返した。『美わしきかな草原』はある程度年を取ってから読むにはひどく害のある本だ。完璧なイギリス紳士が強烈にロマンティックな国ですばらしく空想的な色気たっぷりの冒険をする話だが、舞台背景はうまく描写されている。ただ三四歳にもなる男が人生の可能性へのガイドブックとして受け取るなんて、まるで同じ歳の男がフランスの修道院を出てすぐに、もうちょっと実用的なアルジャーの本を全巻そろえてウォール街に乗り込むみたいなもので危険きわまりない。思うにコーンは『美わしきかな草原』の一字一句を文字どおりR・G・ダンの報告書であるかのように受け取ったのだろう。つまり多少さっぴいたところはあるかもしれないが、おおよそのところあの本を信頼できると考えていたのだ。それだけでやつはすっかり入れ込んでしまったのだ。どのくらいまで入れ込んでいたのか、ある日やつがオフィスにやってくる日まで私は気づいていなかった。（*SAR* 8）

ここにもハドソン、ホレイショ・アルジャー、R・G・ダン（当時アメリカでもっとも有名な信用格付け会社を経営していた人物）など、多くのほかのテクストへの言及が見られることからも明らかなように、『日はまた昇る』というテクストは、これらのテクストから慎重に距離を取ろうとしているのである。言及されるテクストが、ジェイクの語りにおいて「実用的」であるかどうかという価値基準で評価されていることからもわかるように、ジェイクはこれらのテクストを政治テクストとして規定しようとしている。ハドソンの『美わしきかな草原』（一八八五）を読んだコーンの反応はナボコフの言う「拙劣な読者」のそれであることは言うまでもないが、語り手ジェイクはこのテクストを美学テクストとして読むことを推奨しているわけではない。むしろこのテクストが読者に効果を与えることを目的とした政治テクストであることを前提にしながら、ナイーブにその影響を受けてしまうコーンを批判的に見ているのである。

しかしこのハドソンのテクストへの言及を精読してみるならば、『日はまた昇る』の『美わしきかな草原』との距離の取り方が非常に危ういものであることが明らかになってくる。なぜならこのふたつのテクストの距離が、ジェイクが主張するほどには遠く離れていない、いわばニアミスをしていることを、この直後の場面でいみじくもジェイク自身の言葉が暴露してしまうからである。


「なあ、ジェイク」コーンはバーに身を乗り出した。「人生が過ぎ去っていくのにそれをぜんぜん活用できていないって気分になることはないか。生きる時間の半分近くが過ぎ去ってしまったのを実感したりしないか」

「ああ、ときどきはな」

「もうあと三五年もたてば俺たちは死んでるんだぞ」

「バカなこと言うなよ、ロバート」私は言った。「ばかばかしい」

「まじめに言ってるんだ」

「俺はそんなこと心配したりしない」

「すべきなんだよ」

「これまでたくさん心配事を抱えたときもあるにはあったが、もう心配するのはやめたんだ」

「で、俺は南アメリカに行きたいんだ」

「なあ、ロバート。他の国に行ったたって何も変わりはしない。そんなのはみんな試してみたよ。ひとつの場所から別の場所へ移動したところで自分から逃れることはできないんだ。そんなことは何にもならないんだよ」

「でも南アメリカには行ったことないんだろ」

「南アメリカなんてくそくらえだ！　今みたいな気分で南アメリカに行ったところで今とまったく変わりやしないよ。ここはいい町だ。まずはパリで人生を生きようとしてみろよ」（*SAR* 9-10）

人生を「ぜんぜん活用できていない」と不安になるコーンが『美わしきかな草原』を読んでそこに描かれた内容を実行に移そうとするのは、政治テクストが読者に与えるもっとも効果的な影響の例であろう。しかしそれを批判するジェイクの「ひとつの場所から別の場所へ移動したところで自分から逃れることはできない」というセリフは、まさしくこれからジェイクらがしようとしている行動そのものである。ジェイクもまたコーンと同じく、人生を「ぜんぜん活用できていない」不安を抱くこともあると認めているが、この後ジェイクは友人たちとともにスペインのパンプローナに向かい、「人生をとことん生きている」(9) 闘牛士を見に行くのである。そしてその顚末を描くことを主眼としたこの『日はまた昇る』は、結局のところ語り手が慎重に距離をおこうとしていた『美わしきかな草原』と、きわめて強い類似性をはからずも惹起させてしまうのである。自らがあれほど距離をおこうとするその当のテクストと類似してしまうことからも明らかなように、ジェイクは自分が考えるほど適切に自らの語りを政治テクストから差異化することができていないと言えるだろう。その後のコーンに対する「まずはパリで人生を生きようと」するようにという忠告もまた、ジェイク本人に戻ってくることになり、ジェイクの価値判断や行動原理をきわめて疑わしいものと見せることになる。つまりこのようなジェイクの語りからなる『日はまた昇る』というテクストは、政治テクストを避けようとしながらも、その漸近線を進むことしかできない。むしろ違うと強調することによって、かえって差異化を図ろうとするテクストに引き寄せられてしまうのである。

無数に織りなされる間テクスト性の網の目に絡めとられるのを避け、ひたすら隣接テクストからの距離をとる行為は、モダニストたちを縛る制限であると同時に、差異化の対象たるテクストがあることを前提としている。つまり必然的にほかのテクストに依存することになるのである。その無意識の政治性によって排除しようとする政治テクストがない限り、美学テクストはその美学性を主張することができないのである。政治テクストとの距離を前提に美学テクストを精読することで見えてくるのは、まさしく政治テクストに取り巻かれ、袋小路へと追い込まれた閉塞的状況であると言えるだろう。

おわりに

このように、美学テクストが政治テクストから距離をおこうとする試みは、結局のところ排除しようとしていた当のテクストへの依存と類似を暴露する結果になる。したがって我々読者が精読を試みるとき、この排除のメカニズムを再演してしまってはならないことは明らかであろう。したがって精読の試みが目指すべき到達点は、もちろん美学テクストを選び出して高い価値評価を与えることではないが、それと同時に政治テクストを無理に美学テクストとして読みかえることでもない。なぜならそれは政治テクストの美学性のみを抽出し、その美学性のみに価値を与えることにつながるからである。先にも述べたように、本来ほとんどのテクストは美学テクストと政治テクストの両極の間のどこかに位置しているのであり、まずはテクストの中で差異を求める美学性がどこにあるのかを明らかにすることは、精読の行うべき重要な役割であろう。そして差異を求めない政治性は、扱う価値がないのではなく、それを扱う手段としては「精読」の方法論がむしろ不適切なのである。テクストの政治性に対して隣接するテクストとの差異を無理に探そうとすることは、当然のことながら意味のない行為であり、むしろそのテクストの生み出した社会的「効果」をこそ、文化的・歴史的コンテクストの中に位置づける必要がある。精読のみを行っても耐えられるテクストは極端に美学性に偏ったテクストのみであり、美学性と政治性を兼ね備えたテクストに対しては精読によるテクスト分析と文化研究による読みという両方のアプローチが必要になってくるのである。そして極端に美学性に偏った美学テクストもまた、独立して存在しうるものではなく、政治テクストに依存するという包摂関係にあるのである。

結局のところ文学研究の最初期においてあまりにも強い影響力をもちすぎたせいで、精読は絶対必要不可欠なものと認識されてしまった。だからこそ多くの研究者たちはまるで言い訳をするかのように、冒頭で引用したイーグルトンのように、自分が精読していることを強く主張したがるのである。しかしながらこれまで論じてきたように、精読のもつ排除のメカニズムを解体し、むしろ政治テクストへの依存の構造を理解することで、おのずと精読が可能となる領域的・方法的スコープが明らかになるのではないだろうか。文学という学問領域が扱うあらゆるテクストに普遍的に適用されなければならないという文学研究者を縛る強迫観念を解きほどけば、精読がイデオロギー的に機能不全を起こすというような事態は生じないはずなのである。間テクスト的に距離を測り、差異を見出す精読行為に負わせるべき意味を、今我々は多少修正することを求められているのではないだろうか。

注

（1）たとえば Lentricchia and Dubois、Wofreys など。

（2）ちなみに *Longman Dictionary of Contemporary English Examples and Phrases* には "close reading" の例文が五つ収録されているが、すべて比較級 "closer reading" という形で用いられている。

（3）ポルノグラフィの政治戦略に関しては膨大な研究がなされてきたが、古典的な例として Griffin を挙げておく。また比較的最近の論集 Comella and Tarrant は様々な角度からポルノグラフィを扱っている。センチメンタル・フィクションに関しても研究は数多いが、Tompkins はその最初期のものであり、古典的地位を獲得している。

（4）ウィムザットとビアズリーはこの説明において「感情の誤謬とは詩とその効果を（詩が何であるかと詩が何をするかを）混同することである。……詩が与える心理的効果に基づいて批評の基準を導き出そうとすることから始め、結果的に印象主義や相対主義に陥ってしまうのである」(Wimsatt and Beardsley 21) と述べている。その結果、政治テクストが排除されることになる。

（5）ちなみにどうでもよいことではあるが、宇宙空間に存在する小惑星帯は実際にはＳＦで描かれるような危険な場所ではない。小惑星間の距離に関しては様々な見解があるが、たとえばアイザック・アシモフは平均一六〇〇万キロ、比較的密集している場所でも一六〇〇万キロは離れていると見積もっている (Asimov 44-45)。つまりぶつかる危険性どころか、小惑星ひとつ目撃することすらまれであると言える。

（6）バイヨンヌに向かう列車内でジェイクと友人のビル・ゴートンが出会うアメリカ人旅行者は「まずアメリカを見よう」というフレーズに言及するが、これは当時の観光業界が用いていたスローガンである。小笠原を参照。

引用文献／参考文献

Asimov, Isaac. "The Trojan Hearse." *Asimov on Astronomy*, Bonanza, 1979, pp. 44-61.

Comella, Lynn, and Shira Tarrant, editors. *New Views on Pornography: Sexuality, Politics, and the Law.* Praeger, 2015.

Culler, Jonathan. "The Closeness of Close Reading." *ADE Bulletin*, vol. 149, 2010, pp.20-25.

Griffin, Susan. *Pornography and Silence: Culture's Revenge Against Nature.* Women's Press, 1981.

Hemingway, Ernest. *The Sun Also Rises.* 1926. Hemingway Library Edition, Scribner's, 2014.

James, Henry. *The Ambassadors.* 1903. *Henry James: Novels 1903-1911*, Library of America, 2010, pp.1-430.

Lentricchia, Frank, and Andrew Dubois, editors. *Close Reading: The Reader.* Duke UP, 2003.

Musée Lambinet. *Peintures du Musée Lambinet a Versailles.* Somogy, 2006.

Poe, Edgar Allan. "The Philosophy of Composition." *Edgar Allan Poe: Essays and Reviews*, Library of America, 1984, pp. 13-25.

Tompkins, Jane. *Sentimental Designs: The Cultural Work of American Fiction, 1790-1860.* Oxford UP, 1985.

Wimsatt, W. K., and Monroe Beardsley. *The Verbal Icon: Studies in the Meaning of Poetry.* U of Kentucky P, 1954.

Wolfreys, Julian. *Readings: Acts of Close Reading in Literary Theory.* Edinburgh UP, 2000.

ウラジーミル・ナボコフ『ナボコフの文学講義』野島秀勝訳（河出文庫、二〇一三年）［Nabokov, Vladimir. *Lectures on Literature.* Edited by Fredson Bowers, Harcourt Brace, 1980.］

小笠原亜衣「幻視する原初のアメリカ――「まずアメリカを見よう」キャンペーンとヘミングウェイの風景」『〈風景〉

のアメリカ文化学　シリーズ・アメリカ文化を読む2』野田研一編（ミネルヴァ書房、二〇一一年）一七七–二〇〇頁
テリー・イーグルトン『詩をどう読むか』河本皓嗣訳（岩波書店、二〇一一年）［Eagleton, Terry. *How to Read a Poem.* Blackwell, 2007.］

「手堅い現金」と「泡《あぶく》のごとき功名」
――ホーソーンの創作と報酬

中西　佳世子

はじめに

ナサニエル・ホーソーンが家族を養うに足る十分な収入を執筆活動で得られなかったことはこれまでもホーソーンの伝記で指摘されてきた。そうした状況の中で、同時代に売り上げを伸ばしていた女性作家達の作品を「がらくた（trash）」と称し、彼女達を「いまいましい物書き女ども（the d__d mob of scribbling women）」（XVII [*The Letters, 1853-1856*] 304）[1] と罵倒した作家の手紙もよく知られている。このように、ホーソーンが自らの創作が思うような収入と結びつかないことを嘆く事情は、幾多の伝記的事実から窺うことができる。しかし、一八五一年にホレイショ・ブリッジに宛てた手紙で、自身の創作の実用的目的のひとつとして「手堅い現金（solid cash）」[2]（XVI, [*The Letters, 1843-1853*] 407）を得ることを挙げたこの文言には、多少の違和感を覚えざるを得ない。『緋文字』（一八五〇）の成功に次ぐ『七破風の屋敷』（一八五一）で、ある意味では作家としての頂点に達した時期に、芸術性を追究するホーソーンの言葉にしては、先立つものはカネであり、結局はカネの為に書くのだという、身も蓋もない表現のように思える。もちろん、ここに親友ブリッジに宛てた彼一流の自嘲的なユーモアが含まれているのは確かだ。しかし、この文言に至る手紙の文脈と当時の作家が置かれた状況、そして初期の短編「ピーター・ゴールドスウェイトの宝」（一八三八）で作家が用いている同様の「手堅い現金」のメタファーに注目すると、これが単なる自嘲的ユーモアではなく、そこにポジティブな意味合いが含まれていることが窺える。

芸術性を追究する一方で、生活維持の為に時には不本意な作品を書かざるを得ないというジレンマは、職業作家を目指す者であれば誰しも多かれ少なかれ直面する問題だといえるが、ホーソーンは自身の初期の作品に用いたメタファーをこの手紙で再現し、創作とお金にまつわる問題を独特のユーモアを交えて表現したようだ。本章では、ホーソーンの「手堅い現金」という表現にこだわり、作家の作品や書簡、そして一九世紀の政治言説との間テクスト性に注目した精読を通して、そのメタファーが示唆する重層的な意味を考察したい。

「手堅い現金」と「泡《あぶく》のごとき功名」

自費出版した処女長編作『ファンショー』（一八二七）を自ら回収して破棄したホーソーンは、その後、雑誌に匿名で寄稿してきた短編を収録した『トワイス・トールド・テールズ』（一八三七）を実名で刊行して、ようやく作家デビューを果たす。そして、再び長編に挑んだ『緋文字』が評判を呼び、続く『七破風の屋敷』も好評を博して、作家ホーソーンの名は知れ渡ることとなる。

こうして作家としての地位を確立したホーソーンは、親友のブリッジに宛てた一八五一年三月の手紙で、「私の意見では、『七破風の屋敷』は『緋文字』より良い出来栄えだと思う」（XVI 406）と二作目のロマンスへの満足を示した後、次のように述べる。

> 私の人生における歩みの遅々たること！　成さねばならないことの何と多い事か！　これまでに成し遂げたものに対する評価の低さ（外的評価のことだが）！　戦いにおいてと同様、文筆業においても泡のごとき功名（*The "bubble Reputation"*）だ。私の名声がたとえ長く世界中に広まるようなことがあったとしても、世の中で君だけが私を信頼してくれたあの時ほどの有難みを感じることはないだろう。文学創作の実用的目的は、第一に創作に骨身を削る楽しみ、第二に家族や友人に与える喜び、そして最後に手堅い現金だ（*the solid cash*）。（XVI 407　強調引用者）

ホーソーンはこのように、創作の実用的目的として、芸術性の追究、身近な人々の楽しみ、そして

「手堅い現金」を挙げるのだ。確かに『緋文字』と『七破風の屋敷』の成功にもかかわらず十分な収入にならないことを作家は嘆くことになるが、それにしても、やっつけ仕事で糊口を凌がざるを得ない無名の下積みの時期ではなく、念願の長編で代表作を生み出し、いわば彼の最高の芸術を達成した時期に、「手堅い現金」という直截的にすぎるように思える表現を用いたのはなぜなのだろうか。その真意についてもう少し掘り下げてみたい。

この手紙で言及される「君だけが私を信頼してくれたあの時」とは一四年前の『トワイス・トールド・テールズ』の出版時のことであり、ブリッジが、出版を渋る編集者に保証金として二五〇ドルを内緒で支払ってくれたことを指している。ホーソーンがその事実を知ったのは、ブリッジがすでに出版社から保証金の払い戻しを受けた後のことであったが[3]、作家人生の門出に際してこのような支援をしてくれたブリッジに、彼は終生、深い恩義を抱き続ける。この手紙で作家はさらに、『トワイス・トールド・テールズ』でブリッジへの謝意を公表できなかったことを悔い、「私が初めて世に知られることになった作品が君の名前と結びついていたら最高の喜びであったろうに」（XVI 406）と述べている。

ホーソーンは、先の手紙を出したのと同じ年の一一月に出版した『雪人形と他のトワイス・トールド・テールズ』（一八五二）に、ブリッジへの手紙という形式の序文を添え、ようやくその恩を果たすこととなる。

しかし私の場合のように、ほんの僅かの読者の認知を得るのにこれほどじらされることがあっただろうか。……そしておそらく、君がいなかったら、私を取り囲む木々の幹に生える苔、二〇回分の秋が私の上に積らせるより多くの落ち葉とともに、今この瞬間も座り続けていただろう。『トワイス・トールド・テールズ』の初版に際し、君の仲立ち――しかも本人はそのことを知らずにいたのだ――があってこそ、若かった君の友人は世間の前に出て、それまでよりもいくぶん名をあげることができたのだ。アメリカの編集者の誰ひとりとして、印刷や紙を無駄にする危険を冒してまで、忘却され目も向けられていなかった私の作品の出版を望むものはいなかっただろう。正直なところ、私は読者でさえ彼らと同じ程度の認識だろうと思っていた。だからこそ、君の私に対する信頼が一層限りないものであることが分かるのだ。そしてその信頼が冷徹な批評ではなく、昔からの友情に基づいていたことが分かっているがゆえに、その信頼を一層有難く思うのだ。

（XI [*The Snow-Image and Uncollected Tales*] 5）

今や作家としての名声を得たものの、それでも思うほど十分な収入にならず、冷酷な批評にさらされることもある。そうした中、かつて無名の自分にブリッジが寄せてくれた信頼は現在の名声に勝るという思いを作家は強めているのだ。こうした観点から前述の手紙を振り返ると、名声のはかなさを喩える"bubble"（薄い膜状のものに気体か液体が包まれている状態）と、現金の手堅さを喩える"solid"（固体の中身がぎっしり詰まった状態）という語が対照的に用いられていることが分かる。この手紙の主旨は、かつてのブリッジの厚意への謝意を示すことにある。作家はシェイクスピアの『お気に召すまま』から拝借した「泡《あぶく》のごとき功名」という文言と対比させることで、ブリッジの信頼と友情がぎっしり詰まった保証金を「手堅い現金」と喩えているのだ。

職業作家を目指す以上、ホーソーンは創作の目的が収入を得ることであることを否定するものではない。作家にとって「手堅い現金」とは、第一義的には家族を養い、創作活動を継続する為に必要なお金だが、それに加えて、ブリッジの信頼と友情の証としてのお金のように、必要な時にこそ確実に手元における現金であり、気まぐれな世評に左右されたり、前約束の稿料のような減額されたり支払いが滞ったりする可能性のあるお金ではないのだ。[4] しかし、「手堅い現金」のメタファーは、そうした実際的なお金の質を表すだけでなく、創作の質に関わる意味合いも含まれていると思われる。ホーソーンの初期の短編「ピーター・ゴールドスウェイトの宝」には、「手堅い現金」という語がやはり"bubble"という語との対比によって用いられており、その主人公には文筆で身を立てることを目指す若きホーソーンの姿が投影されている。次節では物語の主人公ピーターの宝の探索に、作家人生を歩み出した若きホーソーンの創作とお金に対する意識を読み取っていく。

「ピーター・ゴールドスウェイトの宝」と『七破風の屋敷』

「ピーター・ゴールドスウェイトの宝」が発表されたのは『トワイス・トールド・テールズ』が刊行された翌年であるが、ホーソーンは一八四二年の『トワイス・トールド・テールズ』増補版にこの短編を加えている。この作品では『七破風の屋敷』と類似したモチーフが用いられており、その後のホーソーン作品で繰り返し描かれることになる、現実と空想、実務家と芸術家などの対比が見られる。批評ではこれらの点について補足的に言及されるものの、単独で論じられることが少ない作品でもあるので、[5] ここで物語の概要をみておきたい。

主人公ピーターは、かつて友人のブラウンと共同で会社経営をする仲であったが、今や初老に差し掛かったふたりの境遇は天地ほども違っている。実利的で堅実なブラウンがビジネスで成功する一方で、次々と投資に失敗したピーターは生活に窮しており、いまでは先祖の古い屋敷で幼馴染でもある召使の老女タビサと貧しく暮らしている。ブラウンはピーターの土地屋敷を現金で買い取ると申し出るが、屋敷に先祖の金貨が隠されていると信じるピーターは断る。やがて万事に窮したピーターは金貨をみつけるために屋敷の内壁を壊し、タビサがその廃材を燃やして暖を採り料理するという生活を続けることになる。友人の身を案じるブラウンはある雪の日、強風に軋む彼の屋敷を訪ね、ピーターが発見したタンスの鍵を開ける場面に出くわすが、その中身は紙屑となった紙幣や土地所有証であった。呆然とするピーターにブラウンは、今度こそ土地と屋敷を買い取り、タビサと二人で住める部屋も与えると申し出る。それに元気づけられたピーターが、これでまた投資ができるというのを聞いて、彼には金の管理をしてくれる後見人が必要だとブラウンがつぶやく。

以上があらすじであるが、この短編の「屋敷に隠された宝の探索」や「無価値となった証書の発見」というモチーフが一三年後に出版された『七破風の屋敷』で採用されていることはすぐに見てとれる。実際に、作家がこの短編のモチーフを『七破風の屋敷』創作のヒントにすることになる出来事があった。一八五〇年五月、ホーソーンはボストンの図書室で、イギリスの雑誌に「ピーター・ゴールドスウェイトの宝」と「シェイカー教徒の結婚式」（一八三八）の海賊版が掲載されているのを発見する。ホーソーンは、若い頃の短編を読み返した感想を「痛々しいほど無機質でつまらない」（VIII [*The American Notebooks*] 493）と記しているが、翌年に出版した『七破風の屋敷』には「ピーター・ゴールドスウェイトの宝」のモチーフを採用しており、海賊版の発見が二作目のロマンス創作のヒントを提供したのは間違いない。しかし、この二作は短編と長編という違いだけでなく、よく似たモチーフでありながら、そこにさまざまなレベルの違いが見られる。

たとえば、そもそも『七破風の屋敷』のピンチョン判事が執拗に追い求めた屋敷の宝はそれ自体には本質的価値のない「土地権利所有証」（II [*The House of the Seven Gables*] 316）だが、ピーターが何度もの投資の失敗の末、最終的に屋敷から掘り出そうとしたのは「金貨・銀貨（precious metals）」（IX 387）である。また『七破風の屋敷』のピンチョン判事は冷酷な性格をした抜け目のない実利家であるが、ピーターは非現実的な夢をひたすら追う芸術家タイプの人物として描かれる。そして語り手は、「彼の想像力を優美な詩作に用いていたら世で異彩を放っていたかもしれなかった」とピーターの宝捜しに文学作品の創造と同質のものを見出し、「彼は悪い人間ではなく、子供のように無邪気」で「正直で節操があり、生まれついての紳士」（386）だと擁護する。また、「根っから信心深いピーターは神の恵みを願う食前の祈りを忘れたこと」はなく、「食事が粗末なら、それだけ一層熱心に祈り」、「食事が乏しければ、ご馳走を前にして病気であるより、旺盛な食欲のほうが有難いと感謝の祈りを忘れない」（395）。さらにピーターと対照的な人物として描かれる実利家のブラウンでさえ、ピンチョン判事のような強欲さや冷淡さはなく、ピーターに援助の手を差し伸べ、彼の屋敷の地所を買い上げることでピーターの夢をつなぐ。また、ピーターの現実離れした夢想に付き合う老女タビサは、彼の靴下の穴を自分の古いペチコートで繕ったり、ピーターが作り出す屋敷の廃材で暖炉の火をおこしてお茶を入れたりと、母親とも恋人とも思えるような愛情を彼に注ぎ、ピーターも身寄りのないタビサを見捨てることはない。

『七破風の屋敷』では、強欲なピンチョン判事が積み上げた財産は砂上の楼閣として描かれ、それを象徴するかのように、彼が求める屋敷の宝は本質的な価値を持たない土地の権利書となっている。また雑多な集団であるクリフォードやヘプジバー一行との対比によって、貴族的階級と民衆というテーマも明確に描き出されており、よく似たモチーフでありながら短編よりも作品の完成度は高められているといえる。しかし、一方で、屋敷の外壁だけをかろうじて残し、内部の壁や柱を壊して一心不乱に宝を探すピーターの姿には作家を目指す自身の将来に大きな不安を感じている若き日のホーソーンの姿を垣間見ることができる。この作品に限らず、作家の分身と思しき人物が屋敷に隠されている宝を求めるモチーフは、後のホーソーンの自伝的作品に度々現れる。たとえば「旧牧師館」の語り手は創作の題材を求めて屋根裏の資料を調べ、「税関」の語り手は税関の古い書類の山から『緋文字』の材料を探し出す。屋敷の内部を探って宝を掘り出す「ピーター・ゴールドスウェイトの宝」のモチーフには、この後も続く、創作のインスピレーションを屋敷内に求める作家のイメージが予言的に描かれているのだ。

さて、この「ピーター・ゴールドスウェイトの宝」では、ピーターとタビサ、友の安否を心配して訪れたブラウンと主要登場人物が出揃い、ピーターがついに暖炉の煙突の脇から掘り出したタンスの錆びた鍵を開ける場面で、「手堅い現金」という語が "bubble" と "solid" の対比によって用いられている。

> なんと、出てきたのは、最初に発行されてから、古くは一世紀半以上も前、そしてほぼ独立戦争のころに至る、旧植民地時代の証書、財務省の証券、地方銀行の紙幣、そして、そうした類のあらゆる価値の無いもの（*all other bubbles of the sort*）であった。（IX 406　強調引用者）

紙屑となってしまった古い植民地時代の信用証書や紙幣を呆然とながめるピーターに、ブラウンが屋敷の地所を買い取り、タビサとともに住む場所も用意してやろうと援助を申し出ると、たちまち元気づいたピーターはこれで新たな投資ができると喜ぶ（406）。その様子を見たブラウンは次のように考える。

> 「そういうことであれば」とジョン・ブラウンはつぶやいた。「次の法廷で、その手堅い現金（*the solid cash*）の管理を頼む後見人を選定してもらわないといけないな。もし、ピーターが投資をすると言い張るなら、先代のピーター・ゴールドスウェイトが残した宝で心ゆくまですればいいさ。」
> （406　強調引用者）

ブラウンは、懲りないピーターが受け取った現金を次の投資につぎ込むことを危惧するのだが、ホーソーンがここでブラウンに「手堅い現金」と語らせているのは注目に値する。ピーター自身は屋敷の中に隠されているとされる「金貨や銀貨（precious metals）」を想い描いていたのだが、それに対して、自分が手渡すのは、確実に手にすることのできる本物の現金だとブラウンは言うのである。ピーターは結局のところ、その「手堅い現金」を拠り所に、これからも自身の夢を追い続けるであろうし、タビサはそんな彼と運命を共にし、ブラウンもピーターを見捨てることはできないのであろう。ピーターの夢は、手段を選ばずに財を積み上げることが目的のピンチョン判事の強欲とは本質的に異なるものなのだ。

このように夢を追い続け、めぼしい成果もなく歳を重ね、廃墟となった屋敷で呆然とするピーターには、文筆で身を立てることに不安を持つホーソーンの姿が戯画的に投影されている。ホーソーンも、人生も終わりに近づいて、才能を掘り起こして創作した作品が紙屑であることに呆然とするだけかもしれないのだ。着々と社会的地位を築いて経済的にも成功していくボードン大学時代の友人達を横目に作家を目指す焦りは、ピーターと実務家として成功したブラウンの対比として描かれる。一方、成功者のブラウンがピーターを見捨てずに「手堅い現金」を差し出してくれるところに、この短編発表の前年、作家として実名でデビューする際に保証金を黙って支払ってくれたブリッジに対する感謝の気持ちも表されているといえる。そして、ピーターの探し求める宝が「金、銀」であるところに、時を経ても紙屑として葬られることなく換金されうる価値ある本の創作を行いたいという作家の願望も込められている。こうしてホーソーンは自身を戯画化しつつ、ピーターの馬鹿げた夢想に付き合ってくれる女性や、最終的に援助を申し出てくれる実利的なブラウンに、自分をとりまく友人や家族の姿も投影するのである。(6)

ホーソーンは、ブリッジの援助で『トワイス・トールド・テールズ』での作家デビューを果たし、その翌年に「ピーター・ゴールドスウェイトの宝」を発表する。一二年後にその短編の海賊版に出会った作家はそのモチーフを『七破風の屋敷』に採用する。そして作家としての地位を揺るぎないものにしたホーソーンは、デビュー時に献辞でブリッジの厚意に酬いることができなかったことへの悔いと詫びを伝える手紙を書く。そして、「ピーター・ゴールドスウェイトの宝」で用いた"bubble"と"solid"の対比を再現することで、かつて「手堅い現金」を差し出してくれたブリッジに改めて感謝の意を伝え、時を経ても光を失わない作品を生み出したいという思いを新たにしたといえる。

ジャクソン大統領の退任演説

次にホーソーンが、当時の政治言説から「手堅い現金」というメタファーのヒントを得ていたことをみていく。ローマンは「ピーター・ゴールドスウェイトの宝」のテーマには金本位制と紙幣制をめぐる当時の政治論争が反映されており、一八三七年三月に行われたジャクソン大統領の次の退任演説の内容がホーソーンの関心を引きつけたことを指摘している（Loman 345-46）。

> 合衆国憲法は疑うことなく、国民に対して金と銀の流通（*a circulating medium of gold and silver*）を保証することを意図していた。……紙幣制度（*The paper system*）は公共の信用を基本としており、それ自体に本質的価値はなく、大規模な突然の変動にさらされやすい。それゆえに財産を危険にさらし、労働賃金を不安定で不確かなものにする。（Jackson 強調引用者）

この演説の背景には合衆国銀行の是非をめぐる対立があり、その問題は、アメリカはどのような国を目指すのかという建国以来続く論争、そしてホーソーンも煽りを食った不況と密接に関連する。

独立戦争後のアメリカでは、発行した戦争債を管理する中央銀行の必要性を主張するハミルトン派と、中央集権的抑圧となる中央銀行の設立に反対するジェファソン派が対立したが、一七九一年に合衆国銀行は二〇年の期限付きで認可される。その後、一八〇九年にマディソン政権下で議会は認可の延長を拒否し合衆国銀行は消滅する。しかし、第二次対英戦争の勃発で戦費調達の必要性が生じ、正金の裏付けのない政府紙幣が大量発行され戦後にインフレが起こる。こうして中央銀行の設立を求める声が再び高まり、一八一六年に第二合衆国銀行が二〇年の期限付きで認可されるが、ジャクソン大統領が就任すると合衆国銀行の違憲性を指摘し、一八三二年に大統領拒否権を発動して認可延長の議会決定を却下する。一八三六年に認可が切れた第二合衆国銀行は州法銀行に移行するが、一八三七年に大規模な金融パニックが起こる（ブルナー 三一一二）。この最中に、ジャクソンは退任演説で金本位制の正当性と紙幣経済の違憲性を改めて主張したのである。

ホーソーンの姉のエリザベスによれば、少年時代のホーソーンは熱烈なジャクソン将軍支持者であり、ボードン大学時代にホーソーンが所属していた文学クラブは一八二四年の大統領選挙でジャクソンを応援したという（スチュアート 三二）。ジャクソンの言動に対するホーソーンの関心が高かったのは確かであるが、その政権下での経済変動の影響を彼も受けており、一八三七年の不況は『トワイス・トールド・テールズ』の売れ行きに打撃を与えた。出版当初の四月にグッドリッチはホーソーンに本の売れ行きが順調であることを告げているが、六月になるとホーソーンはロングフェローに宛てた手紙で不況の為に売れ行きが鈍っていると述べている。一八三八年には出版社が倒産し、別会社が残りの部数を引き受ける事態となる（IX 506）。「ピーター・ゴールドスウェイトの宝」は正にこの年に書かれており、金貨や銀貨を期待したピーターの探し当てた宝が、紙屑同然となった信用証書であったというアイロニーやメタファーには、作家人生の重要なターニングポイントで保証金の必要性にせまられ、不況で証券の価値が下落する状況を目のあたりにし、自身のデビューにも影響を被った作家の体験が色濃く反映されているのだ。

ホーソーンは社会運動や政治論争における言説をしばしば創作に用いている。たとえば一九世紀の禁酒運動におけるアルコール度の高い蒸留酒と低い醸造酒を区別する言説は『ブライズデイル・ロマンス』（一八五二）や「地上の大燔祭」（一八四四）などに取り入れられている。作家は醸造酒を自然の神の恵みによるものとする一方、蒸留酒は人工的にアルコール度を高めるものとして前者と対比させ、過剰な人為性、想念の虜、科学至上主義などを神への冒瀆行為として批判、風刺する際のメタファーとして用いるのだ。(7) 同様に、合衆国銀行を巡る論争における本質的価値をもつ金貨・銀貨と信用証書である紙幣・証券の対比は、作家に創作のモチーフを提供した。ホーソーン自身は蒸留酒も好み、投資で幾度か損失を被っているが、社会運動や政治論争の対立する言説が作家の想像力を刺激し創作の素材やヒントとなったのである。

ホーソーン作品では、想念などの抽象概念を触知できる物質へと変換させるメタファーがしばしば用いられる。たとえば「イーサン・ブランド」（一八五〇）の許されざる罪を追究するブランドの心臓は大理石となり、「美の芸術家」（一八四四）の美を探究するオーエンは機械の蝶を作り、「ラパチーニの娘」（一八四四）の疑惑に囚われたジョバンニは自身の息を毒に変え、「鉄石の人」（一八三七）の狂信的なディグビーは石と化す。このようにホーソーンは人間の想念や欲望を物質的に表現するメタファーを用いるが、金本位制と紙幣制度をめぐる政治言説は、抽象概念を物質に置き換え、対比的なメタファーを作品に導入するのに格好の素材であったといえる。金や銀の価値に裏付けられた正金か、その裏付けのない紙幣や証券かという政治議論に“solid”と“bubble”という対照語を加え、前者に肯定的な意味を、後者に否定的な意味を付与して「ピーター・ゴールドスウェイトの宝」に用いたのである。そして、十数年後にブリッジに宛てた書簡では、自嘲的なユーモアに加え、ブリッジの固い友情に裏付けられた現金、さらには本質的価値をもつ作品創作への願望、といった多義的なニュアンスを込めた「手堅い現金」というメタファーを再現したのだ。

政治職と創作

若い頃に自身を投影した「ピーター・ゴールドスウェイトの宝」の主人公とは異なり、五〇代に差し掛かろうとするホーソーンは自分が掘り出した宝が紙屑ではなかったことを確信して安堵したであろう。しかし、それにもかかわらず、創作が十分な収入に繋がらないことを改めて作家は痛感することになる。一八五〇年代前半の八つのベストセラーのふたつには『緋文字』と『七破風の屋敷』が含まれているが、同時代の女性作家達の作品は出版当初からホーソーン作品をはるかに凌ぐ勢いで売れ続けていた（進藤 一二一–一三）。本節では、創作と政治職のいずれで収入を得るべきかという岐路に立たされたホーソーンの迷いに注目し、作家にとっての「手堅い現金」の意味を確認したい。

ホーソーンは一八三九年にボストン税関、一八四六年にセイラム税関の政治職を得た後、一八五四年にリバプールの領事職に就く。ホーソーンが民主党の人脈によって、再々こうした政治職に就くのは創作活動では十分な収入が見込めず生活に窮したからであるが、名声を得た後に領事職に就く際のホーソーンの心境は先の二つの税関職の時とは少し異なるのではないかと思われる。作家としての成功を成し遂げた後に、それでも執筆だけで家族を養い、創作を維持するだけの十分な収入を得ることが出来ないという現実に直面し、[8] 大統領選挙キャンペーン用の『フランクリン・ピアス伝』（一八五二）の執筆の見返りとして領事職を得たホーソーンの心境は察するに難くはない。

　こうしてホーソーンが領事職に就いて九ヵ月後の一八五四年四月、領事職の減俸を認める法案が議会に出されるという報が彼に届く（Baym 22）。この間に家族も病気がちとなり、環境や仕事内容にも不満を抱いていたホーソーンは、俸給が下がるのであれば領事職を辞して創作活動に専念したいとブリッジや出版者のティクナーに訴える。それまでもホーソーンの不服を聞いていたこともあり、彼らもまたホーソーンが創作に戻ることを期待するのだが（22）、そのうち法案の実効化は見送られることとなる。以下の一八五五年一月のホーソーンの手紙は、領事職を続けることをティクナーに告げるものである。

> 領事職の法案は通らないというのが一般的な見通しのようだ。……ともかく、この仕事をあと二年は続けようと思う。というのも、まだイギリスの半分も見ていないし、新しいロマンスの着想もあり、それは時間をかけて熟した方がずっと良いものになると思うのだ。それに加えて（*Besides*）、アメリカは、いまや、いまいましい物書き女どもの集団（*a d_d mob of scribbling women*）に完全に乗っ取られてしまっている。大衆の好みがあの女どものがらくた（*trash*）で占められている限り、私

に成功の見込みはないし、成功したら恥じることになるだろう。

（XVII [*The Letters, 1853-1856*] 304 強調引用者）

この手紙をティクナーが公表したのは一九一〇年だが、それ以来、感傷小説やミステリーなどを「がらくた（trash）」と称し、そうした作品で人気を博している彼女達を「いまいましい物書き女どもの集団（a d_d mob of scribbling women）」と罵倒したホーソーンのこのテクストは、白人男性作家を優位に置くその後の文学批評言説の確立に寄与したとして、しばしばフェミニズム批評の対象とされてきた（Baym 20）。『フランクリン・ピアス伝』で奴隷制に言及した箇所や『緋文字』の税関批判などと併せて、ホーソーンの言葉の中でも最も物議を醸してきた一節といえるだろう。ベイムは「それに加えて（Besides）」という手紙の文言に注目し、ホーソーンが女性作家達をやっかんでいるのは確かであるが、俸給が維持されると分かって手のひらを返したように方向転換をしたことを多少恥じ入り、個人的な手紙でもあることから、照れ隠しと弁明の為にこのような乱暴な表現をしたのではないか、と作家を擁護している（21-23）。実際にホーソーンはこの後にティクナーに宛てた手紙で、自分も女性作家の作品を楽しむこともあり、彼女達全てを非難するつもりはないのだと弁解がましく書き送っている（XVII 307-08）。

ここではそうした議論は少し脇において、領事を辞めて執筆で得る収入と、領事職で収入を確保した後に執筆に専念して得る収入とを作家が秤にかけている点に注目したい。セイラム税関を首になった時とは事情が異なり、彼には領事職を辞めてもこれまでの著作からある程度の収入を得る見込みがあった。また前述のように、すでに有名作家となった彼が創作に戻ることを期待する編集者や友人もいた。そうした状況下で作家を押しとどめたのは、これまでの本の売り上げに加えてティクナーに依頼した投資も奏功したとはいえ、一八五七年の退職時に約三万ドルの貯蓄が残ることになった（スチュアート 二七八）領事職の報酬額である。その報酬がどれほどの減額となれば執筆に戻る方が得策かという計算が作家に働いたのだがその値踏みは単純な儲けの額ではない。弁明の為の方便とはいうものの、手紙で述べているようにホーソーンが女性人気作家達と市場で戦う必要があったのは確かである。将来の執筆に備えて領事職に就いている間に蓄えることのできるお金や創作の題材と、領事職の継続ですり減る時間、時期を逸するかもしれない出版のタイミング、創作力の維持の問題などを秤にかけ、どちらが価値ある作品の創作に繋がるのか、初老に差し掛かったホーソーンは逡巡し、結果として政治職の継続を選んだ。

山口ヨシ子の『ダイムノベルのアメリカ』によれば、一九世紀中葉のアメリカでは印刷技術の革新と経済発展により出版される本の数が飛躍的に伸びた。一八五五年には、万国博覧会のために建設されたニューヨーク・クリスタル・パレスで開かれたニューヨーク出版者協会のパーティーで、技術の進歩による出版界と読者層の劇的成長が祝されたという。出版物が金儲けの手段となり、ハードカバーの本が一ドルから一ドル五〇セントであった時代に、紙表紙で長さや装幀、さらには扱う主題を規格化した安価な「ダイムノベル（一〇セント小説）」が大量に売り出されるようになる。最初の「ダイムノベル」の出版は一八六〇年であるが、その起源は一八四〇年代にまで遡ることができる（山口 一―三）。ホーソーンが「いまいましい物書き女どもの集団」と罵倒の対象にした女性作家達の作品の感傷的な内容や

「ワーキングガール」といったテーマも「ダイムノベル」の流行に影響を与えており、(9)ホーソーンが帰国して参入するアメリカの出版界は加速度的に商業主義へと向かっていたのである。『緋文字』と『七破風の屋敷』で名を成した時、ホーソーンはすでにこうした状況を感じ取っていた。一八五〇年四月、『緋文字』の出版後にポーツマス海軍工廠のブリッジの家に滞在していたホーソーンは、指を痛めて手紙を書けない妻にあてて次のような手紙を書き送っている。

ブリッジが妻にしているように、君を貴婦人にさせておけない夫と結婚したのは君の大きな誤りだった。出入りの召使を雇い、君を豪華な椅子に座らせてただ美しいままにしておくことができればどれほどの喜びか。君には生活の為にすることがたくさんあるのに、それを見ていながら君に楽をさせる為にできることはほとんどないのだ。(XVI 333-34)

ホーソーンは妻を慰めようとやや大げさな表現をしているようだが、ここでは、友人夫婦の暮らしぶりを目にして具体的に彼が思い描いた家庭生活を垣間見ることができる。途方もない夢ではなく、現実的に親友のブリッジが妻にしているようなことが自分にもできる経済力が欲しいと願うのである。いずれにしても、この時点で作家は経済的に安泰であるとは思っていない。その後『七破風の屋敷』を出版してさらに評価を得たホーソーンが大作家としての自覚を持ったかどうかはともかく、長編作家としての成功によって職業作家としての地歩を固めたことを確信したのは間違いない。しかし、それでも十分な収入にはならない現実に直面し、改めてホーソーンは創作と収入という問題に考えを巡らせ、ブリッジに宛てた手紙で創作の実用的目的として「手堅い現金」と認めたのだ。年月を経ても「手堅い現金」と交換され得るような本質的価値を有する作品を書くことを志す一方で、それで彼が思い描く生活が成り立たないとなれば、一時の流行に乗じてやがて紙屑と化す正金の裏付けのない証券のような作品を創作するよりは、かつてブリッジが「手堅い現金」で夢を繋いでくれたように、政治職で収入を得てでも納得のいく創作を継続するという覚悟、おそらく早晩、そうせざるを得ない日がやってくるかもしれないという予感を「泡《あぶく》のごとき功名」と対比させた「手堅い現金」というメタファーを用いてブリッジに書き送ったのだ。そしてその手紙の翌年、ホーソーンは親友ピアスの大統領選出馬の報を聞くと、すかさず政治職を得るための足掛かりとなる選挙キャンペーン用の伝記にとりかかり、その後領事職を得ることとなる。ホーソーンの実用的目的としての「手堅い現金」には、職業作家として名を成した時、芸術の追究と日々の家族との生活にどう向き合うべきかという問題について改めて現実的な考えを巡らせた作家ホーソーンの決意が表明されているといえる。

本章ではホーソーンの書簡における「手堅い現金」という表現が、作家自身の作品や手紙、あるいは政治言説などのさまざまなテクストと共鳴することを確認し、その表現に込められた創作とお金を巡る多層的な作家の認識を考察した。「金本位制」や「禁酒運動」は、アメリカが目指す新国家の有り様と深く関わる問題であった。アメリカ特有の文学を志すホーソーンにとって、こうした問題を巡って対立する議論はアメリカ的なテーマと人間の本質的なテーマを繋ぐことのできる有用な素材であった。彼の作品や書簡や創作ノートに見られるそうしたメタファーの対比が一貫しているのも肯ける。その意味でホーソーンは、テクストの細部にこだわり間テクスト性を追究して精読を読み進めていく面白さを提供してくれる作家だといってよいだろう。

＊本稿は二〇一七年八月二七日に関西学院大学大阪梅田キャンパスで開催された日本ナサニエル・ホーソーン協会関西支部研究会での発表に加筆・修正を加えたものである。また、ＪＳＰＳ科研費 JP17K02567 の助成を受けた研究成果の一部である。

注

（1）ホーソーン作品の引用はセンテナリー版を用い、初出の際に巻号、タイトルを頁数とともに記載する。

（2）OED（第二版）の "cash" と "solid" の項目では "solid cash" という表現は見当たらない。しかし、たとえば、一八四九年の『ウィークリー・ヘラルド』では "It seems....that checks, never to be paid, and Susquehannah Bank bills are considered cash in New Jersey,....According to the rigid rules of morality and of right and wrong, such items and such articles would hardly be considered hard money or solid cash in California"（"The Morris State Bank"）のように使われており、また、一八三七年の『民主党機関誌』でも "In one part of the country bank credit will be the medium for paying public dews, and in the other nothing but solid cash will be received"（"The True Principles"）のように使われている。

（3）『トワイス・トールド・テールズ』の出版を渋る編集者グッドリッチに、ブリッジが保証金として二五〇ドルを支払ったことを知らないホーソーンは、刊行に際して献辞としてグッドリッチの名を記そうとしたためブリッジが止めた。ホーソーンが保証金の支払いを知ったのは出版後、数カ月してからであった（Bridge 80）。

（4）たとえば、作家は一八三六年に『アメリカ有用娯楽教養雑誌』の編纂の仕事を請け負うが、編集者のグッドリッチはなかなか給料を支払ってくれず生活に窮して家族に送金を頼んでいる（Turner 1-4）。また、一八四三年には雑誌社の連中が未払い分を払ってくれないとこぼしており（スチュアート　一〇三）、作家活動の初期からホーソーンはしばしば原稿料の支払いの滞りに悩まされていた。

（5）デュールは目的の虜となるホーソーンの登場人物の一例としてピーターを位置付け、作品に描かれるアイロニーを論じている。また、ホーソーン作品の光のタイプを論じるセシルは健全な判断や関係性を取り戻す光として、作中でピーターを一瞬、現実に引き戻す朝の光を挙げている。アリソンはホーソーン作品に描かれる家、煙突、暖炉に注目し、この短編がメルヴィルの「私と煙突」（一八五六）に与えた影響に言及している。

（6）ムーアはブラウンのモデルとして作家の母方の叔母プリシラ・マニングと再婚したジョン・ダイクを挙げている。

（7）ホーソーンは、一八四〇年代と一八五〇年代の禁酒運動からヒントを得たメタファーを『ブライズデイル・ロマンス』、『大理石の牧神』（一八六〇）、「地上の大燔祭」、「痣」（一八四三）など多くの作品で用いている。詳細は拙著『ホーソーンのプロヴィデンス――芸術思想と長編創作の技法』の第四章で論じている。

（8）セイラム税関職の年収は一二〇〇ドルであったが、一方、二作目、三作目のロマンス、少年少女向けの本などを次々と出版した実績から揚がる年収は一〇〇〇ドルを超えるものでなかった（スチュアート　一二〇、二一八）。

（9）たとえばホーソーンの攻撃の対象とされた女性作家にファニー・ファーンがいるが、彼女の作品における、夫の死後に苦難を経て経済的独立を果たす女性、健気に働く下層労働階級の女性などは「ダイムノベル」で描かれるヒロインに繋がるものである（山口　二一一、二九四）。

引用文献／参考文献

Allison, John. “Conservative Architecture: Hawthorne in Melville’s ‘I and My Chimney’.” *South Central Review*, vol. 13, no. 1,

Spring, 1996, pp. 17-25.

Baym, Nina. “Again and Again, The Scribbling Women.” *Hawthorne and Women: Engendering and Expanding the Hawthorne Tradition*, edited by John L., Jr. Idol and Melinda M. Ponder, U of Massachusetts P, 1999, pp. 25-35.

Bridge, Horatio. *Personal Recollections of Nathaniel Hawthorne.* Harper and Brothers Publishers, 1893.

Cecil, L. Moffitt. “Hawthorne’s Optical Device.” *American Quarterly*, vol. 15, no. 1, 1963, pp. 76-84.

Durr, Robert Allen. “Hawthorne’s Ironic Mode.” *The New England Quarterly*, vol. 30, no. 4, 1957, pp. 486-95.

Hawthorne, Nathaniel. *The American Notebooks. The Centenary Edition of the Works of Nathaniel Hawthorne*, edited by William Charvat, et al., vol. 8, Ohio State UP, 1972.

——. *The House of the Seven Gables*. *The Centenary Edition*, vol. 2, Ohio State UP, 1965.

——. *The Letters, 1843-1853*. *The Centenary Edition,* vol. 16, Ohio State UP, 1985.

——. *The Letters, 1853-1856*. *The Centenary Edition,* vol. 17, Ohio State UP, 1987.

——. *The Snow-Image and Uncollected Tales*. *The Centenary Edition,* vol. 11, Ohio State UP, 1974.

——. *Twice-told Tales*. *The Centenary Edition,* vol. 9, Ohio State UP, 1974.

Jackson, Andrew. “Farewell Address on March 4, 1837.” *The American Presidency Project*, by Gerhard Peters and John T. Woolley, www.presidency.ucsb.edu/ws/?pid=67087.

Loman, Andrew. “‘More Than a Parchment Three-Pence’: Crises of Value in Hawthorne’s ‘My Kinsman, Major Molineux.’” *PMLA,* vol. 126, no. 2, 2011, pp. 345-62.

Moore, Margaret B. “Hawthorne’s Uncle John Dike.” *Studies in the American Renaissance*, 1984, pp. 325-30.

“The Morris State Bank Indictments in New Jersey.” *The Weekly Herald, 22 Dec. 1849, Nineteenth Century U.S. Newspapers*, GT3004497969.

“The True Principles of Commercial Banking.” *The United States Magazine and Democratic Review*, 1 May 1838, American Historical Periodicals, DUDTRB125471900.

Turner, Arlin. *Hawthorne as Editor: Selections from His Writings in the American Magazine of Useful and Entertaining Knowledge*. Louisiana State UP, 1941.
進藤鈴子『アメリカ大衆小説の誕生――1850年代の女性作家たち』（彩流社、二〇〇一年）
スチュアート、ランダル『ナサニエル・ホーソーン伝』丹羽隆昭訳（開文社出版、二〇一七年）
中西佳世子『ホーソーンのプロヴィデンス――芸術思想と長編創作の技法』（開文社出版、二〇一七年）
ブルナー、ロバート・F、ショーン・D・カー『ザ・パニック――1907年金融恐慌の真相』雨宮寛、今井章子訳（東洋経済新報社、二〇〇九年）
山口ヨシ子『ダイムノベルのアメリカ――大衆小説の文化史』（彩流社、二〇一三年）

「ヴァビーナの香り」の追加
──『征服されざる人々』における登場人物と作家の成長

島貫　香代子

短編群の長編化

ウィリアム・フォークナーが雑誌に掲載された複数の短編を一つの長編に組み込む手法で執筆を行うようになったのは、『征服されざる人々』（一九三八）からである。本作品では七章のうち、最初の六章が一九三四年から一九三六年にかけて『サタデイ・イヴニング・ポスト』と『スクリブナーズ』に掲載された。長編化にあたってフォークナーは、南北戦争時代を描いた各短編に修正を施してまとまりを持たせたうえで、再建期の物語を一つ書き下ろして最終章として付け加えている。(1) 作家自身が本作品を短編と長編の両方の特徴を併せ持った「ハイブリッド形式」と見なしていることからもわかるとおり

(Gray 225)、本作品には短編の個別性と長編の全体性が混在し、創作上の新たな試み——間テクスト性の追求——がなされている。架空のミシシッピ州ヨクナパトーファ郡を舞台とする一連のフォークナー作品を考察する際、間テクスト性の議論は避けて通れないが[2]、本作品の創作過程や最終章の追加においても様々なレベルの間テクスト性を見出すことができるのだ。本作品はフォークナーの故郷ミシシッピ州オクスフォードの人々や批評家のあいだで前作『アブサロム、アブサロム！』(一九三六)を上回る好意的な評価を受け、映画化の権利もメトロ＝ゴールドウィン＝メイヤーに二万五千ドルで売却することができた (Blotner 392; Gray 226)。

単純化して言えば、『征服されざる人々』は一人称の語り手であるベイヤード・サートリスの成長物語なのだが、それを端的に示すのが最終章「ヴァビーナの香り」であろう。長編化にあたって追加されたこの第七章がそれまでの章と一線を画した印象を与えるのは、第六章で一五歳だったベイヤードが突然二四歳に成長しているからだ[3]。また、そうした身体的成長に加えて、南部の慣習ではなく「殺してはならない」(「出エジプト記」二〇：一三、「申命記」五：一七) という聖書の言葉に従って、父親を殺した政敵への復讐を放棄したベイヤードの精神的成長には目を見張るものがある[4]。こうした彼の顕著な変化にもかかわらず、複数の短編の長編化という経緯のせいか、従来の研究では最終章におけるベイヤードの決断は自明なものとしてあまり重要視されてこなかった[5]。しかし、本作品の第五章「ヴァンデー」で彼が別の復讐を遂げていること、そして本作品と同時期に執筆された『アブサロム』で奴隷制や人種混淆といった同時代の南部社会の暗部が執拗に描かれていることに鑑みると、最終章におけるベイヤードの変化には再考の余地があるように思われる。

そこで本稿では、「ヴァビーナの香り」でベイヤードが置かれた新たな状況——フォークナーの祖父も学んだ、再建期のミシシッピ大学法学部で四年目を迎えようとしている大学生であること——にも注目しながら、ベイヤードの成長とフォークナーが模索した南部の新たな方向性について検証してみたい。「ヴァビーナの香り」の間テクスト性は、創作上の効果だけでなく作家の南部観の深まりを考えるうえでもきわめて重要なテーマだからである。最終的には『行け、モーセ』（一九四二）にまで考察範囲を広げ、本作品で「ヴァビーナの香り」が追加された意義を検討する。

「ヴァンデー」で復讐するベイヤード

最終章で二四歳になったベイヤードは復讐を放棄するが、一五歳の時点では正反対の行動に出ている。祖母ローザ・ミラード（グラニー）が第四章「反撃」で悪党グランビー少佐に殺害されると、第五章「ヴァンデー」のベイヤードは幼馴染の黒人マレンゴー・ストロザー（リンゴー）とともにグランビーを探し出して仇討ちを果たす。南部の伝統に沿ったこの復讐劇は、最終章におけるベイヤードの非暴力への重要な伏線になると同時に鮮やかな対比——ベイヤードの変化——を効果的に提示する役割を担う。本節では、「ヴァンデー」で描かれた報復行為に対する肯定的な雰囲気を確認したうえで、ベイヤードや彼の周りの人々が南北戦争以前の南部（旧南部）の慣習を無批判に受け入れている様子を見ていくことにしたい。

グラニーの死後、ベイヤードはシオフィラス・マッキャスリン（アンクル・バック）からピストルを借りて、リンゴーとともにグランビーの行方を追う。緊張のせいか、ピストルを手に入れたベイヤードは「寒さを感じなかったのだが、身体がガタガタと震えているのが感じられ」(*U* 161-62)[6]、復讐のことを口に出せないでいる。実際の仇討ちも示唆されるだけにとどまるのだが、それを成し遂げた後にグラニーの墓に向かい、切り取ったグランビーの右手を板にくくりつけた途端、二人は泣き出してしまう。一貫して復讐に肯定的なリンゴーはさておき、ベイヤードの涙が「これでグラニーも静かに寝られるだろう」(184)というリンゴーの言葉に呼応する安堵感から来るのか、大役を果たした後の解放感に由来するのか、グランビーに対する哀しみの念が生じたのかはテクストからは判断できない。様々な感情がベイヤードの中で渦巻いているのだろうが、この報復行為に異議を唱える描写や示唆が皆無であるため、初めての経験で動揺することはあっても、彼が自らの選択に疑問を抱いていたとは考えにくい。

仇討ちの正当性を内面化しているのはベイヤードだけではない。彼の父親ジョンと義母ドルーシラはもちろんのこと、第二章「退却」で土地所有や奴隷制に関して進歩的な考えを持っていたアンクル・バックでさえ[7]、ベイヤードの復讐を勇気ある行為として称賛している。「ヴァンデー」の終盤でアンクル・バックは、ベイヤードによるグランビーの殺害を次のようにサートリス家の黒人奴隷たちに自慢げに話して聞かせる。

「わしとジョン・サートリスとドルーシラがあの古い圧搾工場に乗りつけたとき、最初にわしらが見たものは、あらい熊の皮のようにその戸に針づけにされていたあの人殺し野郎だった、右手だけはなかったがね。『右手も見たいというなら』とわしはジョン・サートリスに言ってやった、『ジェフアソンに行って、ローザ・ミラードの墓を見るがいい！』と。あの子はジョン・サートリスの息子だと、わしはあんたに話しただろう？　どうだい？　そう話しただろう？」（186）

アンクル・バックはサートリス家の勇敢さがベイヤードに受け継がれていることを素直に喜んでいる。なお、こうした復讐が南北戦争という非常事態の出来事として例外的に許されていたというわけでもなさそうだ。実は第二章でアンクル・バックの進取の精神を高く評価しているのはベイヤードの父親なのだが、両者が土地と奴隷に対する問題意識を多少なりとも抱いていながらも伝統的な仇討ちを不問に付しているところに、この慣習の根深さを垣間見ることができる。

グラニー殺害後の緊迫した重苦しい雰囲気を描いた第五章から一転、第六章「サートリス農園での小競り合い」では、ジョンとドルーシラの結婚と、黒人の参政権を擁護するバーデン家の二人をジョンが射殺する物語が回想形式でユーモラスに描かれている。(8) 短編のかたちで世に出たのはここまでだが、南部で疎んじられていたカーペットバガー（南部に移住した北部人）の殺害を正当化したところで物語の幕を閉じることに違和感を覚えたのか、フォークナーはいったん棚上げにした復讐のテーマを最終章で再び取り上げ、その暴力性の是非に向き合う。その際には、本作品と同時期に執筆された『アブサロム』も作家に示唆を与えたことを次節で検討する。

『アブサロム、アブサロム！』からの影響

『征服されざる人々』の第六章までは、『アブサロム』とほぼ同時並行で書き進められた。本作品の末尾に掲載されたノエル・ポークの「編集後記」によると、フォークナーは『アブサロム』の執筆で行き詰っていた時期に本作品に着手したという。作家の経済的事情も重なって、本作品の第一章から第三章までと第六章は『アブサロム』出版前、第四章と第五章は『アブサロム』出版直後に執筆され、それぞれ短編として雑誌に掲載された（*U* 255-56）。これら六つの短編を一つの長編にまとめるにあたり、一九三七年七月に書き下ろされた第七章には『アブサロム』のエピソードも一部加えられ、物語にさらなる深みが増している。本節では、「ヴァビーナの香り」にはそれまでの章だけでなく『アブサロム』の影響も反映されていることを考察する。

本作品と同様、『アブサロム』も南北戦争時代を扱った長編小説である。一八三三年に突然ヨクナパトーファ郡ジェファソンに現われたトマス・サトペンの栄枯盛衰の物語を、サトペンの義妹のローザ・コールドフィールド、ジェファソン出身でハーヴァード大学生のクエンティン・コンプソン、クエンティンのルームメイトでカナダ人のシュリーヴ・マッキャノン、そしてクエンティンの父親のコンプソン氏がそれぞれの視点から再構築する。代々続く町の名家のサートリス家やコンプソン家とは異なり、一代限りの短命に終わったサトペン家を中心に据えた長編小説は『アブサロム』に限られるが、「ヴァビーナの香り」にも再建期のサトペンの様子が以下のように紹介されている。

金を借りる友人もなく、土地を残す家族もなく、それに六〇歳を越えていたのだが、それでも農園を昔のように再建する仕事を始めた。世間の人たちの話によると、彼は忙しいために政治にしろ何にしろ、そんなことにはかまっておられず、父と他の連中がカーペットバガーに黒人暴動を組織させないために覆面騎士団をつくったときにも、彼はそれに関係するのをいっさい断ったそうだ。……父が「お前はわしらの味方なのか敵なのか？」と言うと、彼は「俺は自分の土地の味方だ。お前さんたちがめいめい自分の土地を昔のようにするならば、この土地はひとりでによくなるさ」と言った。(222)

ベイヤードが二〇歳のときの回想場面に登場するこのエピソードは、『アブサロム』でローザが回想する以下のサトペンの言葉に呼応する。「南部の男たちが一人残らず、今の自分のように、自分の土地を回復しようと心がけるならば、みんなの土地も南部も救うことができるだろう」(*AA* 130 強調原文)。[9] ローザは自らの信念に基づいて一人で新時代と格闘するサトペンの様子を語るが、ベイヤードもサトペンには一目置いており、「誰もサトペン大佐以上の夢を持つことはできないな」(*U* 221) と感嘆する。[10] 『征服されざる人々』でサトペンが登場するのは「ヴァビーナの香り」のみだが、旧態依然の父親よりもサトペンの「新しさ」を評価する二〇歳のベイヤードには、後に復讐を放棄する二四歳のベイヤードへとつながる変化の兆しが見られる。ベイヤードの成長を示唆するために、フォークナーは『アブサロム』のエピソードを効果的に導入したと言えるだろう。

ベイヤードがサトペンを評価したのは土地に関する彼の言動だけではない。邪魔者のカーペットバガーや山に住む男を簡単に殺してしまう気性の荒いベイヤードの父親が、サトペンにも戦いを挑むのに対し、サトペンは冷静にやりすごして彼の父親をまるで相手にしないのだ。[11] この直後にベイヤードは「あれ以上の夢は誰にも持てないよ」(222-23) と繰り返し口にする。父親とサトペンの偉大さを比較するベイヤードに対して、義母のドルーシラは「でもあの男の夢はただサトペンだけのことで、ジョンの夢はそうじゃないわ。ジョンはこの地方全体のことを考えていて、この地方が自力で更生できるようにしようとしているのよ」(223) と反論する。夫と同様に旧南部の価値観を重んじるドルーシラは、ベイヤードが語る新南部の「夢」を理解できず、殺されたバーデン家の二人を「あいつらだって人間だったんだから」と擁護するベイヤードに対し、「北部人」、「この土地には用がない余所者」、「海賊」と苦々しく語る (223)。『アブサロム』ではその傍若無人ぶりと悲劇的な顚末が強調されがちなサトペンだが、「ヴァビーナの香り」のベイヤードは南部のしがらみに囚われない、より自由な発想力を身に着けたサトペンを評価している。再建期に入り、ベイヤードの中で南北戦争以前の価値観の相対化と自己批判が行われつつあったことがわかる。

「ヴァビーナの香り」を執筆する際、フォークナーが『アブサロム』の設定を援用したと思われるもう一つの点は、サトペンの二人の息子 (異母兄弟) であるヘンリー・サトペンとチャールズ・ボンが、ベイヤードと同じく、ミシシッピ大学の法学部生であることだ。[12] シュリーヴの推論によるとボンは母親の弁護士のすすめで法学部に入学しているが、コンプソン氏の話ではヘンリーはボンにうながされて学期中に法学部に転部したようである (*AA* 249, 81)。さらに「ヴァビーナの香り」と同様、『アブサロム』のミシシッピ大学はジェファソンから四〇マイルほど離れたオクスフォードにあり、法学部では慣習法や判例法を意味する「コモン・ロー」で有名なイギリスの法律家サー・エドワード・コークの法律書が使われている。[13] その一方、「ヴァビーナの香り」におけるベイヤードの住居形態は、『アブサロム』のボンとヘンリーのそれとは異なっている。ボンが（そしておそらくヘンリーも）大学の寄宿舎に住んでいるのに対し、ベイヤードは教授宅に居候しているのだ。これらの類似点と相違点は、「ヴァビーナの香り」のベイヤードの人物造形に活かされていくことになる。

フォークナー作品には数多くの弁護士やその卵が登場するが（Watson 3-4）、「ヴァビーナの香り」でベイヤードがミシシッピ大学の法学部生であることは、彼の成長を考えるうえで重要な意味を持つ。次節以降では、法との関連性を中心にベイヤードが復讐を放棄する過程をたどることにしたい。

フォークナーの祖父とミシシッピ大学法学部

「ヴァビーナの香り」のベイヤードのモデルは、フォークナーの父方の祖父ジョン・ウェズリー・トンプソンであると言われている。ジョーゼフ・ブロットナーの伝記によると、この祖父は一族で初めて大学に行った人物で、ミシシッピ大学法学部を卒業した直後に二一歳で弁護士になった（Blotner 4）。弁護士業は順調で、後に政界にも進出し、実業家としても才能を発揮した。華やかな経歴の裏で、激昂しやすくてけんか早い祖父は、息子マリー（フォークナーの父親）がイライアス・ウォーカーに銃で復讐されて瀕死の重体に陥ると、すぐさま仕返しに出向いている（リボルバーの不発で仕返しは失敗に終わる）。一八八九年に父親ウィリアム・クラーク（フォークナーの曾祖父）がかつてのビジネスパートナーのリチャード・J・サーモンドに射殺されたときも仇討ちを決意するが、周囲に説得されて断念している（Blotner 6; Karl 50）。

これらのエピソードが『征服されざる人々』の復讐劇の原型となったことは容易に想像がつくものの、フォークナーは伝記的事実をそのまま作品に当てはめたわけではない[14]。本稿で注目したいのは、ジョン・ウェズリー・トンプソンとベイヤードがミシシッピ大学法学部に入学する時期の違いである。ベイヤードが入学するのは、フォークナーの祖父が一八六九年に卒業した後の一八七〇年九月なのだが、一八七〇年はミシシッピ大学法学部にとって歴史的転換期であり、この年にベイヤードが入学した意義は小さくない。そこでまず本節では、伝記的・歴史的事実を間テクスト性の範疇でとらえ、フォークナーの祖父の経歴とミシシッピ大学法学部の歴史から、ベイヤードの人物造形の背景を探ってみることにしたい[15]。

南北戦争時に一時中断していたミシシッピ大学が終戦後の一八六五年秋に再開されると、法学部も一八六六年秋に再編成が検討され、一八六七年にルーシャス・クインタス・シンサネイタス・ラマーが法学部教授として就任した。南北戦争中は両サイドの調停役を果たし、終戦後は南部の連邦政府への再加盟に尽力したラマーだが、彼自身はあくまでも保守的な民主党員であり、再建期の共和党主導の南部再建には終始否定的であった。一八七〇年のカーペットバガーによる州政府の権力独占や共和党急進派のジェイムズ・L・アルコン州知事の方針に嫌気がさしたラマーは、同年六月に教授職を退く意思を表明し、同年秋に辞職する。フォークナーの祖父の伝記的事実に従って、ラマーが教鞭を執っていた時期の一八六〇年代後半に「ヴァビーナの香り」のベイヤードがミシシッピ大学法学部に在籍したことにすると、戦前の雰囲気や価値観が支配的であったため、再建期における新旧の南部のせめぎ合いが不鮮明になってしまう。フォークナーが地元の英雄であるラマーの存在を知らなかったはずはなく[16]、ベイヤードの入学時期とラマーの教授時代をあえてずらしたと考える方が妥当である。

「ヴァビーナの香り」のベイヤードがミシシッピ大学法学部に在籍していた頃、実際に教鞭を執っていたのはジョーダン・M・フィップス大佐とトマス・J・ウォルトンである。[17] ラマーが教授職を退いた後、ラファイエット郡出身でミシシッピ大学の卒業生でもあるフィップスがその職を引き継ぎ、一八七〇年から一八七一年にかけての一年間、七名の学生を教えた。一八七一年から一八七四年までは、同じくミシシッピ大学出身のウォルトンが法学部の教授職を務めた。フィップスがラマーの不在を埋め合わせるために一時的に在職しただけであったのに対し、ウォルトンはラマーの実質的な後任であった。ところが、ウォルトンは民主党派のラマーと違って共和党を支持しており、州法よりも合衆国憲法を優先すべきであると法学部の学生に教えたため、多くの非難が寄せられたという。

ウォルトンは教授職を辞した後に第一二地区の衡平法裁判所の裁判官になるが、この経歴はしばしば「教授」ではなく「判事」(*U* 212, 231) と呼ばれるベイヤードの恩師ウィルキンズ教授を彷彿とさせる。テクストでは、ウィルキンズがウォルトンのような共和党支持者で、合衆国憲法を重視した教育を行っていたかどうかまでは判断できない。しかしミシシッピ大学法学部の歴史をふまえると、ベイヤードは再建期最後の法学部生で、この時期特有の意見や利害のぶつかりあいを多少なりとも目の当たりにしたはずである。一八七〇年代前半のミシシッピ大学の運営は、共和党政権が提示した改革案を受け入れることができずに混迷を極めていた。州都ジャクソンへの法学部キャンパス移転と黒人大学として新たに設立されたアルコン大学との合併を防ぐため、ウォルトンが一八七四年に教授職を退くと、再建期が終わりを迎えるまでの三年間、ミシシッピ大学の評議員会は法学部を閉鎖してしまう。

ミシシッピ大学法学部の歴史を考慮に入れると、ベイヤードが基本理念や運営方法をめぐって揺れていた再建期後半のミシシッピ大学に身を置き、新旧の様々な法律や慣習を比較する機会を得たであろうことは重要である。この時期は、連邦政府と旧南部の支配層がせめぎあう激動の時代であった。フォークナーの祖父の伝記的なエピソードを用いながらも、わずかに入学時期をずらすことで、時代の変遷と人物造形上の新たな特徴——ベイヤードの成長——を盛り込むことが可能になったと言えよう。

「ヴァビーナの香り」で復讐を放棄するベイヤード

「ヴァビーナの香り」の冒頭では、二四歳のベイヤードが、ウィルキンズ法学部教授の家で下宿をしながらミシシッピ大学法学部に通っていることが手短に紹介される。二一歳で旧南部の価値観が支配的な親元を離れ、三年間に及ぶミシシッピ大学での学びや教授宅での下宿を経験したベイヤードは、南部の慣習を見つめ直すことになったであろう。それを確かめるかのように彼に降りかかった「試練」(*U* 215)が、父親の突然の死と周囲から期待される仇討ちである。ジェファソンの実家へ戻る準備をするあいだ、ベイヤードは以下のように考えをめぐらせる。

少なくとも今度のことは、ぼくが自分で思っているとおりの人間であるのか、それともそうありたいと望んでいるだけなのか、また自分に正しいと教えたことを実際にしようとしているのか、それともしたいものだと思おうとしているのにすぎないのか、そういうことがわかるいい機会になるだろう。（215　強調原文）

この引用からは、仇討ちの連鎖を断ち切ろうとするベイヤードの強い意思が感じられる。何の前触れもなく、最終章のベイヤードは第五章で祖母の復讐を遂げたときとは正反対の立場を表明するのだ。こうしたベイヤードの変化は、彼を取り巻く環境にもあらわれている。第六章までとは異なり、「ぼくは大人になって法律を勉強するために大学に入った」（218）と自らの成長ぶりを語る最終章のベイヤードは、十代半ばまでは大して気にしなくてもよかった法律や規範の問題に直面する。一八七〇年代前半は、旧南部の慣習の支配から新南部の法の世界への移行期であると同時に、南北戦争以前の秩序がジム・クロウ法というかたちで復活するまでの過渡期でもあった。その混乱期に自らの立ち位置を模索するベイヤードの姿を、フォークナーは「ヴァビーナの香り」で描いたのである。

　興味深いのは、最終的にベイヤードが自身の決断の根拠として持ち出すのが、法律ではなく聖書の文言であることだ。ミシェル・グレッセは「すべての間テクスト性……の源泉となるのは聖書である」（Gresset 3）と指摘し、とりわけアメリカ文学では聖書理解が重要となることを強調するが、ベイヤードが引用する聖句は彼の成長を考える際に示唆を与えてくれる。本節では、ベイヤードの三人の父親像を法律と聖書の観点から考察することで、ベイヤードの成長に関する理解を深める。

　ベイヤードの心境の変化については、「ヴァビーナの香り」の第二セクションの回想場面が最初の手がかりとなる。このセクションでは、ミシシッピ大学に入学する直前のベイヤード（三年前）と、ミシシッピ大学で四年目を迎える直前のベイヤード（二か月前）の回想が語られる。三年前の回想で中心となるのは父親ジョンのエピソードで、ドルーシラとの再婚、二人のカーペットバガーの殺害、かつて鉄道会社のビジネスパートナーであったベン・レッドモンドとの関係の悪化、未遂に終わったサトペンとの決闘が語られる。このときの回想では、旧南部の支配層に属する父親の血の気の多さと暴力性が際立つ一方で、実はベイヤードの法学部入学が父親の意向であったことも明らかになる。

旧南部の名家の伝統や慣習を守ってきた父親でさえ、南北戦争後の時代の変化を無視できない。ベイヤードの二か月前の回想には、法秩序の重要性を認識し始めたように見える父親が登場する。

> 父は……自分から話すことはないにしても、食卓の上座にすわり、ドルーシラが熱狂的なはでなおしゃべりをするのに対して答えていた――ときおりは、最近少し法廷弁論的になっていたあの慇懃無礼な調子で答えていたが、単に政争に関係して痛烈で空虚な演説に親しんだというだけで、それが反作用的に彼を弁護士にしてしまったかのようであったが、およそ弁護士ほど彼にそぐわないものはなかった。（*U* 230）

この引用で特筆すべきは、父親自身が「最近少し法廷弁論的になっていた」ことだ。しかし話の内容は「痛烈で空虚な演説」にすぎず、しょせん「弁護士ほど彼にそぐわないものはなかった」と最後に補足することをベイヤードは忘れていない。もっともらしく聞こえるが実際には「痛烈で空虚な」話に終始する政治色の強い父親を見つめる息子は、あくまでも冷静な態度を崩さない。ミシシッピ大学で四年目を迎えようとするベイヤードは「弁護士によくあるあのうわべだけの法廷的雰囲気」(231)を醸し出す父親のあるがままの姿を客観視できるまでに成長しているのだ。

ただし、自分とは異なるやり方で戦後の南部と向き合ってほしいと願う父親の気持ちが、息子の法学部入学に託されているのは前述したとおりである。ベイヤードが力の論理ではなく法の論理を駆使して不透明な時代を生き抜いていくことを望む父親は、次のように息子に語りかける。

しかし今ではこの土地も時代もどんどん変わっている。これからは固めることが問題だ、ごまかしや確実な言い抜けが必要になる。こういうことでは、わしは抱かれた赤子のようなものだが、お前は法律を勉強したんだから、一歩も譲らないで守ることができる、わしらのものを守れるのだ。(231)

ベイヤードが順調に大学で法律を学んでいることをウィルキンズ判事(ウィルキンズ教授のこと)から聞いて、父親は素直に喜んでいる。父親がベイヤードに法学部に入ることを勧めたのは、再建期の終盤で州権に基づく法秩序が戻ってくる兆しが見えてきた「次の時代に対処する」(Pilkington 214)ためだったという批評家の指摘もあるが、一八七〇年代前半のミシシッピ大学が再建期の改革案の影響を受けて混乱状態に陥っていたことに鑑みると、法律を旧南部の秩序を取り戻すための方便と見なす父親との会話が、ベイヤードの決断に影響を及ぼしたことは想像に難くない。三人目の父親像のところで後述するように、ベイヤードは「ごまかしや確実な言い抜け」としての法律ではなく、聖書の言葉に依拠するようになるからだ。

父親の法律に対するスタンスには批判的な眼差しを向けていたベイヤードだが、父親の最期はベイヤードにとって新しい時代の到来を予感させるものであった。「人を殺すのはもうたくさんだ」（*U* 232）とベイヤードに語った後、父親は以前のように争うことなくレッドモンドの銃弾に倒れる。[18] 父親の最後の決意が、ベイヤードの成長——復讐の放棄——をうながすきっかけの一つとなったことは間違いないだろう。ジョン・ピルキントンが論じるとおり、「ヴァビーナの香り」のベイヤードがとった行動は「父親の否定というよりは祖父の代から始まった一族の粛清の完了」（Pilkington 215）なのであり、ベイヤードはむしろ父親の死を不可避なものとして肯定的にとらえている節がある。

ここで興味深いのは、父親のかつての友人で、鉄道会社のパートナーでもあったレッドモンドが、実は弁護士であることだ。回想では弁護士としての経歴は出てこないが、復讐（の放棄）のためにベイヤードがレッドモンドの仕事場を訪れると、壁には「弁護士　B・J・レッドモンド」（248）という色あせた小さな看板が掲げられている。ベイヤードはレッドモンドの容貌について次のように語る。


彼は机の向こうに座っていたが、父よりさほど背は高くなくとも、大部分の時間を座って人の話を聞いて過ごす人にありがちなように、もっと太っていて、ひげは剃ったばかりであり、洗いたてのワイシャツを着ていた。弁護士ではあるが、弁護士の顔ではなく——身体が太っているわりにはずっと痩せていて、緊張しており（そうだ、悲劇的であったことが、今にしてわかるが）、剃刀を丁寧に小ざっぱりと当てたばかりのためか、かえってやつれた面持ちで、目の前の机の上に横にしたピ

ストルを握っているが、手に力は入れず、別に狙いもつけていなかった。(248)

弁護士らしくない顔つきで、「臆病」(224, 226, 232) ではないと何度も強調されたレッドモンドは、ベイヤードの父親を彷彿とさせる。ジェイ・ワトソンが詳しく論じているように、レッドモンドは法学部生のベイヤードにとって「ある種の父親」であると同時に実の父親を殺した「殺人者」でもあり、さらには殺人の罪で「裁きにかけられるべき人物」なのだ (Watson 12)。ベイヤードにとっては二人目の父親的存在であるレッドモンドだが、弁護士でありながらベイヤードの父親を射殺するなど、南部の戦闘的な慣習の論理を内面化している。最終的に彼が町を永久に去ることは古い慣習の消滅を暗示しているかのようであり、ベテラン弁護士の旧態依然とした様子と未来の弁護士の新たな価値観の提示は、ベイヤードの成長を際立たせるのに効果的である。

ベイヤードにとっての三人目の父親的存在は、彼が公私ともに世話になっているウィルキンズ教授である。ミシシッピ大学法学部での学びやウィルキンズ教授宅での住み込み生活こそ、「ヴァビーナの香り」とそれまでの章との違いを際立たせる場面設定である。しかし、教授宅が疑似家族的な様相を呈していることは、「非暴力の意義を伝える……別の父親的存在」(Gray 236) の教授がベイヤードを「わが息子よ」(*U* 212) と呼んでいることからもわかる。弁護士のレッドモンドと同様、ウィルキンズ教授も法に則って対処することをベイヤードに提案せず、父親殺害の報告を受けて帰宅しようとするベイヤードに何度も復讐用のピストルを差し出している (214, 215, 216)。

ただし、従来の慣習を尊重しているからといって、ウィルキンズ教授がベイヤードの復讐を心待ちにしているわけではない。旧南部の伝統を重んじるサートリス家のベイヤードならば、仇討ちを決行せざるをえないと判断したに過ぎないのである。ベイヤードは、南北戦争後も続く殺し合いについて教授が次のように語る姿を想像している。「ぼくには彼の言葉が想像できた――『この土地は不幸なところだね、あの熱病が治ってまだ十年もたっていないのに、あいかわらずお互いに殺し合わねばならず、あいかわらずカインの代償を自ら払わなければならないのだよ』」(214)。ここで注目したいのは、ウィルキンズ教授が旧約聖書の「創世記」に登場するカインの例を持ち出していることだ。教授の発言はあくまでもベイヤードの推測に過ぎないが、それまでにも復讐行為が起こるたびに、教授がこのような感想を彼に漏らして嘆いていたことを示唆する。専門の法律ではなく、聖書の観点から南部の復讐劇をとらえようとする教授の姿勢は、ベイヤードに少なくない影響を及ぼしたように見える。

ウィルキンズ教授については、聖書にまつわるエピソードが他にも登場する。カインに言及する恩師を想像した後、ベイヤードはさらに、ウィルキンズ夫妻ならば「剣を取る者は皆、剣で滅びる」(214, 216) という聖句に基づいて今回の出来事をとらえるであろうと思いを馳せる。新約聖書の「マタイによる福音書」二六章五二節に登場するこの言葉自体は戦闘的なサートリス家の特徴をあらわしており、夫妻がこの意味で用いていたとしてもおかしくはない。後年のフォークナーが『征服されざる人々』の復讐劇をハンムラビ法典と旧約聖書の「目には目を」の比喩で説明していることからもわかるとおり (Gwynn and Blotner 42)、同害報復法の論理は南部の仇討ちの伝統ときわめて親和性が高い。

ベイヤードはウィルキンズ教授の嘆きから一歩進んで、同害報復法を禁じた新約聖書のイエスの教えに則った行動に出る。前述の「マタイ」のエピソードでイエスは「剣をさやに納めなさい。剣を取る者は皆、剣で滅びる」(二六：五二)と諭し、たとえ自らは捕えられても非暴力と平和主義を貫いて復讐という負の連鎖を打ち消す。これは「ヴァビーナの香り」のベイヤードの不戦行為に通じる展開である。イエスは「マタイ」の別のところでも「あなたがたも聞いているとおり、『目には目を、歯には歯を』と命じられている。しかし、わたしは言っておく。悪人に手向かってはならない。だれかがあなたの右の頰を打つなら、左の頰をも向けなさい」(五：三八－三九)と諭して同害報復法を否定する。ブロットナーは「ヴァビーナの香り」では「旧約聖書の同害報復法よりもキリスト教の非暴力という新たな法典が優先されるようになった」(Blotner 382)と論じるが、確かにベイヤードは同害報復法に類似した南部の法律や慣習ではなく、新約聖書の規範を重んじた態度を示す。

ここで興味深いのは、最終的にベイヤードの拠りどころとなるのが新約聖書ではなく、旧約聖書に登場する「殺してはならない」(「出エジプト記」二〇：一三、「申命記」五：一七)であることだ。彼はこの有名な「モーセの十戒」の一つに依拠して復讐を放棄するのだが、驚くべきことに、ウィルキンズ教授などからこのように教わったわけではないと主張する。

ぼくは一瞬、ぼくがこれからしようとしていることを彼に話したとしたら、どうなるだろう、と考えたりした、というのはぼくたちはこのことについて話したことがあり、もし聖書の中に何か大切なことがあるとするならば、永遠の生命を与えようと神が第一に選んだ、盲目にして途方にくれた神の子たちにとって、希望と平安の源となるものがあるとするならば、それは「殺、し、て、は、な、ら、な、い」であるにちがいない、といったことについて話したことがあるからだ、そして彼は自分がそのことをぼくに教えたとさえ思っていたかもしれないからだ、だが教えたのは彼ではなく、誰でもなく、ぼく自身ですらない、ただ学ぶというよりももっと深い事柄だからだ。(*U* 216-17　強調原文)

ベイヤードは「殺してはならない」という発想が人間の奥底にアプリオリに存在するという。確かに彼はその考えに基づいて非暴力を貫き、一族の復讐劇に終止符を打つ。しかし、「殺してはならない」という聖書の教えを尊重するだけで「目には目を」の旧南部の伝統から脱却できるほど事は単純ではないようにも思われる。

ベイヤードが聖書に根拠を求めた背景には、旧南部の伝統と新南部の再建のどちらにも確固たる信念や方向性を見出せない彼(とウィルキンズ教授)の幻滅を見出すことができる。ベイヤードがミシシッピ大学に在籍していたのは再建期の転換期で、「南部と北部」や「旧南部と新南部」という二項対立的な立場を相対化するのに適した時期であった。ベイヤードが「殺してはならない」という境地にいたったのは、時代と場所で変化する法律や規範よりも、普遍的で永遠に見える聖書の教えの方が信じるに足ると感じたからなのだろう。このような境地に自ら至ったと主張するベイヤードの自負は、彼の精神的成長をあらわすと同時に南部に対する彼の諦念の裏返しでもある。

『行け、モーセ』への影響

南北戦争時代の物語を一つの長編にまとめるにあたり、再建期のエピソードを最後に加えたフォークナーだが、「ヴァビーナの香り」の場面設定と物語展開——一五歳の素朴な少年から二四歳の法学部生への変貌と南部の慣習の批判——は、それまでの章におけるベイヤードのゆるやかな成長に鑑みると唐突な印象を与える。そのような突然の成長は、同時に彼の変化しなかったところを浮き彫りにする。ジョアン・V・クライトンが「この小説の残念なところは、回顧的な語り手が人種的不平等に対して完全に無批判であることだ」(Creighton 83) と論じるように、『征服されざる人々』では人種問題が不問に付されており、ベイヤードの成長が中途半端であるように感じられるのだ。フレデリック・R・カールは「ヴァビーナの香り」がフォークナーの「和解する必要性」(Karl 592) を代弁していると指摘するが、白人社会における「和解」の可能性を模索した最終章は、結果的に作家自身の成長の限界をも露呈する。

南北戦争の最大の論点が奴隷制であったことを受けて、再建期も白人同士の争いというよりはむしろ白人と黒人のあいだの人種差別の方が大きな社会問題であった。本作品では、ベイヤードの幼馴染リンゴーをはじめとする黒人の自由や立場は棚上げにされたままである。旧支配層の白人の意識変化を描いた作品としては一定の評価を与えることができるが、再建期における人種的偏見については特に問題提起されておらず、ベイヤードの成長も限定的であると言わざるをえない。南北戦争については白人と黒人の少年の素朴な物語として描くだけでよかったが、再建期については時代の急速な変化を映し出す大人の視点を導入せざるを得ず、結果としてその描き方が不十分になってしまった。

旧約聖書の「殺してはならない」の教えや自らの価値観に従って判断・行動し、旧南部の白人社会の悪しき掟（決闘や復讐）を乗り越えようとするベイヤードですら、人種差別的な意識を克服することができない。その意味では、本作品は再建期後の旧南部支配層の復活という歴史的な流れ――ジム・クロウ時代の到来――に沿った内容となっている。再建期の終盤から南部の旧農園主をはじめとする南部白人男性が再び権力を持ち始めると、一八八三年に公民権法が実質的に無効化され、「分離すれど平等」で知られる一八九六年のプレッシー対ファーガソン裁判に代表されるジム・クロウ法が公然と幅を利かせるようになる。人種隔離政策に変化の兆しが出始めるのは、一九五四年のブラウン対教育委員会裁判や一九六五年の投票権法をはじめとする公民権運動が活発化した一九五〇年代以降のことである。

フォークナーが時代を少し先駆けて人種問題に本格的に向き合うのは『行け、モーセ』においてである。「ヴァビーナの香り」のベイヤードの決断は、やや感傷的なところも含めて、『行け、モーセ』のアイザック・マッキャスリン（アイク）が一族の農園の相続を放棄する場面の大きな足掛かりになったと言えるだろう。奴隷制の負の側面を一族の系譜に見出したアイクが農園を放棄する際、最終的に依拠するのが聖書の文言であるからだ。『行け、モーセ』の「熊」の第四セクションで展開されるアイクと従兄弟違いのキャロザーズ・マッキャスリン・エドモンズ（キャス）の対話の中で、アイクは繰り返し聖書や神の存在に言及する。そして、土地はそもそも誰のものでもないと所有権を否定し、「エデンの園を奪いとられてしまった。カナンの土地を奪い取られてしまった」、さらには「この土地全体が、南部全体が呪われているんだ」と語って農園の相続を拒否する（*GDM* 247, 266）[19]。ベイヤードのように法的知識を持ち合わせているわけではないが、「創世記」に登場するイサクと同じ名前を授かったアイクは、現実世界を超越した神の論理を心で理解することの重要性を以下のように感じ取っている。

あんた［キャス］が今何を言うつもりか、ぼくにはわかっているよ――つまり、もし真実というものがぼくにとってとあんたにとってとそれぞれ違うものなら、どれが真実であるかをどうやって選び出すか、ということなんだろう？　選び出す必要なんかないんだよ。心はもうちゃんと知ってるんだ。神様が聖書を書かせたのは、選び採択しなければならぬようなものによってではなしに、心によって読まれるためだったんだからね、地上の賢者たちによってではなく、……心をもってでなければほかに何の読むすべももっていない、呪われた、卑しい、地上の者たちによって読まれるためだったんだからね。(249)

アイクの主張は、「ヴァビーナの香り」のベイヤードが「モーセの十戒」の「殺してはならない」に言及した際に用いたレトリックを想起させる（さらに言えば、「モーセ」は『行け、モーセ』という題名の一部にも採用されている）。アイクによると、「真実というもの」は、弁護士や法律家といった「地上の賢者たち」が知識や経験によって獲得するものではなく、人種や身分を問わず「呪われた、卑しい、地上の者たち」が心の中で思い描くものである。聖書に論拠を求める点は共通するものの、『行け、モーセ』には『征服されざる人々』で取り上げなかった人種問題や奴隷制に向き合うフォークナーの並々ならぬ意欲が感じられ、作家としての成長を看取することができる。

これまで本稿で確認してきたとおり、『征服されざる人々』には作品内外にひろがる様々なレベルの豊かな間テクスト性が存在する。本作品が複数の短編と一編の書き下ろしを合体させた長編小説であること、当時の社会情勢や伝記的事実をふまえていること、他のヨクナパトーファ作品に連動していること、聖書由来の物語が展開されていること。こうした間テクスト性を積極的に取り入れることで、本作品の視点人物であるベイヤードだけでなく、フォークナー自身も作家として成長していくことが可能になったと言えよう。

＊本研究はＪＳＰＳ科研費 JP17K02555 の助成を受けたものである。

注

（1）南北戦争は一八六五年四月に終結したため、一八六五年春から一八六五年八月までを舞台とした第六章「サートリス農園での小競り合い」は、厳密には南北戦争直後の混乱期――再建期の最初期――を描いた物語なのだが、再建期後半の一八七三年が舞台の第七章よりも、一八六二年夏から一八六五年二月までの南北戦争時代を描いた第一章から第五章までの方が時期的に近く、関連性が強いため、南北戦争時代の物語として扱った。第六章の再建期に関する議論については Pikoulis 215-16 を参照のこと。

（2）たとえばミシェル・グレッセとノエル・ポークが編纂した、フォークナー作品の間テクスト性にまつわる論集が一九八〇年代半ばに出版されているし（残念ながら『征服されざる人々』に関する論考は掲載されていない）、毎年夏にオクスフォードで開催されるフォークナー・ヨクナパトーファ会議で取り上げられるテーマの多くも、広義ではフォークナー作品の間テクスト性を扱っていると言えるだろう。

（3）第一章から第六章までが一二歳から一五歳までのベイヤードのゆるやかな成長物語であるのに対し、第七章で語られるのは二四歳に成長したベイヤードを中心とした出来事であり、そのあいだの九年間に及ぶ空白期間については、第七章の第二セクションの回想場面と読者の想像にゆだねられている。

（4）『サートリス』（一九二九）やその原本『土にまみれた旗』（一九七三）のベイヤードは南部の伝統を重視する保守的な人物として描かれており、その意味でも「ヴァビーナの香り」におけるベイヤードの言動と決断は異色である。ただし、彼が南北戦争以前の南部の価値観をすべて否定したかというと必ずしもそうではない。この議論についてはWitt 81-82を参照のこと。

（5）作家の伝記を手掛けたリチャード・グレイは「ベイヤード・サートリスの道徳的な進化に関する物語」や「ベイヤードの独立心や独自の道徳的な主体としての位置づけ」に注目し、ジョーゼフ・ブロットナーも「ベイヤード・サートリスは行動に移す勇気と正しく行動する強さを見出した」と述べている（Gray 226; Blotner 381）。ベイヤードの成長の指標となる言葉には「道徳」や「正しさ」が頻出するが、父親の不在時に彼が大人になるというフレデリック・R・カールの指摘は、本稿の後半部の議論にとって特に示唆的である（Karl 592）。本作品におけるベイヤードと作家の家父長制からの解放および父親像の脱神話化に関する議論については、たとえばGray 226-30, Karl 592-93, Taylorを参照のこと。

（6）日本語訳は斎藤光訳（冨山房、一九七五年）を使わせて頂いたが、一部変更した。

（7）アンクル・バックの進歩的な言動は『行け、モーセ』の「昔あった話」と「熊」にも描かれている。父親キャロザーズが死んだ後、双子のアンクル・バックとアンクル・バディは所有していたすべての黒人奴隷を解放するだけでなく、当時まだ完成していなかった農園邸宅をこれらの奴隷に明け渡し、自分たちは丸太小屋に住む（*GDM* 6, 250-51）。なお、アンクル・バックは『行け、モーセ』の中心人物アイザック・マッキャスリンの父親でもある。

（8）バーデン家のエピソードについては、『八月の光』（一九三二）において一族最後の子孫ジョアナが詳細に語っている（*LA* 241-49）。このように、ヨクナパトーファ郡を舞台にした一連のフォークナー作品の間テクスト性は枚挙にいとまがない。

（9）日本語訳は藤平育子訳（岩波文庫、二〇一一年［上巻］、二〇一二年［下巻］）を使わせて頂いたが、一部変更した。

(10) ベイヤードの言う「夢」は『アブサロム』でサトペンがクエンティンの祖父に説明した「一つの構想《デザイン》」(*AA* 212) を想起させるが、フォークナーは特に引き合いに出していない。

(11)『アブサロム』と「ヴァビーナの香り」のサトペン像は若干異なっている。たとえば、前者のサトペンは「もし喧嘩したいというなら、いくらでも応じよう」(*AA* 130　強調原文) と言い放って町の男たちを威嚇する。

(12) クエンティンが将来ジェファソンに戻って「田舎弁護士」(*AA* 5) となる可能性にローザが言及していることから、彼もハーヴァード大学の法学部に在籍している可能性があるが、特に明記されていない (シュリーヴはその後の彼の経歴から判断すると医学部であろう)。『響きと怒り』(一九二九) のクエンティンもハーヴァード大学に在籍しているが、学部への言及はない。

(13) 現実世界とは異なり、ヨクナパトーファ郡では、サートリス家やサトペン家が暮らすジェファソンとミシシッピ大学のあるオクスフォードは四〇マイルほど離れた別々の町である (*U* 213; *AA* 249)。「ヴァビーナの香り」でベイヤードが読んでいるのはコークだが、『アブサロム』ではその他にサー・ウィリアム・ブラックストンとサー・トマス・リトルトンの名前も登場する (*AA* 81, 243)。両者ともイギリスの法律家だが、前者は特にコモン・ローの分野で活躍した。

(14) 本作品と実際の祖父の復讐との物語の類似点については Blotner 28, 381 を参照のこと。

(15) 以下に続くミシシッピ大学と法学部の歴史については、Cate 127、Landon 9-10, 19-29、Sansing 129-34 を参照した。

(16) ラマーは、ジョン・F・ケネディがアメリカの偉大な政治家たちを紹介した列伝『勇気ある人々』(一九五六) や、ディーン・フォークナー・ウェルズとハンター・コールが編纂した『ミシシッピ州のヒーローたち』(一九八〇) でも紹介されている。『行け、モーセ』のマッキャスリン家の開祖ルーシャス・クインタス・キャロザーズの名前がラマーの頭文字 (L. Q. C.) に由来することに鑑みても、フォークナーがラマーの存在に意識的であったことがうかがえる。

(17)「ヴァビーナの香り」の頃のミシシッピ大学法学部では、一年間 (実施期間は一八七二年から一八八一年まで) もしくは二年間のプログラムが実施されていたので、「大学に三年在学していて、もう二週間すれば、最終学年と学位のためにオクスフォードに戻るところであった」(*U* 224)と回想するベイヤードの在籍年数には疑問が残る。
(18)父親だけでなく、アーント・ジェニーにも復讐がもはや悪しき慣習でしかないという認識は浸透しており、伝統的なサートリス家でも再建期には新旧両方の考えが共存していたことがわかる。
(19)日本語訳は大橋健三郎訳(冨山房、一九七三年)を使わせて頂いたが、一部変更した。

引用文献

Blotner, Joseph. *Faulkner: A Biography*. One-volume ed., UP of Mississippi, 2005.
Cate, Wirt Armistead. *Lucius Q. C. Lamar: Secession and Reunion*. Literary Licensing, 2012.
Creighton, Joanne V. *William Faulkner's Craft of Revision: The Snopes Trilogy,* The Unvanquished *and* Go Down, Moses. Wayne State UP, 1977.
Faulkner, William. *Absalom, Absalom!* (*AA*) Vintage, 1990.[ウィリアム・フォークナー『アブサロム、アブサロム!』藤平育子訳(岩波文庫、二〇一一年[上巻]、二〇一二年[下巻])]
——. *Go Down, Moses*. (*GDM*) Vintage, 1990.[『行け、モーセ』大橋健三郎訳(冨山房、一九七三年)]
——. *Light in August*. (*LA*) Vintage, 1990.
——. *The Unvanquished*. (*U*) Vintage, 1991.[『征服されざる人々』斎藤光訳(冨山房、一九七五年)]
Gray, Richard. *The Life of William Faulkner: A Critical Biography*. Blackwell, 1994.
Gresset, Michel. "Introduction: Faulkner between the Texts." Gresset and Polk, pp. 3-15.

Gresset, Michel, and Noel Polk, editors. *Intertextuality in Faulkner*. UP of Mississippi, 1985.

Gwynn, Frederick L., and Joseph L. Blotner, editors. *Faulkner in the University*. UP of Virginia, 1995.

Karl, Frederick R. *William Faulkner, American Writer: A Biography*. Weidenfeld & Nicolson, 1989.

Kennedy, John F. *Profiles in Courage*. HarperCollins, 2006.

Landon, Michael de L. *The University of Mississippi School of Law: A Sesquicentennial History*. UP of Mississippi, 2006.

Pikoulis, John. "The Sartoris War." *Critical Essays on William Faulkner: The Sartoris Family*, edited by Arthur F. Kinney, G. K. Hall, 1985, pp. 211-23.

Pilkington, John. *The Heart of Yoknapatawpha*. UP of Mississippi, 1981.

Sansing, David G. *The University of Mississippi: A Sesquicentennial History*. UP of Mississippi, 1999.

Taylor, Nancy Dew. "'Moral Housecleaning' and Colonel Sartoris's Dream." *Mississippi Quarterly*, vol. 37, no. 3, 1984, pp. 353-64.

Watson, Jay. *Forensic Fictions: The Lawyer Figure in Faulkner*. U of Georgia P, 1993.

Wells, Dean Faulkner, and Hunter Cole, editors. *Mississippi Heroes*. UP of Mississippi, 1980.

Witt, Robert W. "On Faulkner and Verbena." *Southern Literary Journal*, vol. 27, no. 1, 1994, pp. 73-84.

『聖書　新共同訳』（日本聖書協会、一九八八年）

抒情する反逆者
――『オン・ザ・ロード』と白い音楽

舌津　智之

はじめに

ジャック・ケルアックの小説、とりわけその代表作である『オン・ザ・ロード』（一九五七）は、これまでしばしば、ジャズの即興的パフォーマンスを文学の創作に応用した作品として評価されてきた。そのような理解にもとづくなら、「ケルアックの創作的構造とは、ジャズのリフにみられる構造と同じ衝動――すなわち、自然発生の幻を意図的に生み出すスタイルを極めようという衝動に突き動かされている」のであり、そうしたスタイルのモデルとみなされるミュージシャンは、「チャーリー・パーカーやディジー・ガレスピーやセロニアス・モンク」ということになる（Weinreich 8）。

なるほど、『オン・ザ・ロード』は、ビート派の聖典として、活力に溢れたリズムや流れるような文体の音楽性に特徴があるとみなされてきた小説である。それは、体制順応主義に染まった五〇年代アメリカへの反逆として、規範からの自由や逸脱をとりわけジャズのオフビートに重ねて表現した実験的試みに違いない。実際、小説中で名指されるチャーリー・パーカーやマイルス・デイヴィスの音楽は、しばしばアップテンポな高揚感や疾走感に満ちており、路上を高速で駆け抜ける反逆者たちの乱反射するエネルギーを正しく象っている。

しかしその一方、小説の語り手であるサル・パラダイスは、大胆な反逆者らしからぬ繊細な抒情的感性の持ち主でもあることは見逃せない。音楽的に言えば、ジャズと言っても、激しいビートが弾む楽曲のみならず、ビリー・ホリデイの「ラヴァー・マン」など、スローなバラード系のヴォーカル・ソングを彼は好んで聴いている。さらに言うと彼は、ジャズという黒人音楽ジャンルにとどまらず、同時代の流行歌一般、あるいは情緒あふれるカントリー音楽にさえ密かな共感を寄せている。ところが、あたかもそうしたソフトで通俗的な感受性を自ら抑圧するかのように、『オン・ザ・ロード』という小説は、そのテクスト内に多くの抒情的ポピュラーソングのタイトルや歌詞を隠された形で——引用符を付さず、その楽曲を知る者にしか気づかれない形で——そっと忍び込ませている。本稿では、そうした見えにくい間テクスト性に注目し、いわば作品の深層で歌われる音楽作品を精読していきたい。そうすることで、従来、人種的・ジャンル的に限定されてきたケルアックの音楽性に関する分析を、より広いポピュラー音楽全体の文脈のうちに位置づけ直すとともに、ケルアックの惹かれた楽曲が小説内で果たす役割とはいかなるものなのか、形式面というより主題の面から光を投じることが可能になるはずである。

フランク・シナトラと白人の流行歌

そこでまずは、ジャック・ケルアックとフランク・シナトラという、一見したところあまり接点のなさそうな二者を取り上げたい。一方は新時代を求める無鉄砲なアウトサイダー、他方は一般大衆に愛される商業的エンターテイナーであり、ビート派とシナトラはむしろ対極にあるとみなすのが普通かもしれない。しかし、二〇一六年に出版された『知られざるケルアック——稀少、未出版そして新規翻訳の著作集』を見ると、そこには、ケルアックがシナトラを絶賛する文章が収録されている。一九四六年六月五日付けで書かれた日誌の中で、彼は、その当時アイドルとも言うべき人気を博していたシナトラについて、「若きアメリカ人の孤独と憧れを見事に表現している（男と女のどちらにとっても等しく）」と述べ、「間違いなく最良の米国ポピュラー音楽」を体現する作品として、「ウィズアウト・ア・ソング」、「ユー・ゴー・トゥ・マイ・ヘッド」、「オールド・マン・リヴァー」、「ゴーイング・ホーム」、「ストーミー・ウェザー」、「アイ・ヒアー・ミュージック」、「ナイト・アンド・デイ」、「ディーズ・フーリッシュ・シングズ」、「トライ・ア・リトル・テンダネス」、「サムワン・トゥ・ウォッチ・オーヴァー・ミー」、「ゴースト・オブ・ア・チャンス」、「イフ・ユー・アー・バット・ア・ドリーム」を挙げている。ケルアックはさらに、シナトラの魅力を以下のように説いている。

多くの若者が、シナトラの孤独と憧れの感覚に共鳴する。それは、シナトラが、彼を取り巻く世代の空気から感受性豊かに受け止め、古い世代には「わめき声や盛りのついた猫の鳴き声」だと誤解されるような抒情的かつ詩的でさえありうる優しさとともに表現した感覚なのである。真剣で悲しく夢見がちな若きアメリカ人にとって、それは盛りのついた猫の鳴き声ではなく、同時代の詩であり、その中には――シナトラのソフトな声調と祈りにも似たのびやかな音色に込められた憧れの中には――彼ら自身の若々しいメランコリーがしばしば息づいている。(Kerouac, "On Frank Sinatra" 3)

ケルアックが列挙するシナトラの四〇年代作品は、ほぼすべてがスローなバラード作品である。初期のシナトラは、甘くささやくように歌う「クルーナー」として、ロマンティックな官能性を感じさせる美声によって一世を風靡した。彼は、しばしば高音のメロディーを柔らかく、時には鼻にかけた声で、ひとつの音から別の音へとすべらせるように歌い、「スウーナー」――陶酔のあまり、聴き手を「気絶させる人」――とさえ称された。当時は、「ロジャーズとハート、コール・ポーターのようなブロードウエイ作家の抒情的技巧」(McNally 122)が愛された時代であったこともシナトラ人気を後押しした要因である。もっとも、シナトラに寄せるケルアックの関心は、二〇代前半の若者の一時的な気まぐれではなかった。『オン・ザ・ロード』出版の三年後、一九六〇年にも、ケルアックがシナトラの新しいアルバム、『ノー・ワン・ケアーズ』を購入していたことに鑑みても(Maher 409)、彼が生涯を通してシナトラのファンであり続けたことは間違いない。

ケルアックがシナトラの本質であるとみなし、右の引用部でも二度ずつ重ねて強調しているのは、(英語では頭韻を踏む)「孤独」と「憧れ」の感覚である。そして、彼が日誌にタイトルを列挙した一二曲のうち、一曲だけ、この二語を両方とも歌詞に含む特別な作品がある。「君への憧れ」と「孤独な僕の部屋」に言及のある「ナイト・アンド・デイ」である。

夜も昼も　君ひとり
ただ君ひとり　月明かりのもとでも太陽の下でも
近くでも遠くでも　君がどこにいるかは、ねえ、関係ないんだ
僕は君を想う　夜も昼も

昼も夜も　なぜだろう
どこへ行っても　君への憧れが消えはしないのは
鳴り響く車の騒音の中でも　孤独な部屋の静寂の中でも
僕は君を想う　夜も昼も

この歌は、「昼も夜も、夜も昼も」と、タイトルフレーズを反転させて繰り返す一行で結ばれているが、ケルアックの小説中、「昼も夜も（day and night）」というフレーズは、恋愛にかかわる文脈ではないもののの、サルの語りの中で二回（Kerouac, *On the Road* 120, 158）、ディーンの台詞の中でも一回（135）使用されている。また、歌の初めのほうに出てくる「月明かりのもと（beneath the moon）」というフレーズは、メキシコ人のテリーと出会って恋の日々に身を投じるサルが、カリフォルニアのロマンティックな夜を描写するくだり――「左手に貨物列車があり、月明かりのもと、淋しそうに煤で赤黒くなってい

た。……ああ、素敵な夜、あたたかい夜、ワインに酔いしれる夜、月の光に包まれた夜」(76)——のうちにその残響を聞き取ることができる。(1)

次節以降でも詳述する通り、『オン・ザ・ロード』におけるポピュラーソングへの言及は、サルがテリーと過ごす日々の記述の中にしばしば見出される。テリーの実家を描写する文脈で明示的に歌詞が引用されるのは、「窓、そいつ(she)は割れてるし、雨、そいつは吹き込んでくるし」(84)と、無生物を人称代名詞で受ける外国語風の英語(と軽快に響くラテンのリズム)が陽気な異国情緒を醸し出す「マニャーナ」である。これは、一九四八年のアメリカで数ヶ月にわたってチャートの一位にあったペギー・リーのヒット曲であり、貧しい暮らしの中でも未来を楽観視するラテンアメリカ気質が明るく描かれている。サルは、「明日」を意味する「マニャーナ」というスペイン語が、「美しい言葉で、意味はたぶん天国」(79)だと感じている。英語にはない音を印象的に響かせるこの一語は、白人のアメリカからの越境を夢見るサルにとって、自己の他者化を幻視させてくれる象徴的なキーワードとなる。

ここで注目すべきは、「マニャーナ」の歌詞が引用されたのちほどなく、サルが「ブルー・スカイズ」を歌ったことが記される細部である(84)。後者は、アーヴィング・バーリンが書いた一九二六年のナンバーだが、その後、ビング・クロスビーなど多くの人気歌手に歌われ、一九四六年にはペギー・リーとフランク・シナトラもそれぞれにこの歌をレコーディングしている。(2) シナトラの歌うバージョンはジャズ色の強いアレンジになってはいるが、サルが好んでいるのは、決して真正なる黒人の音楽ではない。雨あがりの晴天を強調して結ばれる「マニャーナ」も、「これほど明るく輝く太陽を見るのは初めてだ」と歌われる「ブルー・スカイズ」も、生命力に満ちたラテン系あるいはアフリカ系のイメージと戯れつつ、最終的には本質的な白さへと回収されざるをえない作品である。

『オン・ザ・ロード』における「ナイト・アンド・デイ」の間テクスト的重要性に話を戻すと、興味深いことに、この歌はその冒頭、「ビート」という語を反復させている。シナトラの歌うバージョンではその部分が省略されているものの、一九三二年、この歌を最初に歌ったフレッド・アステアやその後の多くの歌い手は、「太鼓のビート、ビート、ビートが／夕闇のジャングルに響くように／……僕の中の声が君、君、君と呼び続けている」というヴァース（歌の本編に入る前の導入部）からこの作品を歌い始めている。ここで、「ビート」と結びつく「ジャングル」のイメージは、人種的他者の連想を誘いつつ、アイデンティティの攪乱という意味において、セクシュアリティの問題系をも透かし出す。『太鼓のビート、ビート、ビート』――コール・ポーターと異国趣味」と題する論考を書いたジョシュア・ウォールデンの言葉を引くならば、ポーター作品における異国的なるものとは、「情熱的に欲望されるが究極的には捉えがたい真実の愛の隠喩」であり、それは「異性愛の婚姻制度内に身を置くゲイ男性であったポーター自身の経験に由来するアンビバレンスを映し出す」（Walden 183, 184）。

すなわち、「ナイト・アンド・デイ」は、同性愛芸術家のイコンとも言うべきコール・ポーターの代表作であるという事実も忘れてはならない。思えば、この歌の中に、恋愛関係のジェンダーを明示する言葉は何もない。異性を想う歌だと限定はできない、ということである。ケルアックも、先に引いた通り、シナトラの歌は「男と女のどちらにとっても等しく」魅力的であると述べ、彼のバラード作品のうちにジェンダー越境的な特徴を見て取っている。示唆的なのは、「僕の皮膚の下に／ああ、貪欲な切望が燃えている」というポーターのレトリックである。元々は動物の皮を指す「皮膚（hide）」という語は、「隠れ場」というもうひとつの意味を想起させることで、心理的なクローゼットの存在をほのめかす。ポーター作品の歌詞には表の意味と裏の意味があり、そこには「自分のしたいことをする一方で、ジェンダーとセクシュアリティをめぐる社会の期待にこたえるふりをするという愉快な皮肉」が込められていると説く批評家もいる（Fearnow 164）。「ナイト・アンド・デイ」のタイトルに強調される夜と昼の対照は、そうした表裏の二重性を正しく指し示す。

同様に、『オン・ザ・ロード』は、一見男女の青春群像を打ち出すようでいて、その実、決して規範的な異性愛関係を描きはしない。ポピュラー音楽と密接に結びついたサルとテリーのロマンスは、そもそも「不倫」である。家庭内暴力を逃れるため家出中とはいえ、「彼女には夫と子どもがいる」（*On the Road* 69）のである。二人の関係はそれゆえ、「そこいら一帯の数千のメキシコ人たちのあいだですっかり噂になっていて、興味津々のロマンティックな話の種になっているようだった」（83）。この点、すなわち二者の関係が社会規範的には禁じられている（が密かに求められている）、という意味において、不倫と同性愛は構造的に接近する。ケルアックといえども小説中に直接的な形では描けなかった男性同士の性的接触は、婚外の関係に転移されていると言ってもよい。

もう一点、規範的アイデンティティからの逸脱というテーマを敷衍するならば、シナトラのエスニシティと階級性をめぐる伝記的事情がケルアックの関心を引いた可能性もある。彼が、『オン・ザ・ロード』における自らの分身を、サルヴァトーレ・パラダイスというイタリア系の青年に設定した理由は色々ありえようが、白人でありながらＷＡＳＰの規範からは周縁化された特異な出自を有するケルアックが、シナトラの体現する「イタリア系アメリカ人かつ根源的には労働者階級のイメージ」（McNally 125）

に惹かれたとしても不思議はない。このイメージは、シナトラの政治意識とも無縁ではなかった。彼は第二次世界大戦中、初めて産まれた息子をフランクリンと名付けるほどローズヴェルト大統領に肩入れし、歌手が政治活動をすると「『人気を台無しにするから』という友人たちの忠告も振り切って大統領の再選運動に加わった」(三具 六二)のである。小説の終盤、サルは、メキシコの売春宿へ車を走らせるディーンの顔が一瞬、「フランクリン・デラノ・ローズヴェルトそっくりに見える」(*On the Road* 233)と感じる。あくまで労働者の側に立つローズヴェルトが、貧者の救済に腐心する社会主義の実践者であったことをふまえるなら、サルの連想は、貧しい隣国の女性たちを金銭で支配するという自分たちの資本主義的いとなみに対し、無意識の罪悪感がいわば超自我として像を結んだ皮肉なイメージだと理解することもできよう。

ナット・キング・コールと黒さの脱色

前節では、ジャズというよりポップスに近い作品を歌う白人歌手が、いかにケルアックの想像力を刺激しえたのかについて考察したが、本節では、『オン・ザ・ロード』に浮上ないしは潜伏する黒人アーティストに注目し、その楽曲がどのように小説の主題を照射するのか具体的に検証してみたい。サルとテリーが訪れるロサンゼルスの街は、もちろん、黒人音楽の発信地でもあった。サルはたとえば、「ハンプの「セントラル・アヴェニュー・ブレイクダウン」」(74)に言及するが、これは、ヴィブラフォン奏者として有名なアフリカ系アメリカ人のライオネル・ハンプトンが作曲したもので、ジャズ・ピアノが転がるように鳴り響くインストルメンタル作品である。だがこの楽曲に関してもうひとり思い出すべき黒人アーティストは、ナット・キング・コールであろう。ヴォーカリストとして有名になる以前、彼はジャズ・ピアニストとして活躍し、この楽曲をハンプトンとの共演によりレコーディングもしているからである。

この事実を念頭におくと、ハンプトンへの言及の数ページ前、同じく第一部一三章に記されたロサンゼルスの描写は慎重な精読を要することになる。

長髪のくたびれきった風来坊たちはニューヨークから国道六六号線（Route 66）で到着したところだった。年寄りの砂漠の金鉱狙いたちは袋を背負ってプラザの公園のベンチを目指していた。ほつれた袖のメソディスト派の牧師たちもいたし、ヒゲを伸ばしてサンダルをはいた自然児（Nature Boy）とも言うべき聖者もたまに見かけた。（72-73）

この何気ない一節のうちには、ナット・キング・コールのヒット曲のタイトルが二つ織り込まれている。括弧内に原文を補ったのがその曲名である。いずれも引用符は付されていないので、カジュアルな読者は言及に気づかない可能性が高い[3]。まず、「ルート66」（一九四六）は、コールが歌手として認知される契機になった初期の代表作であり、新大陸の大動脈とも言うべき伝説の国道を駆け抜ける車の旅をリズミカルに歌っている。西を目指して移動するという力学はすぐれてアメリカ的であり、リフレインで強調される「快感（kicks）」という語は『オン・ザ・ロード』にも頻出するビートニクの愛用語である。

だが、本稿の文脈においてより注視されるべきは、ソフトなバラード作品である「ネイチャー・ボーイ」（一九四八）への言及であろう。この歌の大ヒットにより、ナット・キング・コールは、「たまに歌も歌うジャズ・ピアニストから、すっかりポップなクルーナーへと変貌した」（Sullivan 210）。彼の歌う「ネイチャー・ボーイ」は一九四八年にヒットチャートのトップに躍り出るが、同じ時期、同じ曲をアカペラで歌ったシナトラのバージョンも七位にランクインしている（三具 六八）。サル／ケルアックが、純粋な黒人音楽としてのジャズとは異なる商業ベースのヒット曲――とりわけテンポのゆるやかな抒情的作品――にも密かな興味を寄せていたことは強調してもしきれない。六〇年代のヒッピー文化を予感させるようなこの歌は、「自然児」が説く愛の哲学を、お伽噺風の語り口で伝えている。

とある少年がいた
とても不思議な、魔法にかけられたような少年が
遥か遠く　遥か遠く
陸と海をさまよっていたと人はいう
少し内気で悲しい目をしているが
とても賢い少年であった

そして、「この世で最も素晴らしいことは／ただ愛して愛し返されること」であると、少年の素朴だが

深い教えを引いてこの歌は結ばれる。メッセージとしては、ある意味きわめて伝統的かつ内省的であり、世間一般がイメージするであろうところのビート派らしさとは縁遠い。

ただし、「ネイチャー・ボーイ」はこれまで、しばしばクィアな文脈からも解釈されてきたことは付言しておくべきだろう。アメリカの若者文化における同性愛のモチーフを論じるジェフリー・デニスは、この歌における「少し内気で悲しい目」をした「とても不思議な、魔法にかけられたような少年」とは、「異性愛規範の神話の周縁にさまよう、悲しく内気で美しい少年」(Dennis 70) であると捉える。また、米国における魔術の文化史をたどるジャック・フリチャーによれば、「魔法のようなある日」に現れる謎めいた少年は、「超常的能力を持つ同性愛志向のアウトサイダー」(Fritscher 81) というひとつの原型に合致するという。なるほど、この不思議な少年は、「愛して愛し返される」べきパートナーの性別については何も語っていない。

いずれにせよ、『オン・ザ・ロード』の中で、ナット・キング・コールと結びつく曲名は（あえて引用符を外した形で）複数言及されているが、結局その歌い手の名前が明記されることは一度もない。サル／ケルアックは、黒人クルーナーの情緒的な歌を好みつつ、しかし「黒さ」を求めるホワイト・ニグロとして、その名を前面に出すのは賢明でない、との自己検閲を働かせたのではあるまいか。なぜなら、そもそも「ルート66」を書いたボビー・トゥループも、「ネイチャー・ボーイ」を書いたエデン・アーベも白人であったし、「ナット・キング・コールと、化学的に縮毛を矯正したその髪が象徴するのは、非政治的かつ非攻撃的であるがゆえに受け入れ可能となった黒人のスター性」(Hernández 71) だったからである。コールは実際、「正義と平等のためにもっと戦闘的な態度を取らなかったことについてしばしば批判を受けた」のだが、「善意を示して才能を発揮することのほうが、黒人アーティストに機会を提供するうえでは正式な抗議より有効であると信じた」(Buchanan 86) のである。いかに白人社会からの承認を受けたとはいえ、彼が現実に物理的な暴力や差別を受けてきたのに対し、サルは、いかに不遇な人種的他者に自身を重ね見ようとしても、いかにその日暮らしの放浪者を演じてみても、いざとなれば「大陸の反対側にいる叔母に葉書を出し、あと五〇ドル送ってほしい、と頼んだ」(*On the Road* 83) りすることができる。つまり彼は所詮、自らの白人性、中産階級性を消し去ることができない。そのような彼が「白さ」のコンプレックスを隠し、「黒さ」を身に帯びようと思うなら、ナット・キング・コールへの共感を吐露するのはいささか危険なふるまいとなる。

一方、サル/ケルアックの自己検閲に合格し、小説テクスト内での明確な名指しと称賛を許された黒人ヴォーカリストが、ビリー・ホリデイである。彼女のバラード、「ラヴァー・マン」の歌詞は、そのリフレインとなる部分がすべてそのまま小説中に引用されている。ちなみにこの歌を書いたジミー・デイヴィスはアフリカ系アメリカ人であり、全国黒人地位向上協会(NAACP)のメンバーでもあった。まだ見ぬ恋人を孤独に夢見る女性の想いが切々と語られるこの歌では、これまで官能的体験をしたことがない、イノセントな女性が語り手となっている。その点、ベッシー・スミスが歌う(良い意味で)卑俗なブルースや、同じビリー・ホリデイでも、「奇妙な果実」のごとく、人種差別の主題を扱う作品とは毛色が異なっている。サルは、「言葉というよりも、あの見事な美しい響きの旋律、街灯の柔らかな灯のもとで女が男の髪を撫でるようなビリーの歌い方がいい」(83) と述べ、歌詞を引きながらもその意味内容から読者の注意を逸らそうとする。歌詞だけを読むと、いかにも過剰な甘美さが鼻につくと考えたのであろうか。それにしても、すでにテリーと性的関係を持っているサルが感情移入する対象としては、奇妙にプラトニックな歌である。穿った見方をするならば、(恋人となる男性を求める)女性の語り手に自己投影するサルは、いまだ成就しない同性への欲望に身を委ねているのかもしれない。

サルはしかし、「ラヴァー・マン」という楽曲が、必ずしもビリー・ホリデイらしさを典型的に示す歌ではないのだと考えていた。そのことは、小説中、彼がもう一度だけ彼女の名前にふれる箇所から推測することができる。小説の第三部四章、サンフランシスコの店で、とある黒人パフォーマーが、「クローズ・ユア・アイズ」を歌う。これは、黒人音楽家ではなく、「ティン・パン・アレイの女王」と呼ばれたバーニス・ペトキアの書いた作品である。(4)

「おーんがーくーがなってーえええええ!」体をそらせて天井を見、マイクは下の方で握っていた。体を震わせ揺らしていた。それから、ぐいーっと一気に体を前に戻し、頭ごとマイクにぶつかりそうになった。「ゆめーみーるような、おどりーたくなるよーなうたがながーれ」――外の通りのほうをながめて、バカにするように唇をひん曲げてビリー・ホリデイ風のヒップな冷笑を浮かべた――「わたしたちはローマーンスのまっさいちゅう」――脇のほうへよろけた――「ああああああーいのホリーデーイ」(164)

ここで、「ヒップな冷笑」と連想されるビリー・ホリデイとは、明らかに、「ラヴァー・マン」を歌うホリデイではない。「奇妙な果実」も、冷笑であれ嘲笑であれ、そもそも笑いを呼び覚ます作品ではない。となると、たとえば、彼女が一九四五年にレコーディングした「ラヴ・フォー・セール」（コール・ポーター作詞作曲）などが念頭に置かれていたのかもしれない。「真実の愛以外のあらゆる愛」を経験済みだと言う娼婦の語り手が、「詩人たちには子どもじみた愛を／勝手に歌わせておけばいい／私はどんなタイプの愛も／彼らよりずっとよく知っている」とうそぶく歌である。

しかしサル／ケルアックは、『オン・ザ・ロード』において、ホリデイのシニカルな側面には深く踏み込まないし、母親の売春や自らの強姦体験、施設での虐待、違法な麻薬の使用など、その実人生における闇の部分に立ち入ることはない。先に引いた場面でも、ホリデイの名は、小説の戦略的な語りによって、安全に毒抜きされた「休日」のイメージに連想づけられ、彼女の「ヒップな冷笑」は相対化されている。こうした黒人アーティストの審美化は、少なくとも今日的な多文化主義の視点からは、政治性の忘却であるとの誇りを免れず、ケルアックの評価を下げる要因ともなりかねない。『オン・ザ・ロード』とは黒人音楽に憧れる小説である、と単純化してしまうとき、その見立てからは、ケルアックにとってはより本質的かもしれない「白さ」の情動がこぼれ落ちてしまうのである。

ジーン・オートリーと隠されたカントリーの抒情

ここまで、人種を横断するポピュラーなヴォーカル作品、いわゆるスタンダードナンバーの重要性について見てきたが、『オン・ザ・ロード』のテクスト内に流れる音楽は、ジャズやポップスに限定されるものではない。従来の批評はこの点にほとんど目を向けていないものの、ケルアックは、きわめて白人色の強いカントリーという音楽ジャンルとも実は親和性が高い(5)。何しろ、この小説中、冒頭数ページ目で最初に言及される実在の歌手は、ジミー・ロジャーズと並ぶカントリーの大御所、ジーン・オートリーなのである。「ディーンの第一印象は若い頃のジーン・オートリー」(6) だったとサルが明言している以上、サルとディーンの価値観や関係性を理解するうえでも、オートリーをめぐる小説内の間テクスト的な意味作用を掘り下げる作業は不可欠である。

オートリーは、「歌うカウボーイ」という代名詞で知られ、一九三〇年代から四〇年代にかけ、映画とカントリー音楽を接続した俳優兼歌手である。ピーター・スタンフィールドがこれらの映画を論じた研究書のタイトル・フレーズを借りるなら、「馬のオペラ」(Stanfield 1) とも呼ぶべきサブジャンルが初期の西部劇には存在し、オートリーに続く何名かのスターも誕生した。『オン・ザ・ロード』の第三部一一章でデトロイトにいるサルは、カウボーイものの映画を鑑賞している。彼が見たのはオートリーではなく「歌うカウボーイのエディ・ディーン」だったが、夜通し映画を見たあとの朦朧とした意識の中で、サルは、「エディー・ディーンといっしょに歌いながら馬に乗って牛泥棒を数えきれないほど撃ちまくっていた」(*On the Road* 201) という。

白と黒をめぐる人種的な側面から見ると、オートリーの出演映画は、「南部の『黒人専用』に隔離された劇場でも人気があった」し、レッドベリーやB・B・キングも「ジーン・オートリーから音楽的な刺激を受けた」ことを自認してはいる (George-Warren 148)。しかし、映画スターとしてのオートリーは、「サウナ風呂から出てきたばかりであるかのように……彼自身もその体にフィットしたコスチュームも常に清潔だった」し、「第二次世界大戦以降、ポップソングを歌う傾向が次第に強くなり、レコーディングの際にもポップな演奏をますます志向するようになった」(Cusic 45, 56)。西部劇というジャンルに内在する白人の自意識に照らしても、オートリーの人種的な越境性には限界があるだろう。

さらに、ジェンダーの面から見ると、オートリーは、「アメリカ西部の希望に憧れる孤独なカウボーイの姿を歌った」が、「荒々しい個人主義」ではなく、「感傷的男性性」のイメージを打ち出した(Wel 208)。クリスマス・ソングの歌い手としても親しまれたオートリーは、家族愛や中産階級的センチメンタリズムに訴える作品を歌い、ある意味家庭的・女性的なアイデンティティを身に帯びていた。音楽的にも、本稿ですでに見たフランク・シナトラやナット・キング・コールと同様、クルーナーとしての甘く優しい歌声がオートリーのトレードマークであったと言ってよい。おそらくこうした事情から、「白さ」とジェンダーの揺らぎに対する自己検閲を行ったであろうサル/ケルアックは、シナトラやコールの取り上げ方がそうであったように、オートリーが歌った楽曲の題名や歌詞を明示的な引用として小説中に名指すことをしない。

とはいえ、オートリーは、『オン・ザ・ロード』と主題的に関係の深い楽曲をいくつか歌っている。まず想起したいのは、村上春樹の小説タイトルに使用されたことで日本人にも比較的知られているであろう「国境の南(メキシコのほうへ)」である。二〇世紀半ば以降、スタンダードナンバーとなったこの歌は、フランク・シナトラも一九五三年にカバーしているが、もともとは、一九三九年に製作された同名の西部劇のために主演のオートリーが歌ったものである。その歌詞には、本稿でさきに取り上げたペギー・リーのヒット曲と同様、「マニャーナ」というスペイン語が印象的に使われている。

それから彼女は「マニャーナ」とささやきながら吐息をもらす
二人が別れるなんて夢にも思わずに
そして僕は「マニャーナ」とささやきながら嘘をつく
二人の明日は決して来ないのに

この歌の語り手は、恋人を置いてアメリカへ帰ったのち、もう一度「国境の南」へ戻るものの、彼女は修道女となっていたことを知る。「白いベールをかぶり、キャンドルライトのもとで、祈りを捧げるためにひざまづいていた」彼女は、もう語り手と結ばれることはない。ケルアックの小説中、この歌が明示的に言及されることはないが、「マニャーナ」とささやくメキシコ人女性とのロマンス――そして、その喪失――は、サルとテリーの関係を彷彿させるし、小説の終盤、メキシコへの旅路が描かれる場面では、米墨二国間の壁とその越境を強調する形で、「国境（border）」という語が何度も使用されている（*On the Road* 134, 217, 220, 224, 226, 250）。

一方、もう少し目に見える形で小説中にオートリーが呼び覚まされるのは、ディーン（とそのモデルであるニール・キャサディ）の故郷、デンヴァーが作品の舞台となる第一部一〇章である。仲間たちの少年時代に思いを馳せるサルは、珍しく未来より過去を見つめ、郷愁の光景を夢想する。

みんなが子どもだった一〇年前のデンヴァーが見たかった。桜の花咲く晴れた朝に華やぐロッキーの春（springtime in the Rockies）、希望がいっぱいの楽しい小道で皆が輪回しをしているところを見たかった。（49）

ここで、すぐれて詩的な感慨をもって幻視される「ロッキーの春」とは、オートリーが主演する「歌うカウボーイ」ものの映画、『ロッキーの春（Springtime in the Rockies）』（一九三七）への間テクスト的な目配せにほかなるまい（図1）。オートリーが弾き語りする主題歌は、望郷の想いをゆるやかな三拍子に乗せて歌うカントリー作品、「ロッキーに春来れば（When It's Springtime in the Rockies）」である。

ロッキーに春来れば　君のもとに戻ろう
山に暮らす愛らしい恋人　君の美しく青い瞳
愛しているともう一度告げよう　小鳥が一日中歌うなか
ロッキーに春来れば　遥かなるロッキーに

このカウボーイ・ソングは、一九二九年に作られて以来、多くのアーティストによって歌われているが、そのノスタルジックなワルツの牧歌性は、破天荒なビート派の疾走にはまったく馴染まない。だが、ケルアック的な反逆や破壊とはもとよりひとつのパフォーマンスであり、本当に問題なのは、表層から隠された内なる情動である。

ステファニー・ヴァンダー・ウェルが指摘する通り、歌うカウボーイたちはしばしば、「理想化され

図１　『ロッキーの春（Springtime in the Rockies）』ポスター

た南部を表現するのに、感傷的なミンストレル・ソングを演奏する」ことがあり、オートリーのある種の作品にも、「スティーヴン・フォスターの「故郷の人々」（一八五一）や「懐かしきケンタッキーの我が家」（一八五三）を想起させるような嘆きのモチーフが見出される」（Wel 217）。なるほど、「ロッキーに春来れば」と「懐かしきケンタッキーの我が家」の二曲には、間テクスト的な連続性が見て取れる。どちらもまず、歌の最後は、「遥か（far away）」という望郷の切なさが滲むフレーズで結ばれている。また、かつての牧歌的な幻の楽園を、前者は「小鳥が一日中歌うなか（While the birds sing all the day）」と描く一方、後者は、「小鳥が一日中音楽を奏でるなか（While the birds make music all the day）」と歌う。ティン・パン・アレイの職業作詞家・作曲家たちによって作られた「ロッキーに春来れば」のような作品は、「カウボーイ・ソングをポピュラー音楽の美学に近づけ、中流・上流階級の白人リスナーによってもっぱら消費されるものにした」（225）ことをふまえると、フォスターの望郷歌を反復するオートリーの楽曲は、ある種、（奴隷制の暗部を忘却したうえで）家族の絆や過去からの文化伝統を重んじる旧南部的な審美主義にも近づくものとなる。

オートリーはまた、その地理的イメージに関していうと、南部のみならず、オクラホマと切っても切れない関係にある。彼自身はテキサス生まれであったが、幼少期をオクラホマで過ごしたため、一九四一年、州内のとある町が彼の名をそのまま町名に借用したほどである。オクラホマ州ジーン・オートリーは、今なお実在する地名であり、彼はしばしば、「オクラホマの歌うカウボーイ」とも称された。実際、サルが初対面のディーンからオートリーを連想した理由のひとつは、「オクラホマ訛り」（*On the Road* 6）があったからである。オクラホマからの移動労働者であるいわゆるオーキーは、『オン・ザ・

ロード』にも描かれており、小説の近過去として大恐慌の時代があったことを読者は意識する。そして、『アメリカン・エクソダス――黄塵地帯の移住とカリフォルニアのオーキー文化』を著したジェイムズ・グレゴリーによると、「ジーン・オートリーからマール・ハガードに続く二世代にわたり、オーキーにとってのカントリー音楽とは、一九五〇年代・六〇年代の若者にとってのロックンロールに等しいものだった」(Gregory 233)。

そうした音楽事情を熟知していたケルアックは、オーキーとカントリー音楽の近しさを小説中に描き込んでいる。第一部一三章、テリーとその兄とともに仕事を求めて移動するサルは、「仏頂面のオーキーたちがカウボーイの音楽にあわせてどたばた動いている」(*On the Road* 79) 光景に出くわしている。だがむろん、オーキーにとってのカントリーは、若きエネルギーの発露だけを意味するものではない。「カウボーイの音楽がロードハウスから鳴り響き、畑いっぱいにあらゆる悲しみを運んでいった」(82) とサルが語っている通り、そこには切なく密やかな情感も込められていた。男たちが仕事を失いもはや一家の大黒柱とはなれず、自らの男性性を脅かされていた大恐慌の時代が背後にあったからこそ、「オートリーの音楽的イメージは、一九三〇年代における男性の傷つきやすさを強調する感傷的な歌うカウボーイ像を生み出すことになった」(Wel 244) のである。

『オン・ザ・ロード』批評において、「父親探し」(Melehy 61) というテーマはしばしば論じられてきたが、この小説の感傷性は、本来頼れるはずの、自分を見守ってくれるべき父の不在がもたらす孤独に由来する部分が少なくないように思われる。そのことは、小説を結ぶ最後の一文――「僕はディーン・モリアーティのことを考える、ついに見つからなかった父親のオールド・ディーン・モリアーティのことも考えながら、ディーン・モリアーティのことを考える」(*On the Road* 254)——が雄弁に物語っている。この文脈でふれておくべきは、映画『転がる根無し草』(一九三五)の中でジーン・オートリーが演じる歌うカウボーイ像であろう。彼は、屋外に集まった聴衆を前にして感傷的な「ロマンスグレーの髪の父さん」の弾き語りを披露する。これは、自分が苦労をかけたために年老いた父を思いやり、「もし時のページを最初に戻すべく/神が力を与えてくれるなら/すべてを投げ打って罪滅ぼしをしたい/ロマンスグレーの髪の父さんのために」と切なる息子の想いを歌うものである。すると、その歌が甘ったるく男らしくないと感じた聴衆の中のとある粗野な男が、「この町にラヴェンダー・カウボーイは要らねぇぜ」と野次を飛ばし、聴衆同士の乱闘へと発展する場面がある。これは、「明らかに女々しさと同性愛を揶揄するもの」(Stanfield 119)であり、オートリーのパフォーマンスに対して想定される反発をあらかじめ作品内に取り込んで、いわばガス抜きを狙った演出であると考えてよい。ケルアックがこのオートリー主演映画を実際に見たか否かは伝記的に確認できないが、『オン・ザ・ロード』第一部一三章で、「ハリウッドでカウボーイになるためにやってきたハンサムなホモの男の子たち」(*On the Road* 73)の姿を見逃さないサルが、ラヴェンダー・カウボーイという一種の文化現象を育んだサブカルチャーに通じていたであろうことは想像に難くない。

おわりに

すでに紹介した未出版作品集である『知られざるケルアック』(二〇一六)の編者が述べている通り、

これまでは、一般読者も批評家も、「ケルアック神話」に囚われて、ビート派のヒーローに関する「ある一側面を前景化し、他の側面を犠牲にする」（Tietchen xv）という傾向が強かったように思われる。しかし、『オン・ザ・ロード』という小説ならびにその周辺テクストと音楽作品の精読から浮かび上がるのは、「一般的なものと型破りなものの間に、あるいは、ノスタルジックな感傷の戯れと新たに垣間見える世界への楽天的憧れとの間に引き裂かれた世代」（xvi）が響かせる複層的なサウンドスケープである。

『オン・ザ・ロード』に織り込まれた白い音楽の重要性に鑑みるとき、伝統的にビートニクを定義づけてきた向こう見ずな激しさ、ジャズと連想されるスピード感や前向きな推進力とは、実のところ、その陰画として作品の奥深くに流れる優しさやゆるやかな抒情性（が示唆する白人性や中流階級性）をあからさまに可視化させないための装置であるともみなしうる。すなわち、示したいと同時に隠したい、という逆説的なモードがケルアックの小説を特徴づけている。それは、本稿でも一貫して注意を払ってきたクィアな欲望に特徴的な二重性のモードに同調するものである。言い換えるなら、ケルアックにとっての男性クルーナーたちは、回帰する抑圧として小説テクスト内にふと一瞬浮かび上がって甘くささやいたのち、次の瞬間にはまた潜在意識の下方へと静かに沈み込んでいく。しかし、その抑圧ないしは自己検閲があればこそ、『オン・ザ・ロード』は閉じた陶酔に溺れることを幸いにも免れるとともに、異なる世代の多様な価値観と響きあうに足るポリフォニックな重層性を獲得しえたのである。

注

(1) 以下、『オン・ザ・ロード』からの引用は、青山南訳を参照し、必要に応じて筆者が一部書き換えを行う。

(2) 同時代を生きた人気歌手のペギー・リーとフランク・シナトラは、しばしば同じスタンダードナンバーを歌っており、「ペギー・リーとフランク・シナトラによって録音された歌の完全リスト」と名付けられたオンライン資料によると、二人が等しくレコーディングした楽曲の数は一六〇曲を越えている ("Complete")。なお、「ブルー・スカイズ」がフランク・シナトラの持ち歌として有名であったことは、『オン・ザ・ロード』の邦訳者である青山南も、その鋭敏かつ的確な訳注の中で指摘している(ケルアック 一三九)。

(3) 「ネイチャー・ボーイ」がナット・キング・コールの曲名であることは、青山南の訳注にも記されている(ケルアック 一二一)。

(4) 本稿では詳述しないが、第一部一一章で言及される一九四八年のヒット曲、「中国行きのスローボート」(Kerouac, *On the Road* 64) を作詞・作曲したフランク・レッサーも、コール・ポーターやバーニス・ペトキアと同様、ティン・パン・アレイで活躍した人物であり、ケルアックがポピュラーな商業音楽に寄せた関心の深さがうかがわれる。

(5) 例外的な先行研究として、マット・シアドウは、「ケルアックとカントリー音楽」と題する論考を発表している。これは、両者の本質的なアメリカ性に関する一般論であり、フランシス・パークマンの『オレゴン街道』(一八四九) から、ケルアックの死後に発表されたウィリー・ネルソンの「オン・ザ・ロード・アゲイン」(一九八〇) などのカントリー音楽までを俯瞰しつつ、『オン・ザ・ロード』に関し、「ディーンは、その自然で情熱的なスタイルをもって退廃的な空気の中へ駆け込んできた西部のカウボーイである」(Theado 258) といった指摘も見られるが、ケルアックが影響を受けたカントリー歌手を具体的に特定するものではない。

引用文献

Buchanan, Paul D. *Race Relations in the United States: A Chronology, 1896-2005*. McFarland, 2005.

"Complete List of Songs Recorded by Peggy Lee and Frank Sinatra." *JazzDiscography.com*, jazzdiscography.com/Artists/Sinatra/pegfranksongs.php.

Cusic, Don. "Gene Autry in World War II." *Country Music Goes to War*, edited by Charles K. Wolfe and James E. Akenson, UP of Kentucky, 2005, pp. 43-57.

Dennis, Jeffrey P. *Queering Teen Culture: All-American Boys and Same-Sex Desire in Film and Television*. Routledge, 2008.

Fearnow, Mark. "Let's Do It: The Layered Life of Cole Porter." *Staging Desire: Queer Readings of American Theater History*, edited by Kim Marra and Robert A. Schanke, U of Michigan P, 2002, pp. 145-66.

Fritscher, Jack. *Popular Witchcraft: Straight from the Witch's Mouth*. U of Wisconsin P, 2004.

George-Warren, Holly. *Public Cowboy No. 1: The Life and Times of Gene Autry*. Oxford UP, 2009.

Gregory, James Noble. *American Exodus: The Dust Bowl Migration and Okie Culture in California*. Oxford UP, 1991.

Hernández, Tanya Kateri. "The *Buena Vista Social Club*: The Racial Politics of Nostalgia." *Latino/a Pop Culture*, edited by Michelle Habell-Pallán and Mary Romero, New York UP, 2002, pp. 63-72.

Hunt, Tim. *The Textuality of Soulwork: Jack Kerouac's Quest for Spontaneous Prose*. U of Michigan P, 2014.

Kerouac, Jack. "On Frank Sinatra." *The Unknown Kerouac*, pp. 1-3.

——. *On the Road*. Signet, 1985.［ジャック・ケルアック『オン・ザ・ロード』青山南訳（河出書房新社、二〇〇七年）］

——. *The Unknown Kerouac: Rare, Unpublished & Newly Translated Writings*, edited by Todd Tietchen and translated by Jean-Christophe Cloutier, The Library of America, 2016.

Maher, Paul, Jr. *Kerouac: His Life and Work*. Taylor Trade, 2004.

McNally, Karen. "'Where's the Spinning Wheel?': Frank Sinatra and Working-Class Alienation in *Young at Heart.*" *Journal of American Studies*, vol. 41, no. 1, 2007, pp. 115-33. *JSTOR*, www. jstor.org/stable/27557922.

Melehy, Hassan. *Kerouac: Language, Poetics, and Territory*. Bloomsbury Academic, 2016.

Stanfield, Peter. *Horse Opera: The Strange History of the 1930s Singing Cowboy*. U of Illinois P, 2002.

Sullivan, Steve. *Encyclopedia of Great Popular Song Recordings, Volumes 3 and 4*, Rowman & Littlefield, 2017.

Theado, Matt. "Kerouac and Country Music." *Kerouac on Record: A Literary Soundtrack*. Bloomsbury Academic, 2018, pp. 249-60.

Tietchen, Todd. "Editor's Introduction." Kerouac, *The Unknown Kerouac*, pp. xv-xxi.

Walden, Joshua S. "'The Beat Beat Beat of the Tom-Tom': Cole Porter and the Exotic." *A Cole Porter Companion*, edited by Don M. Randel, Matthew Shaftel, and Susan Forscher Weiss, U of Illinois P, 2016, pp. 182-204.

Weinreich, Regina. *The Spontaneous Poetics of Jack Kerouac: A Study of the Fiction*. Southern Illinois UP, 1987.

Wel, Stephanie Vander. "The Lavender Cowboy and 'The She Buckaroo': Gene Autry, Patsy Montana, and Depression-Era Gender Roles." *The Musical Quarterly*, vol. 95, no. 2/3, 2012, pp. 207-51. *JSTOR*, www. jstor.org/stable/41811627.

三具保夫『シナトラ』(駒草出版、二〇〇七年)

第二部　精読を精読する

読むことと書くことと
ヘンリー・ジェイムズの『過去の感覚』

竹井　智子

作家と間テクスト性について論じられた本論集の第一部では、作家がいかに先行するテクストを自らの創作の糧にしたかが明らかにされたが、第二部では作家が読む行為をどのように自作の中で描いてきたのかという問題に焦点を当てる。「はじめに」で示された通り、作家は先行するテクストの読者であり、かつ自身の作品を必ず精読しているため、「書く」ことに対するのと同様に「読む」ことに対しても極めて意識的であると思われる。したがって、作中で描かれる読む行為は読者の精読を促す装置となり得、作家が小説を書く上でも何らかの意味を持つと考えられるのである。本章では、読むことと書くことの円環状の関係性、より正確には「螺旋状」の関係性を描き出す作品として、ヘンリー・ジェイムズの『過去の感覚』（一九一七）を読み直す。

一九〇〇年に第三巻の途中まで執筆し、その後放置していたこの作品を、ジェイムズは一四年後に再び取り上げ、続きを口述し始める。作者の死により結局未完のまま残された本作は、古いイギリスの邸を舞台に繰り広げられるタイムトラベルが主題であり、歴史書を一冊上梓したことがあるアメリカ人、ラルフ・ペンドレルが主人公である。本作をめぐる論考は多くはないが、これまで主に幽霊譚や国際挿話としての考察がなされてきた他、本論集第一部で焦点を当てた間テクスト性という観点からも言及されてきた。例えば、主人公の芸術家としての側面に注目してこの作品を論じたタリア・シェファーは、『過去の感覚』と英国人女性作家ルーカス・マレット（本名メアリー・セントレガー・キングズリー・ハリソン）の『無門関』（一九〇〇）との類似性を指摘した上で、マレットの女性審美主義的主題をジェイムズが男性審美主義的主題へと翻案した、という興味深い論考を披露している。この他にも、『過去の感覚』を間テクスト性の読み書きの関係性の網上に位置付けることは容易である。そもそも本作執筆当時のジェイムズがH・G・ウェルズに宛てた書簡からは、本作がこの後輩作家の作品に対する彼の「書き直し願望」を反映していることが窺えるし、T・S・エリオットはこの作品をナサニエル・ホーソーンの『七破風の屋敷』（一八五一）と比較している（Eliot 53）。[1]また、本作は後にジョン・L・ボルダーストンによって劇作『バークレー広場』（一九二六）へと作り変えられ、それがさらにフランク・ロイドによって映画化されたが（一九三三）、この他にも多くの作家たちによって言及されている。[2]

一方、『過去の感覚』が「中年」（一八九三）や「絨毯の下絵」（一八九六）などのように作家や批評家にとっての読むことや書くことをめぐる作品群に数えられることはほとんどない。もっともこれは、主にこの作品が長編小説であることと、未完であるがゆえにそもそも論じられる機会が比較的少ないことに起因すると考えられる。[3] しかしながら、作家や批評家をめぐるジェイムズの小品群や小説論に見られる、読むことと書くことという問題意識の座標上にこのテクストを再配置することは、このテクスト自身が、自己テクストを読むことと書くことの連鎖——書く作業は必然的に読む行為を伴うという不可分性——を戦略的・メタ的に扱っていることを可視化すると思われる。本論考を通して、ジェイムズの遺作が、批評家や作家にとっての読み・書きの問題を前景化するのみならず、読者にも読み返しと書き直しの欲求を促すテクストであることを指摘したい。

書くために読むこと／批評のために読む行為／小説の家

ジェイムズは『過去の感覚』を第四巻の途中までしか執筆していないが、これに加えて本作の構想やその後の展開を簡単に記した「覚書」を残している。[4] 本作は未完であるのに加えて極めて複雑な筋立てであるため、議論に先立ってあらすじを記しておく。主人公のラルフ・ペンドレルが自国アメリカで未亡人オーロラ・コインに求婚し、断られるところから物語は始まる（第一巻）。それとほぼ同時に彼は、イギリス人の親族から古いロンドンの屋敷を相続することになる。渡英した彼は相続した屋敷を探索中に後ろ向きの肖像画を発見し、その画中の人物、すなわち一八二〇年の男と互いの立場を入れ替える契約を交わしたことが示唆される（第二巻）。この契約の証人になることを駐英アメリカ大使に依頼した後、ラルフはいよいよ一八二〇年へと旅立つ（第三巻）。過去に遡った彼がミドモア家の姉娘モリーに求婚し、当主であり彼女の兄であるペリーやこの二人の母であるミドモア夫人、妹娘のナンに思いを寄せるキャントファ卿らとかみ合わない会話を繰り広げる（第四巻）、というところでテクストは終わっている。「覚書」によれば、その後は、過去を改竄した廉でラルフが一八二〇年の男によって過去に閉じ込められる筋書きとなる予定であった。それは、モリーから婚約を破棄されたラルフが現代的な資質を持つとされるナンに惹かれていくことが、一八二〇年の男の意に沿わなかったからである。最後はナンの自己犠牲によってラルフは危機を脱出し、彼を心配してアメリカからイギリスにやって来たオーロラと再会する予定になっていた。

本節では「批評のために読む行為」という観点から『過去の感覚』を考察するが、これに際して注目したいのが、ラルフが相続するマンスフィールド・スクエア九番地の家である。ラルフのタイムトラベルの装置であるこの家は、彼が上梓した「歴史研究の一助としての試論（"An Essay in Aid of the Reading of History"）」（*The Sense of the Past* 42）を読んだイギリスの親族、故ペンドレル氏から、いわば「触知できる過去」（42）として彼に遺贈されたものである。[5] シェファーは自身の論考の中でこの建物を「小説の家」（114）と呼んでいるが、『過去の感覚』の中で「まごうかたなき詩」（44）、「歴史の一章」（43）、「その場のプロット」（63）といった言葉で表現されるこの建物は、詩のみならず小説家にとっては重との関連を想起させる。[6] 海老根静江の指摘する通り、「家」はジェイムズに限らず小説家にとっては重要な概念であるが、ジェイムズの小説においては、「家」は「しばしば便利な比喩となり、やがて総体としての『小説』に発展する」（海老根　一六〇、一六二）。批評においてもジェイムズは家の概念をしばしば用いている。例えば、彼はジョージ・エリオットの『ミドルマーチ』（一八七一）を「宝の家」と呼び、同時代の詩人ウィリアム・モリスは「宝の家の中を探し回って」詩を作ると述べている（*Literary Criticism* I 958, 1181）。『ある婦人の肖像』の序文に記された有名な小説の家はいくつもの窓があり、それぞれの窓に小説家が立って外の世界を望遠鏡で覗くという、小説家が小説を創作するための家であり小説家の棲み処であるが（*Literary Criticism* II 1075）、一方ジェイムズが「批評の科学」（一八九一）において批評家の棲み処としたのもまた「家」であった。

> そして批評の種類についてもまたこれは芸術の種類とまったく同じことである——すなわち、語るに値する唯一の種類であるいわば最高のものとは、最も活発な体験から生まれいでた類《たぐい》のものである。またこの種類という点については外側から貼られた様々なラベルや札があって、それは外を通る人々の便宜のために存在しているように見える。しかし、家の内部に住む批評家は家の中の数多くの部屋を渡り歩くとしても、外の玄関に貼られているビラについては何も知らない。知っているのはただ自分がより多く印象を手にすることができれば、それだけ多く記録することができるということと、可哀そうなことにある対象にのめりこめばこむほど、外へ吐きだすことも多いということだけである。（*Literary Criticism* I 98-99 強調原文）(7)

批評家の仕事は数々の部屋を動き回って印象を集めることであり、印象をより多く集めるほどに彼／彼女はより多く吐き出すことができるという右記引用の記述において、家が（文芸批評を含むあらゆる芸術批評においてその対象となる）「テクスト」の比喩であることは明白である。

興味深いのは、この「批評の科学」の中でジェイムズが、批評家の仕事を読むことだけではなくその印象を書くことでもあると捉えていることである。「批評的反応はそれ自体が芸術作品である」と考えたオスカー・ワイルド同様（Cordell 434）、ジェイムズもまた批評家の仕事と芸術家の仕事の近似性を認めていた可能性が高いと考えられるからである。(8)『過去の感覚』においても、建物の探索は書くための行為として描かれている。例えば邸に入ったラルフが、そこに泊まり込むことを「雑誌などが好んで取り上げるテーマ」（82）であると考えることは、批評目的とは言えないものの、この経験が書き残されるべきものであることを示唆している。そして何よりも、邸内の探索はラルフにとっては歴史書を執筆するための行為である。ラルフを「駆り立て動かし続けているもの」は「より大きな見聞から生まれる夥しい果実をどう役立てようかという思い」（61）であるという表現は、先に見た「批評の科学」の一節を彷彿させる。そしてラルフが抱いているその思いとは、この屋敷について、「すでに執筆する自分の姿が目に浮かんでいる、真に素晴らしい著作への思い」（61）である。つまり、タイムトラベル以前に行われるラルフの建物探訪は、書くために印象を集めるという批評家の仕事に近似したものとして捉えられていると言うことができる。加えて、ラルフの歴史書のタイトル、“An Essay in Aid of the Reading of History”から明らかなように、歴史を知ることはラルフにとって歴史を「読む」ことであるという事実を踏まえると、ラルフが上梓した「歴史を読む」ことについての試論を「読んだ」ことから故ペンドレル氏が遺贈を思いついた建物を、ラルフがそれについて「書く」ことを前提で「読み」、それをラルフ自身が実際に本に「書く」前に読者が「読む」というように、『過去の感覚』では読むことと書くことが入れ子になっているのである。

「絨毯の下絵」の語り手は小説の読み方を決して明らかにしてはくれないが、すでに述べたように、『過去の感覚』の主人公の経験はジェイムズにとっての「批評のために小説を読む行為」を反映していると考えられる。ジェイムズにとって「読むことは……最も活き活きとした形の経験であった」(Dupee 23) とF・W・デュピーは記している。これによって芸術と人生の二項対立が問い直されたというシーラ・ティーハンの指摘の通り (Teahan 63)、デュピーの解釈は、直接的かつ身体的な経験であるとされる人生と、間接的であり知的営みであるとされる読書行為を接続し、読書行為の意味を押し広げる。

『過去の感覚』における触知できる過去としての建物を読む行為は、「事物が混ざった素朴な匂い」(49) や「大階段の反響」(67) を感じ、「甘美な過去の名残を味わい」(66)、「カーテンの縫い目」(70) にまで目をとめ「高価な椅子に身を沈める」(66) など、ラルフの五感全てを用いた経験として表現されるが、とりわけ注目したいのは、家が語りかける声を聞くという比喩表現である。九番地の家に「語らせる」のがラルフの「夢」(47) であり、実際に邸内を眺めれば「何百もの声が彼に話しかけてくる」(57)。その家の調度は「積年のことづて (accumulated messages)」をラルフに伝え、一七一〇年頃に建造されたもので「これほど声高に、あなたの許に至るまで何一つ失ったものはなかったと、ラルフに語りかけている例はない」(66)。こういった比喩は決して珍しいものとは言えないが、第四巻以降 (ラルフのタイムトラベル中) の声の描写は、このテクストにおいては声の概念が極めて重要な意味を持つことを示唆している。例えば、ラルフはミドモア夫人の声の調子を「それまで耳にしたことがないほどの声質」で「数限りない事柄」を語ると感じ (144)、客人キャントファァ卿の声は「どんどん高く、高く、高くなっていって、ついには奇妙なキーキー声に達する」(226) といった過剰な表現で描写されている。あるいは、手紙は誤字だらけであっても、ミドモア家の姉娘モリーの唇から発せられると「美しくも正しい溶融体となって［言葉が］耳に達する」(189) という表現も、声の重要性、あるいは声の持つ力を明示しているということができるのである。一方、家の「ことづて」という概念は、『過去の感覚』の執筆開始後まもなくジェイムズが着手した『鳩の翼』(一九〇二) の中で、家が人に体感させる知識として用いられている「家の言葉 (the language of the house)」(*The Wings of the Dove* 62) を思い起こさせるものである。(9)『鳩の翼』においては、ベニスの豪奢な館を終の住処に定めるミリー・シールのみならず、ケイト・クロイとスーザン・ストリンガムを除く全ての主要登場人物が家を持ち、その「家の言葉」が、中に招き入れられた者に主人の意識を体感させる。特に小説の冒頭、ケイトが父親のアパートを訪れる際の内装の描写は秀逸であり、娘に父親の窮状を体感させるだけでなく、父娘の関係を読者にも感得させる効果を持っている。このように、家の内装を「家の言葉」と呼び体感する知識として描いたことは、『過去の感覚』における触知できる歴史としての家の位置づけに通じると言うことができる。

　それだけに、ラルフと過去の関係が、建物が語る声といった比喩的な意味や古いモノに触れるといった間接的な経験を超え、実際に過去に旅するという体験に転じる『過去の感覚』第四巻以降の展開は、極めて示唆的である。つまり、家の探索を、そのことづて (意味) を声 (文体) を通して体感することとして描いたジェイムズにとって、経験の身体性こそが文学テクストを読む行為の本質であったことを、ラルフのタイムトラベルが体現していると考えられるのである。だからこそ、ラルフのタイムトラベルという具体的かつ身体的な経験が文学テクストの比喩でもある邸内だけで繰り広げられることは必然であると言えるのだ。さらに、ラルフがこの邸の扉を開け、中に足を踏み入れた途端に時代が一八二〇年に遡るという設定だけでなく、ラルフにとっての身体的接触の重要性が前景化されていることも注目に値するだろう。例えば、館に入ってすぐにラルフはモリーを「胸に抱き、唇を重ね」(123)、彼女の兄であるミドモア家の当主ペリーとの「抱擁」によって彼の「がっしりした体躯」や「素朴な体臭」を感じる(155)。また、彼は自分の現代人的な言動が一八二〇年の人々の動揺を引き起こすたびに、ミドモア家の人々との身体的な接触を求める。例えば、ふと衝動に突き動かされて「[ペリーの]肩に手を掛ける」(167)かと思えば、ミドモア夫人の肩に手を掛け口づけをするという具合に(257-58)、ラルフは自分の過去での振る舞いを、当時の人々との身体的な接触を通して肯定するということを繰り返すのである。さらには、それまで存在しなかったモリーの小画像《ミニチュア》やペリーに与えるための金貨が、ラルフが想像しただけで具現化する(134-36, 274-75)という展開や、一八二〇年の人々がラルフの言動に凍りつく場面では実際に「気温が下がる」(213)などといった非現実的な仕掛けもまた、身体性の前景化の例と言える。そして、このようにラルフの想念が具現化するという、タイムトラベル中に繰り返し描かれる特徴は、次節で論じるように、作家にとっての読む行為と書く行為という問題に直結するのである。

書くことは読むこと／作家による読む行為／タイムトラベル

小説技法についての論考や書評を数多く残したジェイムズは、そのキャリア全体を通して作家や批評家が主題の小説を著しているが、特に一八九〇年代、より正確には一八八八年から一九〇〇年にかけてそういった作品が集中している。それは、一八八一年発表の『ある婦人の肖像』の成功によって職業作家としてのキャリアを軌道に乗せたジェイムズが、一八八六年の『ボストンの人々』と『カサマシマ侯爵夫人』の商業的失敗を経て、劇作にも挑戦しながら自作のスタイルを模索していた時期にあたる。彼が『過去の感覚』に着手したのも同じ頃（一九〇〇年）である。作家にとっての書く行為を扱ったジェイムズの作品にはいくつかの共通する特徴がみとめられるが、超自然の主題との親和性がその一つに挙げられる。「私的生活」（一八九二）や「いとよきところ」（一九〇〇）においては作家の創作活動があたかも超自然の力が成せる技か秘儀であるかのように描かれており、タイムトラベルを扱った『過去の感覚』もこの系譜に連なる作品と言える。オリバー・ハーフォードは本作第四巻について、「タイムトラベルについてというよりはむしろ物事を作り上げることや物事を起こさせることについての物語であり、歴史的というよりフィクショナルなプロセスであり、ジェイムズの『劇作家』の活動である」と述べた上で、本作の執筆過程とラルフのタイムトラベルの近似性を指摘している（Herford 64-65 強調原文）。事実、過去におけるラルフの行為は、本作の執筆過程に限らず、作家を扱った短編小説群ではついぞ明確に描かれることのなかった「小説を創作する」という行為を、具体的に描いたものと捉えることができるのである。[10]

　ジェイムズの「覚書」には、ラルフが一八二〇年にアメリカからモリーと婚約するために渡英した彼女の従兄と入れ替わること、それゆえ一九一〇年の本来の意識と一八二〇年の男の意識を不完全に併せ持つことが記されている（*The Sense of the Past* 300）。ラルフとミドモア家の人々の会話はどうにか辻褄が合わせられるような形で進行するが、次第にミドモア家の人々が彼に対して抱く違和感が増大していく。それは、ラルフが一八二〇年の記憶や意識を不完全にしか持っておらず、その都度選択し、行動することを迫られるからであり、その選択や言動が現代人としてのラルフの基準からなされるからである。[11] 作家にとっての読む行為と書く行為に関連して本節で注目したいのは、ラルフの持っている一八二〇年の知識と、過去においていかに振る舞い何を言うべきか、ということについて彼が迫られる「選択」(241) との関係である。この関係を端的に示す出来事としてラルフ自身が何度も思い返す驚異が、彼が過去に遡ってすぐにモリーの小画像をポケットから取り出すという、前節末尾で言及した場面である。以下の引用は、ラルフがモリーに会う前から彼女に惹かれていたことを証明するために、彼女の肖像画を予め持っていたと「即興」(134) で証言した直後の描写である。

もしまさにこの時感じたことを表現していたとしたら、彼はそれを彼女の不確かさのひらめきと呼んだであろう。彼女は、彼がそれほど確信をもって真の姿と称する肖像画のモデルに、果たして自分が、少なくともいつ、なったのだろうと訝った。彼はもう少しで、彼女が彼の言葉を否定したと思うところであったが、彼女がまだそれをはっきり口に出さなかったことは、彼女にとって幸運であった。なぜなら一瞬早く彼は、自分の言葉を裏付けるかのように、上着の左の内ポケットに手を差し入れ、赤いモロッコ革のケースに収めた小画像を取り出したからである。……確かにそれは、厳密には成功とは言えなかった。彼女は差し出された肖像を一目見て、すぐそれと認めたのだが、そのことをもって彼女との関係で出し抜いたと言えるためには、彼女自身の記憶という形で現実を掩ってくれなくてはならない。この場合のように、実に見事な偶然のいたずらという形ではだめなのである。「まあほんと、あの絵だわ」とモリーはすぐに声を上げた……。（134-36 強調原文）

小画像を持っているということを言葉にした途端にそれが実物となり、それを手にとった後にモリーがその絵のことを思い出すということここに描かれた順序は、ラルフの言葉が、実体を生みだすだけでなく、この時に至るまでのモリーの歴史をも作り上げることを表している。つまり、彼の言葉や選択は、一八二〇年の男や当時の人々の持つ記憶や知識に先んずるのである。同様の驚異として挙げられているのが、モリーとラルフがこれまでに手紙を交わしていたことに水を向けられた時のラルフの言動である。すでに触れたように二人は初対面だが、彼らはそれ以前から許婚のような関係であった。ラルフが手紙のやり取りについての記憶を持っていないことは、「もちろん自分は彼女に宛てて手紙を書いただろう」と推測することから明らかだが、彼が話を合わせた後に「真実がやってくるということを意識する」（184-85）という流れもまた、ラルフが発言し、行動した後に歴史が形成されるさまを表していると言える。すなわち、今まさに登場人物たちにとっての歴史——読者にとっては物語——が紡がれているのであり、ラルフの経験は、作者が物語を作り上げるプロセスに重なるのである。ラルフは自分の場違いな言動が人々の様々な反応を生み出すことに鑑みて、自らを「（事態を出来させた）張本人（author）」（171）と呼ぶが、はからずもそれは、この物語の「作者」を意味しているとも解釈できるのだ。そしてこのように考えると、ミドモア邸にいる人々に対してラルフが「説明しようとする時にはいつも……独特の注目を集めてしまい」、彼らが「彼の選択を固唾を飲んで待っているかのように思われる異常な瞬間があった」(239-40) という場面などは、登場人物が作者の次の指示を待っているかのようでシュールである。

一方で、それは「テレパシーのようなものによってジェイムズだけが近づき得る、何か既存のものをはっきりと理解しようとする」(Miller 324 強調引用者) という本作の創作過程を反映しているのだというJ・ヒリス・ミラーの指摘の通り、ラルフの過去での経験は、すでにある記憶や知識を見つけ出す・思い出す経緯としても描かれている。例えば「事は向こうからやってくる。より親しい関係のためにはどのような振る舞いが必要かといったこと全てが、まさにそれが必要とされるその瞬間にやってくるのだ」(*The Sense of the Past* 121) という描写は、知識が選択に先行することを意味している。つまり一八二〇年の世界に関する記憶や知識(あるいは「真実」)が先にあり、ラルフの選択や言動はそれらを基になされているというのである。これは、作家の行為に比して言うならば、自分の頭の中にすでに出来上がっていたテクストを、作家が書くために思い出す、あるいは「読む」行為に近い。ジェイムズは一九一四年に執筆を再開した際、「覚書」に「[一九〇〇年の執筆開始当時] 念頭にあったことを思い返そうとすると、ぼんやりと浮かび上がってくる何か、遠くからおずおずと私の方に戻ってくる何かがある」(299 強調原文) と記しており、この感覚はラルフのそれと似ている。すなわちラルフの知識が先/すでにあるものとして描かれているのは、一四年前に中断したテクストを再び取り上げたというこの作品の創作の経緯に関係しているとも考えられるのである。

しかし興味深いのは、この記憶・知識と選択・言動の順序を、作者ジェイムズが敢えて攪乱しようと試みていると思われる点である。今述べたように、上記の引用では知識が選択に先行しているが、それに続く段落では、「何であれ、まずは単純にやってみるので十分ではないか、そうすればうまい具合に状況がやって『くる』のだから」(122 強調原文)、さらにはそれまでその存在すら知らなかったモリーに口づけしたことも「事後はうまくいく事例の一つ」(123) であると述べられ、知識と行為・選択の順序が逆転させられているのである。さらに後には、「これまで何度も見てきたように、彼の意識／知識 (awareness) が挑戦を受けた時、切羽詰まると意識／知識が折よく受けて立ち、決して自信を失うことがなかったのだ」(174) という、知識とも意識とも解釈できる語が用いられている。これによって、ラルフの言動が果たして時宜を得て訪れた一八二〇年の男の記憶を頼りになされたものなのか、あるいは一九一〇年の意識に基づく即興の勘によってなされたものなのかが、確信犯的に曖昧にされているのだ。この曖昧さは、このテクストの成立背景に加えて、口述筆記という創作方法をとっていたジェイムズならではのものとも言えるかも知れない。音読という経験を伴う口述筆記においては、小説を創作する過程における読む行為が前景化されると考えられるからである。しかし、そもそも書く行為は必然的に読む行為を伴うものである。第一巻から第三巻までを合わせたよりも長大で、それでも尚終わりそうもない（しかも、その途中で絶筆となったため文字通り永遠に終わらない）第四巻が詳らかに描くラルフの経験は、このように彼の姓「ペンドレル」も示唆する通り作家の創作行為に比肩され得るのであり、その執拗な描写は、晩年のジェイムズの興味が、作家としての書くことと読むことに向けられていたことを映し出すのである。(12)

このようにジェイムズは読む行為と書く行為の順序を敢えて攪乱することで、小説を創作する過程における両者の不可分性を描いていると考えられる。そしてそこでは、上述のように、「やってみればうまくいく」、あるいは逆に「必要な知識がまさに必要とされるときにやってくる」と述べられ、あたかもラルフの選択が正しいかのように描かれている。しかし、実際の物語の筋立てとしては、ラルフの選択自体は誤りを多く含んでいることが繰り返し示されている。そもそも彼については、絵画様式には「全くもって不案内」ながらオーロラを敢えて「ルネッサンスの偉大な絵画」に喩えてみたり(7)、九番地の邸の大広間を「ジェイムズ朝風だ」と考えた直後に「実際にはそうではない」ことが語り手によって明かされたりと(63)、タイムトラベル以前からその誤読が目立つ。[13] そんな彼は一八二〇年の祖先が辿ったであろう歴史の筋書きを書き変えてしまうことになるのだが、過去における彼の選択間違いこそが、ジェイムズが本作の「見どころ」(300)に据えた、一八二〇年の男と一九一〇年のラルフ自身の「二重の意識」(295)によって「自分が他の自分に見張られている」(312)という状況や、彼が過去に閉じ込められるといった『過去の感覚』の複雑かつ興味深い展開を牽引する。そして、彼によって選ばれなかった本来の、言わば宙に浮いた正史の存在と、正誤に関わらず打ち捨てられたあらゆる他の選択肢が導き得た並行世界の可能性が、本作最大の謎とも言える肖像画のパラドックスによって照射されるのである。

読み返しと書き直し／読者による読む行為／肖像画のパラドックス

近年の批評においては、ラルフが入れ替わったのは肖像画中の祖先であるという点を中心に議論が進められ、その肖像画のそもそものモデルがラルフ自身であるということ――ラルフが過去に旅立つ時点ですでに彼のタイムトラベルが行われた後であること――のパラドックスについて顧みられることはあまり多いとは言えない[14]。しかしながら、読むことと書くことという観点から『過去の感覚』を再読する時には、このパラドックスやそもそも本作が未完であることを含め、今読者が手にするテクスト全てが意味を持つ[15]。祖先との入れ替わりと一八二〇年に旅した自分自身との入れ替わりという、同時に成立しえない状況をどのように回収するか、読者は様々な解釈やその修正を迫られるからである。肖像画のモデルがラルフ自身であることを重視したホルヘ・ルイス・ボルヘスは、スティーヴン・スペンダーの『破壊的要素』（一九三六）における『過去の感覚』論に触発されて執筆したエッセイ「コールリッジの花」（一九四五）の中で、「ジェイムズは比類ない無限回帰《レグレス・イン・インフィニトウム》を創造する。というのも、主人公のラルフ・ペンドレルは十八世紀へと戻っていくからである。原因が結果の後に来る。つまり、時間旅行の動機が、その旅の結果のひとつになっているのである」（ボルヘス 一二六）と指摘する[16]。最初に記した通り、『過去の感覚』はアメリカにおけるラルフからオーロラへの求婚と失恋に始まり、イギリスでのタイムトラベルを経て、最後には、彼を助けにイギリスにやって来たオーロラと共に再びラルフがアメリカに戻るであろうことが示唆される。つまり、このテクストは時間的、地理的および人間関係における三重の回帰構造、より正確には（以前と全く同じ状況に戻るわけではないことから）螺旋構造を有している[17]。加えて、前節で見た読み書きの連鎖もまた、一種の螺旋運動と見做し得るだろう。その上で本論の最後に指摘したいのは、このテクストがさらなる外軌道の螺旋に読者を巻き込もうとする――すなわち、テクストの矛盾に遭遇する読者に、再読と修正を促すということである。

祖先との入れ替わりまたは自分自身との入れ替わりのいずれかを捨象する解釈は、矛盾を回収するために「覚書」を含む『過去の感覚』のテクストを書き直しているに等しいが、そうでなくとも、矛盾を孕むテクストは通常、人に再読を促さずにはおかないものであり、再読は新たな解釈を導き得る。例えば、第四巻を読み終えた読者であれば、言葉が真実に転じるというラルフのタイムトラベル中に繰り返される状況が、第三巻末にすでに萌していることに気づくかも知れない。一九一〇年にやってきた一八二〇年の男をラルフが大使に紹介しようとするものの、その男が行方をくらます場面で、「待ち切れず［未来の世界に出て行ったのでは］」という大使の言葉によってラルフの「視界が広がり」、「彼自身の頭にも浮かばなかった何かを暗示するように思えてならない」（三三）という描写は、言葉の持つ実現する力が暗示されていると言えるからである。さらに、「自分が他の自分に見張られる」という「二重の意識」もまたラルフの渡英以前に仄めかされていることを、再読した読者は見出すだろう。

世間は彼を迎えようと待っているさ。そうともと、彼は次第に気を取り直していった。それが証拠に私はここにいて、私の座っているベンチは公園の大通りが始まる突端に置かれているから、通り全体が眺め渡せるではないか。しばらくすると彼は、その眺めの中でひときわ目立つ存在に気付いた。それは何とラルフ・ペンドレル自身の姿で、そこに麗々と立ちはだかり、われらの若き友人の目をくぎ付けにしていた。まぎれもなくそれは、屈辱に打ちひしがれた男だった。（38-39）

この場面は、ラルフが自分自身の姿を客観視している状態であると解釈できる。一方で、ここに描かれている、自分が別の自分の姿を見るという状況は、タイムトラベル中のラルフが「別の自分に観察される」という状況の転位であると言うこともできるのである。

二重の意識や肖像画のパラドックスは歴史の改訂や並行世界の存在を示唆するが、このテクストはこの他にも放棄された選択肢が導き得た別のプロットの可能性を繰り返し提示する。特に、ラルフのタイムトラベルのプロットの外に位置付けられているオーロラは、予定されたプロットを覆す役割を担っていると言える。彼女は物語が始まるまでに、ヨーロッパに滞在する予定を変更してアメリカに帰国し、アメリカに暫く滞在するであろうという周囲の予想に反して再び渡欧した経験を持っており、さらに最後にラルフを助けるために、二度と外国には出かけないという前言を翻して渡英することになるはずであったからである。「決して後戻りはしない」(15)、「[ラルフのような]人は決して他に現れない」(25)などと、彼女が未来を断定的に語れば語るほど周囲の予想や自身の前言に反するであろうことが示唆され、放棄されたプロットのその先や、別の選択が導き得た顛末を読者に意識させる。「今になってこんな目にあうことがわかっていたら、私、外国になど決して行かなかったわ」(26)という彼女の後悔は、彼女が自分の選ばなかった人生を心の中に思い描いていることを意味し、一方で外国の地で一体彼女に何が起こったのかという語られない物語について、ラルフのみならず読者にも様々な想像を促さずにはおかない。この作品は「とんでもなく多くの可能性」(295)を内包しているとジェイムズが「覚書」に記したとおり、『過去の感覚』のテクストは、フィクションや実際の歴史が孕む可能性を前景化しているると言えるのだ。そして、二重の意識や不安定なプロット、ありえたかも知れない物語という意味での並行世界の可能性は、ジェイムズにとっての読み・書きの問題に回帰するのである。

すでに述べたようにジェイムズは『過去の感覚』の執筆再開にあたり、一四年前のテクストを読み返し書き直すという作業を行った。過去の自分が書いたテクストを後の自分が改訂するという創作過程は、アラン・W・ベルリンジャーも指摘するように、二重の意識とよく似ている（Bellringer 204）。ジェイムズが「中年」で描いた作家デンカムは出版された作品にさえ手を加える不断の改訂家であるが、ジェイムズ自身も改訂を重ねたことはよく知られている。加えて、『過去の感覚』の執筆を中断している間に、ジェイムズは自作の改訂を含め様々な「見直しと書き直し」を経験している。彼は二〇余年ぶりの故郷再訪によって自分が抱いていた故郷の印象を塗り替え、ニューヨーク版のために自作を読み直し、選定と改訂作業を行い、短編集『ファイナー・グレイン』（一九一〇）の中で、幽霊譚や国際挿話といった自身の代表的主題を二〇世紀初頭のコンテクストに置き換え、さらに一連の自伝によって自分の記憶のみならず父・兄弟の手紙をも読み直し、書き直した。こうした様々な改訂の経験が、作家が書き得たが描かなかった世界の可能性の痕跡とでも言うべきものをテクスト内に取り込もうとするジェイムズの試み、すなわち多様な可能性や矛盾が読み返しと書き直しを誘引する『過去の感覚』のテクストを、生み出したのだと思われる。ジェイムズは読者に、未完の遺作となった本作の読み返しと書き直し、すなわち再解釈を期待したのではないだろうか。

本章ではヘンリー・ジェイムズの遺作『過去の感覚』が、読む行為と書く行為という、作家や批評家、そして読者が繰り返す営みをメタ的に扱っていることを論じてきた。一九一四年、第一次世界大戦の勃発と同時にジェイムズが『象牙の塔』（一九一七）の執筆を止め『過去の感覚』を再開したのは、「戦時下の」情勢では……遠く現実離れした人生の物語なら何とか書けそうだと思ったから」（ラボックによる序文）であると言われている。[18] しかし読むことと書くことの永遠に続く連鎖を描いたこの作品の残された断片が我々に見せるのは、決して過去への逃避ではなく、むしろ物理的な破壊行為の間隙を掻い潜って生き残る、口承や印刷によって流通するテクストの、未来へも続く読み・書きの連鎖ではないだろうか。『バークレー広場』の映画版にはジェイムズの名前がクレジットされていない（Raw 15）という事実や、ボルヘスがジェイムズの原作を読まずスペンダーの論考に触発されて「コールリッジの花」を書いたという事実は、彼らがそのことを意識的・無意識的に継承していることの証左である。これまで論じてきたように、この未完の遺作によってジェイムズは、自作の読み返しと書き直しを読者に迫っていると言えるが、ジェイムズが完璧を求めて自作の改訂を重ねた事実と、多様な解釈という広い意味での自作の書き直しを読者に認めるということは、矛盾しているように思われるかも知れない。[19] しかしながら、『鳩の翼』の序文で若くして死にゆくミリーがこの作品の中心であると言明した作者が、私的な手紙においては彼女の遺産を利用しようと企むケイトとマートン・デンシャーの関係こそがこの作品の要であると説明した事実などを踏まえると、時代や立場によって様々な読みが生まれる可能性を、ジェイムズは決して否定していなかったのではないかと思われる。[20] それが、過去のテクストの継承のためには不可欠だからである。

＊本稿は、二〇一八年一〇月六・七日に実践女子大学渋谷キャンパスにて開催された日本アメリカ文学会第五七回全国大会における口頭発表原稿に加筆修正を施したものである。また、ＪＳＰＳ科研費 JP17K02544 の助成を受けた研究成果の一部である。

注

（1）一九〇〇年一月二九日にウェルズに宛てた手紙の中でジェイムズは、彼の作品『タイムマシン』（一八九五）を称賛し、「僕は、読みながら、君の作品をずいぶん書き直している」と述べている（*Letters* IV 132-33）。また、J・ヒリス・ミラーは、『過去の感覚』とジェイムズ自身の初期作「情熱の巡礼」（一八七一）との類似性を指摘している（Miller 303）。

（2）『過去の感覚』が後のテクストに及ぼした影響に関しては、この他、スティーヴン・スペンダーやホルヘ・ルイス・ボルヘスが本作に言及したこともしばしば注目される（Dupuy 209）。また、イゾベル・ウォーターズは『過去の感覚』論の中でエリオットの詩を引用しているが（Waters 181）、エリオットはこの小説を高く評価していた（Eliot 52）。なお、ジェイムズ作品は数多く映画化されているが、この改変された『過去の感覚』が最初のものである（Raw 15）。

（3）ジェイムズには『ロデリック・ハドソン』（一八七五）や『悲劇の詩神』（一八九〇）など芸術家を扱った長編小説もあるが、本稿が念頭に置いているのは、主に一八九〇年代に書かれた、作家と批評家を扱った短編小説群である。

（4）『過去の感覚』はジェイムズの死後、ニューヨーク版第二六巻として、「覚書」と共に収録・出版された。

（5）『過去の感覚』の日本語訳は、上島建吉訳を用い、適宜変更を加えた。

（6）この他にも、マンスフィールド・スクエア九番地の家には様々な意味が付与されている。例えば、既述のようにタイムマシンの役割を果たし、また、人生そのものに喩えられてもいる。この家を小説の比喩と捉えた場合、ラルフとジェイムズの近似性が浮かび上がる。「覚書」には、一九〇〇年にジェイムズが執筆を中断した理由として、ラルフを現代から過去にどのように「移行」させるかを決めかねていたからであると記されているが（*The Sense of the Past* 292）、再開されたテクストに描かれたのは、九番地の家の扉を開け中に入った途端に過去に遡るという物語に遡ったというものであった。これは、中断していたテクストを開いて一四年前の自分が構想していた物語に遡ったという、ジェイムズ自身の創作状況に似ている。ラルフにとっての家がタイムマシンであるように、ジェイムズにとっての中断された小説がタイムマシンの役割を担っていると考えることもできるのである。

（7）「批評の科学」（"The Science of Criticism"）」の日本語訳は岩元巌訳「批評」を用いた。

（8）ジェイムズは「バーバリーナ夫人」（一八八四）のニューヨーク版序文の中で、自らを「人生の批評家」と呼んでいる（*Literary Criticism* II 1211）。また、短編小説「共同作業」（一八九二）の中で、登場人物に「もしかすると、批評家でも芸術家たり得るかも知れない」（243）とつぶやかせている。なお、本稿で挙げた「批評の科学」からの引用の後の部分で、ジェイムズは「文学においては批評家の仕事は二重の意味で生活と結びついている。というのは、批評家は直接にかかわるだけでなく、また間接に生活と結びついているからである。まず彼は他人の体験を扱い、それを自分自身の体験に組みいれる。しかも、批評家の場合、他人と言っても小説家が自分の体質に合うように選び、作りだした他人を扱うのではなく、無数の妥協を許さぬ作者たち、口数多い歴史の申し子たちを扱わなければならない」（*Literary Criticism* I 99）と記し、小説の作者と批評家の、入れ子にも似た関係性を論じている。

（9）ジェイムズは一九〇〇年八月九日付のウィリアム・ディーン・ハウエルズ宛ての手紙の中で『過去の感覚』について言及しているが（158）、同年一〇月一日付の兄ウィリアム宛ての手紙では、しばらく前から『鳩の翼』の執筆に取り掛かっていることを明かしている（167）。

（10）ハーフォードは、ラルフの言葉が実体になることや彼の即興性に触れ、過去に戻ったラルフが作者の姿に重なると指摘している（65）。なお、シェファーーは、タイムトラベルによってラルフが「本物の作家」になったと指摘している（124）。

（11）この他、ラルフは霊感に駆られたような言動でミドモア家の人々を困惑させる。例えば、彼が一度も訪れたことのない場所（ミドモア家が所有するドライダウンにある邸宅）についての詳細を語って驚かせる場面がある。これは、ラルフがミドモア家の人々にとって超自然的な存在であることと関係していると考えられるが、未完であるため詳細は不明である。

(12) ミラーは "pen" と、"to go" を意味する語根 "el" から、ラルフの姓は「ペンの力を揮う者」を意味すると述べている (320)。

(13) オーロラは新しい女性として描かれていることから、ルネサンスの絵画に喩えられているのはラルフの印象が正しくないことを示唆していると考えられる。フィリップ・シッカーは、オーロラは反ヨーロッパ的であるため、イタリアの王女に似ていることはないと指摘している (Sicker 102)。また、「ジェイムズ朝風である」という大広間の印象については、館の探索中に再びこの大広間に戻ってきたラルフが、先に抱いた印象を修正するという場面がある。このことは、再読と解釈の修正という、本論第三節の議論にも関係しており興味深い。

(14) この他、ラルフが入れ替わった相手について、例えばシッカーは、一八二〇年のラルフとラルフ自身の「心理的片割れ (psychic counterpart)」の両方であると指摘している (105)。

(15) ジェイムズは一九一五年末に軽度の卒中に見舞われている (Edel 542)。また、それ以前の同年八月に遺書に最後の手直しを加えていることからも (Novick 516)、彼が自身の遠くない死を意識していたこと、すなわち本作が終わらないことを想定していたことは明らかである。タイピストのボサンケットはこの作品について、「彼の才能をもってしても、一体どうやってこれを本当に巧く終わらせることができるのか分からない」と記している (Bosanquet 80 強調原文)。

(16) ラルフが戻るのは一八二〇年であって一八世紀ではないが、後述するようにボルヘスは『過去の感覚』を読まずに論じているため生じた間違いであると考えられる。

(17) ラルフとオーロラは「結婚 (union)」するのではなく「再会 (reunion)」(358) するとジェイムズが「覚書」に書き残しているが、ラルフが経験を積んだという事実と、オーロラがラルフを助けに来たという事実から、二人が以前と全く同じ関係性に戻るわけではないことが示唆されているとも考えられる。

(18) 筆者が用いた『過去の感覚』のテクストではラボックの序文にはページ番号の記載がないため、このように表記した。

（19）ちなみにマイケル・アネスコは近著で、「完璧な編集者」というジェイムズのイメージの見直しを試みている。彼によれば、『アトランティック・マンスリー』と『マクミランズ・マガジン』でほぼ同時に連載された後に英米両国で単行本として出版され、その後一八八三年の選集、さらにニューヨーク版にも収録された『ある婦人の肖像』（一八八一）に関して、複数回の見直しを経てもジェイムズが設定の一貫性を欠く間違いを見逃していた事実を指摘している（Anesko 3-4）。

（20）ジェイムズは、一九〇二年九月九日付のフォード・マドックス・フォード宛ての手紙の中で、「[『鳩の翼』の]主題はデンシャーの、ケイト・クロイとの歴史」であり「彼女の、彼との歴史」であって、「ミリーの歴史はそこに付随し、巻き込まれたものにすぎない」と述べている（*Life in Letters* 371）。一方、ニューヨーク版の序文の冒頭で、小説の骨子は、人生の偉大な可能性を意識しながらも、若くして病に倒れるミリーであるとしている（*Literary Criticism* II 1287）。

引用文献／参考文献

Anesko, Michael. *Generous Mistakes: Incidents of Error in Henry James*. Oxford UP, 2017.

Bellringer, Alan W. "Henry James's *The Sense of the Past*: The Backward Vision." *Forum for Modern Language Studies*, vol. 17, no. 3, 1981, pp. 201-16.

Bosanquet, Theodora. *Henry James at Work*. Edited with notes and introductions by Lyall H. Powers, U of Michigan P, 2006.

Cordell, Sigrid Anderson. "'A Beautiful Translation from a Very Imperfect Original': Mabel Wotton, Aestheticism, and the Dilemma of Literary Borrowing." *Victorian Literature and Culture*, vol. 37, issue 2, 2009, pp. 427-45.

Dupee, F. W. *Henry James*. Greenwood Press, 1973.

Dupuy, Jean-Pierre. *The Mark of the Sacred*. Translated by M. B. DeBevoise, Stanford UP, 2013.

Edel, Leon. *Henry James, The Master: 1901-1916*. Lippincott, 1972.

Eliot, T. S. "The Hawthorne Aspect." *The Little Review*, vol. 5, no. 4, 1918, pp. 47-53.

Henry James. "Collaboration." *Henry James Complete Stories 1892-1898*, edited by David Bromwich and John Hollander, Library of America, 1996, pp. 234-55.

——. *Henry James: A Life in Letters*. Edited by Philip Horne, Viking, 1999.

——. *Henry James Letters*. Vol. IV: 1895-1916, edited by Leon Edel, Belknap Press of Harvard UP, 1984.

——. *Henry James: Literary Criticism*. 2 vols, edited by Leon Edel and Mark Wilson, Library of America, 1984.

——. "Science of Criticism." *Literary Criticism*, vol. 1, pp. 95-99. ［ヘンリー・ジェイムズ「批評」岩元巌訳（国書刊行会、一九八四年）一七八-八四頁］

——. *The Sense of the Past*. Augustus M. Kelley, 1976. ［『過去の感覚』上島建吉訳（国書刊行会、一九八五年）］

——. *The Wings of the Dove*. Edited by J. Donald Crowley and Richard A. Hocks, Norton Critical Edition, W. W. Norton, 1978.

Herford, Oliver. *Henry James's Style of Retrospect: Late Personal Writings, 1890-1915*. Oxford UP, 2016.

Miller, J. Hillis. *Literature as Conduct: Speech Acts in Henry James*. Fordham UP, 2005.

Novick, Sheldon M. *Henry James: The Mature Master*. Random House, 2007.

Raw, Laurence. *Adapting Henry James to the Screen: Gender, Fiction, and Film*. Scarecrow Press, 2006.

Schaffer, Talia. "Some Chapter of Some Other Story: Henry James, Lucas Malet, and the Real Past of *The Sense of the Past*." *The Henry James Review*, vol. 17, no. 2, 1996, pp. 109-28.

Sicker, Philip. *Love and the Quest for Identity in the Fiction of Henry James*. Princeton UP, 1980.

Spender, Stephen. *The Destructive Element: A Study of Modern Writers and Beliefs*. Houghton Mifflin Company, 1936.

Teahan, Sheila. "Autobiographies and Biographies." *Henry James in Context*, edited by David McWhirter, Cambridge UP, 2010, pp. 58-67.

Waters, Isobel. "'Still and Still Moving': The House as Time Machine in Henry James's *The Sense of the Past*." *The Henry James Review*, vol. 30, no. 2, pp. 180-95.

海老根静江『総体としてのヘンリー・ジェイムズ——ジェイムズの小説とモダニティ』（彩流社、二〇一二年）

ボルヘス、ホルヘ・ルイス『ボルヘス・エッセイ集』木村榮一編訳（平凡社、二〇一三年）

宙吊りの生に宿るネガティヴ・パワー
――ベン・ラーナー『アトーチャ駅を後にして』を散文詩として読む可能性

吉田　恭子

本論では詩人としてすでにその実験的作風を評価されていたベン・ラーナー（一九七九－　）の第一長編小説『アトーチャ駅を後にして』（二〇一一）においてくり返し訪れる宙吊りのまま時間が進んでいくという感覚から出発して、この小説の詩学的考察とその実践を指摘したい。端的にいえば、この作品は「一文一文がその内容に関係なく、列車の活動を模倣し、列車は文の動きを模倣[1]」(*Atocha Station* 89) する散文による詩学的実験、すなわち散文詩であると同時に散文による詩学である。小説的物語部分は詩という「伝達手段」の中身にすぎない。そしてこの宙吊りのまま進む時間感覚は、意味伝達とは異なる詩的言語の機能と繋がっており、詩の内容よりむしろその媒介性つまり隔たりに重きを置くテクストを読む経験こそが、宙吊りの時間感覚を増大させる。さらに媒介性をめぐるテーマは、時間のみならず、翻訳など他の主題にも関わってくる。そして『アトーチャ駅を後にして』は、その自省的語りと間テクスト性がゆえに、一見ポストモダン的メタフィクションと映るかもしれないが、作品の詩学的問題意識はむしろモダニズム文学の美学と、今日からすればもはや「古めかしい」とさえ見えるモダニティに向けられているのである。

宙吊りの時間と読書

『アトーチャ駅を後にして』の正確に中間地点で、語り手の若きアメリカ詩人アダム・ゴードンは、女友達イサベルと共に夜行列車のタルゴに乗ってマドリードの「アトーチャ駅を後にして」グラナダに向かう。カンザス州トピーカ育ちのアダムにとって、鉄道は時代に取り残されたような存在で、「輸送／伝達（conveyance）の手段としては古めかしいこと詩と同様」(89) に映る。

鉄道による移動は宙吊りの経過時間を作り出す。「時間と空間の消滅」こそが、登場当初、鉄道が人々に与えた衝撃であった。時刻表に従い地点AからBへとあらかじめ敷かれた鉄路を移動する間、乗客は不動のまま手持無沙汰になる。出発地と目的地とを結ぶ途中は列車の乗客が関知しない土地であり、窓の外は乗客にとって眺める風景でしかない。そしてただ延々と過ぎ去る限りにおいて、動いているのは旅行者ではなく外界である (Certeau 111-13)。手持無沙汰な時間は孤独な読書を誘う。

列車と宙吊りの時間についての話を続ける前に、まずこの小説の大筋を確認しておきたい。「権威ある奨学金」を得て、マドリードで一年を過ごすことになった詩人の語り手アダム・ゴードンの留学中のプロジェクトは、スペイン内戦についての調査研究に基づいた長編詩を書くことだった。ところが肝心の調査研究に着手する様子は一向に見られない。ハシッシュとタバコとコーヒーとワインの消費で時間が経過する一方、「深遠なる芸術体験」未体験の自分は過大評価されるまやかしにすぎないという不安を抱えており、周りの評価が気になって仕方がない。鬱病もしくは不安神経症と思われる症状に苦しみ、向精神薬に依存している。マドリードのアートシーンに人脈を作っていくが、当初はスペイン語に不慣れなため、相手の意図を勝手に憶測するしかなかったり、含蓄のある発言ができないため、母が死んでしまったとか、抑圧的な父に苦しんでいるといった嘘に頼って自らを陰のある人物として演出したりして他人の気を引こうとする。「うまく言葉の通じない異国で嘘にまみれながら苦闘する姿が滑稽な「自意識的な主人公」（木原 二七八）の小悪党ぶりが際立つのは、詩人で翻訳者のテレサとスペイン語教師のイサベルというふたりの女性を手玉に取ろうとするプロットである。知的に俊敏かつ思慮深いテレサに魅力を感じ周囲の男たちに対して妄想に近い劣等感と嫉妬心を抱きながらも、被翻訳者と翻訳者という芸術的協力で結ばれた友情関係を越えることができないでいる。イサベルとは男女の関係になりながらも、常に自分が上手《うわて》であろうとするところから、テレサとの関係で満たされない部分を補おうとする願望が窺える。ふたりの女性が出会うことがないようにと周到に警戒する一方で、どちらにどういう嘘をついたのか忘れてしまうありさまである。アダムは二〇〇四年三月一一日のアルカイーダによるアトーチャ駅テロ爆破事件を目のあたりにして、政治的危機に芸術が果たす役割をギャラリーの仲間たちと模索するが、彼らのように進んでコミットすることができない。そうしてスペインに残るべきかアメリカに帰るべきか悩んだ末、自作の詩を翻訳者のテレサとともに発表する朗読会を迎える。自作が翻訳されるという経験にアダムは今までにない可能性を感じて小説は終わる。

留学中のプロジェクトをはじめ、アダムの生い立ちや背景などが作者ベン・ラーナーと重なるという事実は、この小説の細部を味わう助けとなる。[2] けれども語り手は私小説的・自伝的主人公というよりも、むしろ詩において含意された話し手が作者に限りなく重なるというケースに似ているだろう。ダニエル・カッツは主要な書評がどれもラーナーの小説を「著者と同じく詩人が主人公の小説」としか捉えておらず、自伝とフィクション、現実と虚構の境界を揺るがす試みといったいわゆるポストモダン小説の議論にありがちな結論に陥ったり、「自虐的でほぼ神経症的な白人中産階級男性の語り手」を手っ取り早くフィリップ・ロス、ポール・オースター、ジョナサン・フランゼン、デイヴィド・フォスター・ウォレスなどの現代小説家と並べてみせる手法は、誤りではないが、この小説の二次的な側面しか捉えていないと指摘する。この小説は、数多くの詩人をはじめラーナー自作の詩に至るまで、ときにははっきり分かる形で、またあるいは散文の流れに紛れ込む形で引用している。にもかかわらず、これらは単に芸術家主人公という設定に含みをもたせる引喩、もしくは、実在の作者ベン・ラーナーと架空の語り手アダム・ゴードンの区別を揺るがす仕掛けとして受け流されてしまっている。それよりもラーナーが詩人として継続的に模索してきた詩学の拡張であり補綴としてこの小説は読まれるべきだとカッツは指摘する（Katz 315-18）。

さて、中間地点の列車の場面に戻ろう。眠れず手持無沙汰なアダムもまた夜行列車の中で本を手にしている。彼はトルストイの『クロイツェル・ソナタ』（一八八九）を再読している途中で、「うろ覚えだった列車についてのくだりを探してぱらぱらとトルストイのページを繰った」（傍線引用者）が見つけることができない。「それで構わなかった。一文一文がその内容に関係なく、列車の活動を模倣し、列車は文の動きを模倣し、僕は突然文章と同時進行の感覚に襲われた。というのも、トルストイの文は、あるいはむしろコンスタンス・ガーネットのトルストイの翻訳は、タルゴの動きと完璧に調和し、現実《リアル》の時間《タイム》と散文の時間は同化し始め、読書は僕を世界から遠ざける代わりに、現在の僕の経験を強めていくのだった」（*Atocha Station* 89)。時代遅れの列車内での読書行為の快さは、その文章の伝達内容よりもむしろ、伝達のリズムが時間の経過と調和・一致することにあり、読書は宙吊りの時間に耽る手段であり、アダムは鉄道旅行をしている感覚をより強く味わうために読書をしているともいえる。くわえて本作品では、鉄道がモダニティの象徴ではなく時代錯誤的と捉えられているところ、小説的でなく詩的とされているところ、また鉄道のリズムと調和する読書の快感を与えているのはトルストイではなく翻訳者のガーネットのなせる技だとあえて指摘している点とを、後の議論のためにもとりあえず強調しておきたい。

さて、ここでアダムが「うろ覚えだった列車についてのくだり」と呼ぶ箇所は『クロイツェル・ソナタ』のどのような場面なのか。実はこの小説は冒頭から結末まで鉄道列車の車中における回想形式の告白を描いており、したがって形式上は小説全体が列車の中で進行する。

アダムも含めて『クロイツェル・ソナタ』を読んだことのある者なら、長距離列車の旅が殺人の告白という「伝達内容」の時空間的枠組みであることを知っているはずで、実際『クロイツェル・ソナタ』はこう始まる。「早春のことだった。私たちはすでに一昼夜以上も汽車に揺られていた。車両には近距離の乗客が出入りしていたが、三人の客だけは、この私と同じように、始発駅からずっと乗り詰めだった。[3]」列車は他ならぬ冒頭に登場するので、うろ覚えだったというアダムの主張はあやういものとなり、これは読者の注意をあえて『クロイツェル・ソナタ』におびき寄せる誘いとも受け取れる。『クロイツェル・ソナタ』でも長距離列車の乗客たちは手持無沙汰で、昨今の離婚率の上昇が話題となる。そうして客車内の会話の流れから、今まで沈黙していた老人が自らの結婚観を語り始める。

老人は何か返事をしようとしたが、ちょうどその時汽車が動き始めたので、帽子をとって十字をきり、小声でお祈りを始めた。……祈りを終えて十字を三回きると、老人は帽子をまっすぐ目深にかぶり、その場で居住まいをただしてから、おもむろに話し出した。

「昔にもございましたよ、旦那さん。ただし今ほど多くはありませんでしたな」彼は言った。「いまどきはもう離婚なしでは済みますまい。なにせ教育のある人間が増えましたからな」

どんどん加速する汽車がレールの継ぎ目のところでゴトンゴトンと大きな音を立てるので、人の声が聞きづらくなってきたが、私は話に関心を覚えたため、彼らのそばへと腰をずらした。向かいの席の目のぎらぎらした落ち着きのない紳士も明らかに関心を覚えているようで、その場にじっとしたまま耳を傾けている。

こうして始まる小説は、翌朝、列車が目的地に到着し、老人と語り手が別れを交わすところで終わる、まさしく列車内という宙吊りの時空間の内に始まり終わる物語である。老人を妻殺害の告白に駆り立てる力は「ゴトンゴトンと」「どんどん加速する汽車」であり、妻殺害の突き上げるような激情の追想は、疾駆する機関車の推進力と連動している。(4)「人は鉄路の旅以外にこれほど読書に没頭し自らの存在と主人公のそれとを確固と重ねる時があるだろうか？　旅人の身体は車輪の律動に乗って物語の織物に飽かず紙面を行き来し横糸を通す杼ではないのか？」とベンヤミンが描く犯罪小説に没頭する「旅人の身体」とは、告白せずにはおれぬ老人の身体であり、それに聞き入る語り手の身体であり、夜行列車で読書するアダムの身体である（Benjamin 翻訳引用者）。だとすれば、小説のリズムが登場人物を乗せた長距離列車の動きばかりか、読者アダムが乗る夜行列車のリズムとシンクロするのは当然のことなのだ。アダムは「唐突に」グラナダへの旅を提案したと主張しているが（*Atocha Staion 89*）、もしかしたら彼を旅の欲望に駆り立てたのはこのときすでに彼が読み始めていた『クロイツェル・ソナタ』かもしれない。だとすれば、彼の心は、アトーチャ駅でタルゴに乗車する前からすでに読書に突き進んでいたともいえる。

鉄道列車の旅と同様に、アダムのマドリード留学期間もまた、生活の背景や学問・生業の責任が伴う文脈から切り取られて、外国で生活を保証され過ごす宙吊りの時間である。

留学期間はまだ幾月もあった、始まったばかりなのだ。けれど留学はいつまでも続くわけじゃない——ある日付に達すると僕は自分の生活に戻る。おそらく痩せるだろうが、それ以外は今までのままで、海外で過ごした分誰の目にも少しばかり箔のついた人間になって。単調極まりない日常のくり返し以上にマドリードに生活を根付かせる必要はない。交友関係を築こうと気遣う必要もないわけだ、それがなんであれ。僕には終わりのない一日があり、終わりのない日々は幾月も続き、その一方で、この無限の感覚に帰国日が区切りをつけているので、それが脅威になることもない。(15)

公園でロルカとノートを手に向精神薬とハシッシュでハイになったアダムは多幸感に満たされ、目の前に広がる白紙の時間に解放感を感じている。鉄道の時間同様、留学の時間はスケジュール通りに始まって終わる。その間、アダムは世間と没交渉を決め込み、外界を車窓を通り過ぎる風景のように眺めればよい。そうして、手持無沙汰になれば、手元にある本を開けばよい。

実際、この小説はアダムが皮肉交じりに留学の「リサーチ」や「プロジェクト」と呼ぶ七段階の活動で節目づけされている。「僕のリサーチの最初の段階は朝起きること」(7)と小説は始まり、第一段階は周到なルーティン――喫煙、コーヒー、シャワー、昼寝、散歩、読書、翻訳など――の「単調極まりない日常のくり返し」からなるが、これは言い換えれば、空白の時間をやり過ごす諸活動でもある。上記の場面でハイになった彼はこう締めくくる。「だけどなによりも強烈に感じていたのはあの他のこと、への愛だった、あの吸音スクリーン、生の白い機械、中間距離に重なりあう影、正確な表現からは程遠いけど、その他もろもろの触感そのもの。」(16　強調原文)

この小説のキーワードともいえる「生の白い機械」(life's white machine)(16, 19, 90, 179)はこの後もくり返し出てくる表現であり、宙吊りの時間が過ぎてゆく感覚と関わっている。たとえばアダムはスペイン語の散文を読む気になれない。「調べる単語が多すぎて文の動きを経験するどころではない」からで、「僕にとってプロットや慣習的な文意よりもはるかにだいじなのは、散文を読む間感じる純然な進行感覚、過ぎゆく時の触感、生の白い機械なのだと納得する」に至る（19）。ここでも「文章と同時進行の感覚」（89）がアダムにとって読む行為の牽引力となっていることがわかる。

ふたたび小説中間部、列車の場面に戻ろう。アダムは『クロイツェル・ソナタ』を置いて、「この読書という不思議な経験、複製と実物双方のリズムのあいだに生じる調和の感覚、両者の構造的な同一性、……文の中身が、それが進められた時間と正確に一致する効果」（90 傍線引用者）について思索を巡らせる。彼にとって、そのような効果を生み出せる書き手は「僕が皮肉抜きに『一流詩人』と呼ぶひとり、ジョン・アッシュベリー」（90）をおいて他にない。

アッシュベリー的瞬間

アダムは『アッシュベリー詩選』を取り出して無作為に読み始める。

ここでもまた過ぎゆくままの時の触感を、影の列車を、生の白い機械を体験することができる。[5] アッシュベリーの流れるようなセンテンスはいつだって意味が通じているかのように感じるが、ページから目を離すと、どんな意味が通じたのか言葉にすることは不可能なのだ――「けれど」「したがって」「だから」と論理的なつながりの言語を用いながら、「それから」「次に」「その後」と物語が展開することを示唆するような言語を用いながら、これらの語は単に推進力でしかなく、実質的に構成する論理や進展はないのである。アッシュベリーのセンテンス、その何行にも渡って続く精巧なセンテンスを読むと、思考の不在において思考するときの起伏と感覚を感じる。その代名詞「それ」「あなた」「わたしたち」「わたし」は、自分が話しかけられているような、あるいは自分が話しかけているような、あるいは詩が前提としている背景を自分が知り尽くしているような、親密な感じを作り出すが、その先行詞は、人であれものであれ、決してはっきりしない。アッシュベリーの詩の「それ」は、究極的にその詩そのものの神秘に言及しているように見える……

As long as it is there
You will desire it as its tag of wall sinks
Deeper as though hollowed by sunlight that
Just fits over it; it is both mirage and the little
That was present, the miserable totality
Mustered at any given moment, like your eyes
And all they speak of, such as your hands, in lost
Accents beyond any dream of ever wanting them again.
To have this to be constantly coming back from—
Nothing more, really, than surprise at your absence
And preparing to continue the dialogue into
Those mysterious and near regions that are
Precisely the time of its being furthered(6)

最良のアッシュベリーの詩は、アッシュベリーの詩を読むことがどのようなものであるかを表現している——彼の詩はその言及先がどのように消散していくかに言及しているのだ。そして自分が読書している時間のなかで自分の読書について読書するとき、媒介性が直ちに経験される。それはまるでアッシュベリーの詩の現物が鏡に写った表面の裏側に書かれていて自分の目から隠されているような経験で、目に見えるのは自分が読むものの投影でしかない。けれども自分が読んだものについてかえりみることで、アッシュベリーの詩は自分の気づきに気づくこと、自らの経験を経験することを可能にし、それによって不思議なある種の存在が立ち上がるのだ。だがそれは詩の虚像的《ヴァーチャル》な可能性を本来の姿のままで保ってくれる存在であり、というのも、真の詩は鏡の向こう側に刻まれていて自分の手の届かないところにあり続けるから——「手に入れるが手には入らない。／つかみそこねる、つかまれそこねる。／互いを求めて見失う。」(*Atocha Station* 90-91 傍線引用者)

留学中の鉄道旅行という大きな宙吊り時間の中の小さな宙吊りの時間、くわえて夜行列車の中の物語『クロイツェル・ソナタ』を夜行列車タルゴ内で読書するというミザナビームは、実は小説の中間地点でアッシュベリー的瞬間を演出するお膳立てに他ならない。この小説の表題は、アッシュベリーの詩集『テニスコートの誓い』(一九六二)所収の同名の詩(33-34)に由来する。小説『アトーチャ駅を後にして』はあるレベルにおいては、ジョン・アッシュベリーに捧げられた、ジョン・アッシュベリーについての小説といっても過言ではない。(7) カッツはこのアッシュベリーのくだりについて、「間テクスト的な引喩というよりむしろ存在論的重複(duplicate)」(Katz 320)と解釈している。すなわち「アトーチャ駅を後にして」はアッシュベリーの詩でありラーナーの長編小説でもあると同時に、ラーナーの作品全体をアッシュベリーの詩についての小説として成り立たせているのが、この中間部分でもあるからだ。

ラーナーは二〇〇八年刊のライブラリー・オヴ・アメリカ版アッシュベリー全集第一巻を論じたエッセー「未来進行形――アッシュベリーの叙情的媒介性」で、先の引用とほぼ同じフレーズを用いながら、アッシュベリーの「直接的媒介性」(immediate mediacy)(“Future” 203)と呼ぶ特徴を記述している。[8] ラーナーは、アッシュベリーを時間の流れを迷宮のように描く詩人と捉え、彼の作品全体に見られる間テクスト的言及の出典／源流《ソース》探しに捕らわれると、「ことばの流れ」(202)を遮る羽目になると警告し、「時間の中での思考と発話の流れを読者に経験させるアッシュベリーの能力」(202)に的を絞り、一見論理的展開を装う過剰なまでの従属構文の多用と、具体的な指示対象がありそうでよくわからない指示語や代名詞の独特の用法(“Future” 204; *Atocha Station* 90)を指摘する。さらに、「精読(close reading)は[ガートルード・]スタインや[レイモン・]ルーセルの詩にアッシュベリーが見出していた価値ある経験を無効化する恐れがある」とも述べ、アッシュベリーの詩は、言葉を遮り詩の流れを止めてしまう還元的な読みの技術を無効化する、新批評への辛辣なからかいともなっている、と説く(“Future” 210)。評論も小説もラーナーがアッシュベリーの代表作と評価する「水時計」(“Clepsydra” 一九六六)からそれぞれ違う箇所を引用し、小説では、トルストイからアッシュベリーへと語り手の思考の流れが移行する導入部で、「水時計」の第六四行「それが進められた時間と正確に一致する」(前述引用傍線部)という表現を藉りている。

二六〇行に及ぶ長編詩「水時計」は、朝から夜へと過ぎゆく時の経過を水の流れに重ねて、「伝えることのできない何か、舌先まで出かかっているが、形にはなろうとしない何かを伝えること」こそに「詩の可能性」を求める姿勢を表現しており（Koethe）、それ以前の詩集に見られた断片的な言葉遣いとは違って「迷宮的な完全文」の連なりからなっている（Koethe）。古代からの時計の一種である水時計は小さな口から流れる水の量で時をはかる装置で、日時計で時刻をはかることができなかった夜間に用いられた。ラーナーはそのアッシュベリー論で、その意図が固定されはっきりと意味づけて説明でき、その出典・出自を特定できる、被伝達内容に重点を置いた起源的（originary）な詩のことば遣いを「昼間」に、意味よりも調和・感覚的理解を志向し、思考の内容ではなく、思考や言語が時間の流れに浮上してゆくさまを描き、伝達形式に重点を置いた反照（reflection）の詩を「夜間」に喩え、「叙情的直接性」（lyric immediacy）を生み出す前者に対し、「叙情的媒介性」（lyric mediacy）を生み出す後者がアッシュベリーの「優美な非-不在」（"Clepsydra" l. 25; "Future" 206）の詩が属する世界だと解釈している（"Future" 204-13）。アッシュベリーの詩は形にならない思考の流れを表象するにあたりその最終的思考内容ではなく、時や水のように流れるさまこそを対象とする。その結果、「最良のアッシュベリーの詩の不可思議なパワーは、最良のアッシュベリーの詩を読むのがどういうことか語ること」という効果が生ずる（"Future" 203; *Atocha Station* 91）。

ところで水時計は別名漏刻ともいい、英語 clepsydra はギリシャ語 klepsudra（kleps+hydra）を語源とし、「水泥棒」の意である。器の水が絶え間なく漏れるように時も流れ続ける感覚を存在からの「盗み／漏れ」と表現する古代以来の時間観に対して、近代以降の時間は昼夜関係なく機械により計測されるようになり、国家による機械的に正確な時間の把握は産業資本主義進展の根幹をなしてきた。労働時間とそれ以外という形で人間の一日、ひいては一生を区切りづけるばかりか、たとえば鉄道網の円滑な運営も、国全体が同じ時間を正確に共有していることが前提となっている。鉄道初期に人々が乗り遅れの不安や列車衝突の悪夢に苛まれたのも、機械的時間の身体化がいまだ完全でなかったことと関わっているのかもしれない(9)。そして鉄道列車内の時間が宙吊りでとりわけ手持無沙汰な時間となるのも、移動しながらにして移動の自由を奪われている身体の状態もさることながら、近代的時間の枠組みで区切られながらも、その間にはなす術なく時間が流れていくという、時間経過の二重性に起因するのだろう。そのような時空でのアッシュベリー読書が、「時が過ぎるとともにその感触を、影の列車を、生の白い機械を体験」させるのである。

生の白い機械——またはヴァーチャル詩としての散文

流れていく時間の圧倒的な感覚のシンボルともいえる「生の白い機械」にあえてわかりやすく凡庸な別の名を付すならば、「倦怠」や「退屈」とも呼べるかもしれない。小説ではアダムが誰にも会わずに閉じこもってトルストイを読み耽る雨がちな冬の時期について「僕の孤独の独特の質感は……何の出来事もなく過ぎていった僕のプロジェクトの第三段階すなわち退屈としか言葉にできようがない」(*Atocha Station* 64)と表現しているが、「この表現自体が……ふたつの出来事を結ぶ矢印としてこの時期に何らかの方向性を与えているようだが、実際にはこの期間は膨張して断絶し奇妙にも自己充足的で、でもこの言い方も本当にその通りとは言えない」(64)と述べるように、ここでもふたつの時間の間を埋める持続時間が、着々と前進する「矢印」的時間ではなく、「膨張して断絶した」宙吊りの手持無沙汰な時間として描かれる。

マイケル・E・ガーディナーは、退屈はモダニティの産物であると指摘した上で、この小説に充満する倦怠感を近代的な退屈とは峻別している。アダムがくり返し語る退屈はポストモダン的後期資本主義時代のそれであり、何かの訪れを待ち続けるがゆえではなく、あらゆる体験が過剰なほどに媒介表象され、個々人のあらゆる側面を数値化し利潤化し売り物とする絶え間ない要請に対してのサボタージュであると解釈している（Gardiner 239）。

ガーディナーが提示するアダムの退屈の解釈は、この小説の説話的なレベルにはうまく当てはまる。実際、大学院と不透明な将来の間に横たわる留学期間をアダムは明らかに消極的サボタージュのためのモラトリアムとして捉えているし、小説は現代版『日はまた昇る』のパロディともいえるようなアメリカ人国籍離脱者の勝手気ままな暮らしぶりを皮肉交じりに滑稽に描いてみせる。けれども今まで見てきた通り、一見退屈な空白の時間は、詩の存在そのものと同様に「古めかしい」感覚を伴う列車の中の宙吊りの時間、ひいてはテクストを読み進む身体化された感覚、過ぎていく時間とともにセンテンスが進行する感覚と結び付けられている。この小説の語り手はSNS時代の現代的な青年であると同時に[10]、経済至上主義的現代においてますます価値を擁護することが難しくなってきた詩に人生を賭す可能性を模索している人間でもある。そもそも彼の留学中のプロジェクトがスペイン内戦についての長編詩であったように、彼は現代っ子でありながらもその視線は同時に過去、とりわけモダニズムの時代を向いていても いて、詩の歴史とその存続の可能性について読書と考察を続けているのだ。

詩と読書という文脈で「生の白い機械」という表現についての考察を続けよう。このいわくありげなフレーズの出処については、部分的に著作権ページの謝辞に説明がある。ラーナーが最初にその表現に出会ったのは、彼より少し上の世代のジェフ・クラークとジェフリー・G・オブライエンによる共著詩集『2A』（二〇〇六）であり、アッシュベリーもこのフレーズを二〇〇九年の詩集『星座表』の中の詩でエピグラフとして用いている、とある（*Atocha Station* 4）。『2A』は早すぎる死のイメジ、そして決して成就されない欲望の閉塞感に満ちた詩集である。この詩集全体を通して「白」と「機械」という語が散見されるが、「生の白い機械」という表現は「日曜の葉」[11]で、「監獄の窓から眺めた生の白い機械」(**prison view of life's white machine**)（O'Brien & Clark 15）という詩行でただ一度用いられている。機械仕掛けのような生を通じてでは世界を小さく四角に切り取ったような光景しか詩にすることができないという諦念、あるいは、監獄に閉じ込められたかのような人生から見上げる空を想起させる。

そのような老成した若手詩人の静かな絶望をジョン・アッシュベリーは自らの短詩でエピグラフとして受けとめつつ、我々は旅人であり、閉塞的な環境も永遠には続かない、いつかは人々の口に上る日がくるのだから、詩的営みを続けるのみと若者を慰め励ます（*Plainsphere* 53）。

けれども謝辞でのラーナーの説明は実は出典の一部でしかない。さらに遡れば、ハート・クレインの長編詩「カティサーク」（一九二七）に「あるいは歌う白い機械などを始動させるかもしれない」という一行が見出だせる。[12]そして「歌う白い機械」はラーナーが謝辞で言及する別のソースと間接的に繋がっている。

「[作者は] マイケル・クルーンの論文『散文の理論』から言葉とアイディアを盗んだ[13]」という謝辞の

自己申告によれば、クルーンとラーナーのふたりとも詩人アレン・グロスマンが一九八一年にクレインを論じた「ヴァーチャル詩論」に影響を受けたという。そこでグロスマンは「歌う白い機械」を引き合いに、クレインの詩学を論じている（Grossman 855-62）。グロスマンが一九八一年に「ヴァーチャル」という語を使う時、それは現実を増強したデジタル表象としての「ヴァーチャル」という意味は含まない。グロスマンはしばしば「ヴァーチャル」に代わって「想像上の」という表現を使う。詩作品中の概念は現実のテクストの表現形式によって実現されるのではなく、「実際の詩が内に抱え言及する想像上の、非実在的な、またはヴァーチャルな詩」、たとえば、ワーズワースの実際の詩「麦を刈る乙女」が内に抱えている麦を刈る乙女の想像上の歌にこそ詩の核心が宿っているというのである（863）。

モダニストとしてのクレインは新たな形式の創造よりもむしろ、伝統的詩型による新たな表現を目指した。一般に表現内容は形式に依存し、詩という言語芸術は概念が実現される可能性を完成された詩型に託してきたが、クレインは概念を常軌を逸した激しさで表現することで却って詩型の可能性を主題化してしまったのだとグロスマンは指摘する（856）。その結果、クレインの詩では表現対象と形式が同一化し、概念として追求する目的対象とその手段が自己言及的に重なってしまうという効果を生み出す（856）。「歌う白い機械」とは詩「カティーサーク」の具体的な文脈においては、話者が船乗りと遭遇したマンハッタン島バワリー街の酒場にある自動ピアノを指すが、同時に、自動ピアノに秘められた数多の楽曲、さらには無限の音楽の可能性をも含意する。「歌う白い機械」は、表現対象であると同時に手段のイメジなのである。

『散文の理論』で、クルーンはグロスマンの議論を受けた上で、散文詩こそが「ヴァーチャル詩」に最適の形式だと主張する。詩は現実を変えることはできない。詩はたとえば「時間が止まったような」効果を与えることはできても、時間を止めることはできない。詩はものごとを引き起こすことができる「機械」ではないのだ。詩人が意図する効果と現実との隔たり、すなわち現実改変の失敗こそが、詩を詩たらしめているのである。そして、クルーンが論ずる散文詩人らにとっては、その隔たりこそが標的となる（Clune 227）。散文詩は擬似的な詩の形式であるがゆえに、詩として完結していない。散文詩はいわば「詩の青写真」、すなわち機械設計図であり（229）、意図と現実との隔たりという詩の概念そのものを対象とする。散文詩は「［現実を改変する］機械を作るための概念としての芸術作品」であり、「書き手の願望は作品完結で満たされるのではなく、芸術作品が決して引き起こすことのできない効果［現実の改変］で満たされる」（229 傍点引用者）のだとすると、「ヴァーチャル詩」としての散文詩は、詩には実現不可能なことについての失敗また失敗の記録であり、絶え間ないフラストレーションを生み出すものとなる。

ラーナーは単にクルーンのヴァーチャル詩論を小説内で実践している、すなわち「概念を盗んだ」だけではなくて、「言葉を盗んだ」とも自己申告している。だとすれば、『アトーチャ駅を後にして』は散文詩が「詩の青写真」たりうる可能性、つまり詩のヴァーチャル性についての言語による探索を試みていることがわかる。『アトーチャ駅』は散文詩であろうとすると同時に、メタ散文詩としての役割も自負しているのだ。

『アトーチャ駅』において、「ヴァーチャル」な詩の効果は、しばしば「ネガティヴ」「失敗」として描かれる。「ネガティヴ」には実質的《ポジティヴ》に現実を改変しない、むしろ詩の意図と現実の隔たりを指し示す力を秘めているという含意と同時に、作品中で「ネガティヴ・パワー」(*Atocha Station* 20, 39)や「ネガティヴ・ケイパビリティ」(52)という表現で使われていることからも、ジョン・キーツが言う「不確かさの中に詩人がとどまり続ける能力」(Keats 277)をも念頭に置いていることがわかる。だとすれば、自意識過剰な主人公アダムの現実および内心における一連の無様な「失敗」を説話的なレベルでアイロニカルな喜劇として捉えるだけでは不充分で、「失敗」は詩という言語芸術の本質の確認であり、そのような芸術に真摯に携わり続けようとする語り手の「ネガティヴ」で逆説的な願望表明としてこそ見なすべきであろう。[14]

このようなネガティヴ性や失敗が詩的なヴァーチャリティの可能性を秘めるものとして小説内で明瞭に示されるのは、創意に満ちた話法の効果においてである。ここではふたつ具体例を見ておきたい。ひとつは本書の喜劇的具体例として書評や批評でもよく引用されてきた部分で、小説序盤、アダムが若いスペイン語教師とその友人たちと交流する場面である。

イサベルが始めた話は、月についてか、水面に映る月の姿についてか、月は満ちていなかったけれどもミゲルをかばうためあるいは今晩のもめごと全般について満月を言い訳にしていることについてか、そのいずれかだった。それから彼女は子供のころ湖で泳いだ時の様子を語ったのかもしれないし、湖を見ると子供のころを思い出すと言ったのかもしれないし、僕が子供のころ泳ぐのが好きだったかと尋ねたのかもしれないし、さっき自分が月について言ったことは子供っぽかったと言ったのかもしれなかった。(*Atocha Station* 13-14)

語り手はスペイン語に流暢でないために、話し相手の断片的な発言しか摑み取れず、肝心の部分がはっきりしない。読者も同様に語り手アダムの生半可なスペイン語理解を通してしか周囲の人間とのやり取りに触れることが許されない。意味が三叉路的に拡散することで、それぞれに等しく可能性が与えられる。現実はそれらのどれかひとつである（あるいはどれでもない）はずなのだが、聞きとりが充分にできない語り手による変則的間接話法によって、すべてが同時に併存するヴァーチャルな想像世界が立ち現れる。

会話と話法の扱いを巡る技術的な革新は近代小説形式の歴史の中核をなすと言ってよい。語りの地の文と発話とをページ上でどのように区別するか。登場人物の内面を心の中の発話として表象する際の約束事はどうするのか。引用符や山括弧やダッシュといった記号を用いるのであれば、どれをどのように用いるのか。直接話法、間接話法、自由間接話法のどれをどのように用いるのか[15]。ひるがえって詩では会話は不可欠の要素ではない。

ラーナーが初めての小説で試みている話法を巡る新基軸は、直接的な効果としては外国語環境を逆手に取って語り手が置かれた言語的五里霧中を巧妙に構造化し、そんな状況にもかかわらず超然と格好よく振舞おうと必死だが結局は失敗する主人公、という喜劇を生み出す。と同時に、実は語り手は自らの聞きとり能力不足が詩学的インスピレーションをもたらしたことを自覚している。「指示対象かもしれない複数のものごとの内に留まることができるこの能力、互いに干渉しあって別々の波を作り出すこの能力、スペイン語を聞いているときは排中の原理を放棄できるこの能力、これは僕のプロジェクトで次の段階への突破口となった」(14)。聞きとれないというネガティヴな失敗こそがヴァーチャルな詩の青写真を生み出す推進力＝「歌う機械」に転じた瞬間を、アダムはとらえているのだ。

ふたつめは、先に検討した鉄道の場面の続き、アダムとイサベルがグラナダに到着した初日の夕食の場面である。アダムは、イサベルにつき合っている男性がいることを知らされる。それまでイサベルに対して自らの執着を否定してきたアダムは、その知らせに傷ついている自分を認めることができない。

「つき合っている人がいる」というのが、イサベルの発言の英語相当表現だった。僕はみぞおちを殴られ息が止まったような気がした。もちろん僕らそれぞれ他につきあってる人がいるに決まってるよね、という意味を込めて僕は微笑んだ。

「心の広い人なんだろうね。」と僕は微笑みを維持しながら言った。「君が他の男と旅行しても大丈夫なんて。」僕は自分が凹んでいることに驚いていた。

「今年に入ってからバルセロナで働いてるの。クリスマスには帰ってきたし、あと二、三度は来たかも。六月からマドリードに戻ってくる予定。」その「六月」という響きには、暗に僕がその頃どこにいるつもりか知りたいという調子があった。祝日の頃はイサベルとはあまり会っていなかったことに僕は気がついた。

僕は皿を少し押しやってタバコに火をつけた。「そしたら六月には僕たちどうなるんだろうね。」シーフードはもはや異界からやってきた蜘蛛みたいに見えてゾッとした。

イサベルは言葉にするならばこんな風に微笑んだ。「あなたのことは本当に好きだし、わたしたち色々楽しんだけど、六月でもうおしまい。」そうしてこう言った。「さあ。」「彼、名前は？」と僕は尋ねながら、声音で、名前が何であれ毒にもならない坊やなんだろうねと表現した。

「オスカル。」と言うその声は、彼こそ男の中の男なのだと宣言していた。「バルセロナに転勤になったとき、わたしたち別れようって決めたの。少なくとも他の人とつき合ってもいいよねって。でも今は戻ってきたら一緒になるべきだってふたりとも感じてる。」英語なら「オスカー」なんてふざけた名前に聞こえた。スペイン語だとまるで笑いごとじゃなかった。

僕は顔から微笑みが消えるままにした。「彼、僕のこと知ってる？」僕は泣きたい気分だった。テレサへの慕情を募らせようと努めたが、無理だった。

「ふたりとも他の人とつき合ってきたわ。お互いにそのことは訊かないことにしてるの。」と彼女は言った。イサベルは最近他に何人とつき合ってきたんだろうと僕は自問した。「あなたとわたしがお互いにそのことは訊ねないのと同じね。」と彼女は続けた。僕も他に交際があることを期待しているのは明らかだった。

「そうだね。」と僕は言って、自分はマドリードの女半数と寝てきたぜと伝えるべく微笑みを立て直した。「彼のこと愛してる？」それは愚かで陳腐な問いだった。

「ええ。」という彼女の声音は、それが愚かで陳腐な問いだと認めていた。

「まあ」と僕は言った。「六月までまだ間があるよね。」僕は彼女の頭でワインボトルを割って、ギザギザのガラスで自分の喉を掻き切るさまを想像した。（93-94）

アダムのスペイン滞在も中盤を過ぎていることもあって、この場面ではスペイン語の会話は前の例のように意味が三叉路的に拡散していくこともなく成立しているが、実はこの悲喜劇的に緊迫した会話において言語の被伝達部分はごくわずかに過ぎず、「イサベルにはバルセロナにオスカルという恋人がいて、六月にはマドリードに帰ってくる予定[16]」という部分のみである。肝心の自分たちふたりの関係性――ふたりは恋人同士なのかそれとも単なるセックスフレンドなのか――と関係を支える感情（とりわけアダム自身の感情）についてのやりとりは、ほぼ言外のコミュニケーションに託されている。「もちろん僕らそれぞれ他につきあってる人がいるに決まってるよね」という微笑みや、「自分はマドリードの女半数と寝てきたぜ」と伝える微笑みのような非言語的コミュニケーションは、語り手アダムの意識の中で直接・間接話法を用いて詳細に言語化され、あたかもダイアローグの一部を成しているかのように表現されていて、ふたりの間に微妙かつ緊迫した駆け引きが展開しているかのような錯覚を与えるが、実はそれは語り手が表情や声音に過剰に託した意図に依存しており、一歩引いてふたりのやりとりを客観的に見直せば、ここで描かれたようなメッセージのやりとりが両者の間で成立しているかどうか、控えめに言っても非常に疑わしく、アダムのひとり相撲である可能性が高い。この場面で伝達される（あるいは伝達されていない）意図の大半はヴァーチャルなものであり、アダムの想像世界での出来事なのだ。引用の終りの部分では、余裕の微笑みを浮かべるアダムと割れ瓶片手に血しぶきを上げるアダムとが並置され、その隔たり、ギャップこそが我々の哀れみと笑いを誘う。枝分かれするスペイン語発話と同様、ここでも話法が単なる現実にとどまらない複数の可能性を同時に描き出す。クルーンの論理を借りれば、「余裕の微笑み」が表層的現実であり、「血しぶき」は詩人が意図する効果にあたる。意図によって現実に効果を及ぼすことができない点、意図する効果があくまでもヴァーチャルなもので終わる点が、詩が詩であるゆえんということになる。

イサベルの告白にヘソを曲げたアダムは、翌日アルハンブラ宮殿を訪れる予定であったにもかかわらず、マドリードに帰ると突然言いだす。その結果、アダムにとってアルハンブラ宮殿訪問は文字通り「ヴァーチャルな経験」と化してしまう。小説にはアダムが直接目にすることができなかった宮殿内部の写真が挿入され、「写真映えする仮定法の明かりの中で僕が経験したかもしれない男女関係」とキャプションが付されている（103）[17]。

ヴァーチャル詩としての翻訳

すでに見てきた通り、『アトーチャ駅を後にして』において、その「直接的媒介性」の表現は「[文の中身が]進められた時間と正確に一致する」（"Clepsydra" l. 64; *Atocha Station* 90）感覚、鉄道旅行のような宙吊りの時間経過の感覚の前景化に依っており、そこで浮かび上がるのはメッセージの内容よりもむしろ「輸送／伝達（conveyance）の手段」（*Atocha Station* 89）であった。この小説で翻訳が大きな役割を担っているのもまた「伝達の手段」であるがゆえである。したがって本作品で翻訳が主題として浮上する際、原典と比較しての精度は問題にはならない。トルストイを車中で読む場面であえてガーネットの翻訳が想起されたように、本作品において翻訳は「影の列車」（90）、「鏡に写った表面の裏側に書かれたもの」(91) のように媒介性の修辞的表現として機能する。

この小説には大きく分けて二種類の翻訳行為が描かれている。ひとつはアダムがスペイン語詩を翻訳する行為、もうひとつはアダムの詩がスペイン語に翻訳される行為である。実のところ、アダムが行う翻訳は一般的な翻訳の定義からは程遠い。

> このころ僕は自称翻訳に取り組んでいた。ロルカをほぼ無作為に開くと、右側ページの英訳を第一のノートに書き写し、単語をなんでもいいから最初に連想した単語に置き換えたり、行の順番をかき混ぜたりして変えてゆき、その変えていったものに従ってさらにどんどん変えていく。あるいは、置き換えたいある英単語にあたるスペイン語を辞書で引き、そのスペイン語の単語に近い音の英単語で置き換えた。……それから第二のノートに書き留めた散文の断片を、こんな風に作り出した翻訳に織り込んでいった。(16)

それは起点言語の音声を目標言語で模倣再現するという詩的・実験的翻訳の手法であるトランスリテイクスに見えるが、さらに改変が加えられ、しかも自分の日記からの記述を挿入しコラージュするといった、むしろ独立した詩作品へと変化していく。

さらにそれはスペイン人協力者によってアダムの作品としてスペイン語に翻訳される。これがもうひとつの翻訳であり、序盤と結末の二度の朗読会の場面に絡んでくる。スペインで初めての朗読を前に緊張するアダムは、詩とは読者が渇望する詩的体験(もしくはその不可能性)を投射するスクリーン、

「顕現の瞬間を待つ純粋な潜在的可能性」（39）に過ぎないのだ、と自分に言い聞かせる。

そして、アルトゥロの朗読やスペイン語の言葉が英語から伝達できていない部分について、皆が思いを巡らしてくれれば、翻訳が僕の詩とヴァーチャル性とをさらにつなげてくれる（further keep my poems in contact with the virtual）ことになり、そうすれば僕の詩の失敗が、そのネガティヴな力が、確実なものとなる。（39）

英語からスペイン語への完璧な輸送／伝達（carry over）が不可能であること、すなわち翻訳の不可能性こそが、アダムが思い描くヴァーチャル詩実現を後押しするのであり、スペイン語の翻訳は、原詩と聴衆（読者）との距離を遠ざける（further）ことで、ヴァーチャル性との接続（contact）を強化する（further）のである。

だとすれば、小説の結末の朗読会で突如「テレサがオリジナルを朗読すべきだ。僕は翻訳を朗読しよう」（181）とひらめく場面については、しぶしぶ同意するテレサの悲しげな微笑みが示唆するように「[本当は真面目な詩人であるにもかかわらず]いつになったら自分はただ詩人のふりをしているだけなんだというふりをやめるつもり？」（168）というテレサの揺さぶりに、アダムが発奮し損ねたというよりもむしろ、媒介性の直接的提示を試みようという提案であることがわかる。「テレサがオリジナルを朗読し、僕が翻訳を朗読する、僕らの朗読とともに翻訳がオリジナルになるだろう。そうすれば僕は友に囲まれて天窓の明るい部屋で永遠に生きるつもりだ」（181）。

このように締めくくられる小説の結末について、レベッカ・ウォルコウィッツは、「独自性は執筆や発話だけでなく、聞くことで作り出される」と解釈するとともに、文学史形成に翻訳を含めた受容の側が果たしてきた不可欠の役割をラーナーの小説が追認していると指摘する（Walkowitz 43）。確かに、翻訳をオリジナルとするアダム（そしてひいてはラーナー）の仕草は、間テクスト的影響関係のネットワークにおいて、翻訳も原著も等しく文学史を構成する要素だと強調することになり、原著中心的文学史観への倫理的干渉となりうるであろう。

けれどもそのメッセージは、たとえば、今日の英語偏重主義を正してほしいといった、それこそ聞き手／読み手の過剰な願望の反映でもある。むしろ見落とされがちなのは、著者と翻訳者が入れ換わることで「直接的媒介性」を体現するという発想の拍子抜けするほどのシンプルさではないだろうか。「新しい」散文詩では、詩人は標的を据え、銃を手に取り、一言二言発言する。詩人が引き金を引く直前に、詩は幕を閉じる」（Clune 227）。詩人の朗読直前に幕を閉じるこの小説は、巻頭の謝辞にラーナーが認める通り、クルーンの「ヴァーチャル散文詩」論を忠実に倣って締めくくられているのである。

最後の一文の「天窓の明るい部屋」は、朗読会が今まさに始まろうとしている洗練されたギャラリーを指すと同時に、小説の冒頭で描かれる、アダムが暮らす屋根裏部屋でもあるだろう。アダム（そしてラーナー）にとって、媒介性の感覚が、思考の中身より、その輸送／伝達の手段を重視し「時が過ぎるとともにその感触を……体験させる」（90）宙吊りの時間と結びついていることをふり返るならば、「友に囲まれて天窓の明るい部屋で永遠に生きる」という意図（plan）は、終着点にたどり着けば終わる鉄道旅行の時間、ある日付に達すると計画通り以前と同じ日常に戻る安心感を伴った留学がもたらす時間、これらの宙吊りの時間の法則に抗って、ヴァーチャルな詩の時間、不確かさの中にとどまり続ける「宙吊りの生」(18)を維持しようとする意志の表明なのである。

『アトーチャ駅を後にして』をいわゆる「信頼できない語り」の小説として読むとき、語り手アダムの疑わしい人物像が喜劇的推進力となる。けれどもこの作品をヴァーチャル散文詩、あるいは言語芸術の媒介性について考察するメタ散文詩として捉えるならば、そしてその際にテクストが「進められた時間と正確に一致する」アッシュベリー的時の感触を手がかりとして読むならば、詩人アダムのその小説的人物像とはうらはらに、滑稽でありながらも自らの詩学に誠実であろうとする姿勢、モダニズム詩の伝統を自省的に受け継ごうとする若き詩人の取り組みが見えてくる。

注

(1)『アトーチャ駅を後にして』からの翻訳はすべて引用者による。

(2)ラーナー自身はフルブライト奨学金を受け二〇〇三年から〇四年にかけてマドリードに留学し、スペイン内戦とアメリカのアフガニスタン・イラク侵攻を主題とする詩集 *Angle of Yaw* を二〇〇六年に出版、全米図書賞最終候補作となった。『アトーチャ駅を後にして』には *Angle of Yaw* からの引用が数多く見られる。

(3)望月哲男訳『クロイツェル・ソナタ』からの引用は、電子書籍版のためページ数を表示しない。

(4)もちろん、ベートーヴェンのバイオリンソナタ第九番の疾走感も、男の妻を不倫に誘うだけでなく、殺人とその告白を駆り立てる背景音楽として、列車の律動とともに『クロイツェル・ソナタ』に不断のリズムを与えている。

(望月「解説」「訳者あとがき」)

(5)「影の列車」は原文では shadow train。*Shadow Train* はアッシュベリーによる一九八一年出版の詩集の表題で、四つの四行連からなる一六行詩五〇編を所収する。定型を取り込みつつも実験的な手法が特徴。その代表作は「逆説と撞着」(Paradoxes and Oxymorons) で、本引用の末尾でも引用されている。“You have it but you don’t have it. / You miss it, it misses you. / You miss each other.” (91)

(6) アッシュベリーの詩句は、語り手およびラーナーの主張を明確にするため、英語原文のまま引用する。

(7) ジョン・アッシュベリー(一九二七―二〇一七)は小説『アトーチャ駅を後にして』発表時まだ存命中だった。ポール・オースター、ブライアン・エヴンソンとともに、裏表紙に推薦文を寄せている。“‘An extraordinary novel about the intersections of art and reality in contemporary life.’ —JOHN ASHBERY”

(8) エッセイ「未来進行形」が小説内で再利用されていることについては、著作権ページでラーナー本人が明記している。

(9) ローラ・マーカスは *Dreams of Modernity* において、ベンヤミンを援用しながら鉄道が近代小説とりわけ犯罪小説に与えたインパクトを精神分析に絡めて論じる中で、列車事故というカタストロフィへの意識下の虞れと願望が小説的、映画的想像力の糧となったことを指摘しているが、『アトーチャ駅を後にして』においても、それは小説の終盤、アトーチャ駅テロ爆破事件というかたちで実現してしまう。

(10) たとえば、プロヴィデンスの友人サイラスとのインターネット上のチャットや、テロリストによるアトーチャ駅爆破が自分のアパートのすぐ近くで起こっているにもかかわらず、語り手がネットに情報を求めるさまが描かれている。

(11)『2A』には同じ表題の詩が三編収録されているが、当該の詩はふたつめの “Leaves on Sunday”。

(12) “Or they may start some white machine that sings.” (*Complete Poems* 52) クレインにとっても「白」は大切な語だった。『白』はクレインにとって……世界を表現していた。なぜなら『白』は、意味が付与される前の状態であり、またすべての光を反射するがゆえに、誰もが出会うことができる世界であると同時に、『我々ひとりひとりに訪れる世界』であるからであった」(Grossmam 878)。ところで、クレイン、そしてアッシュベリー、それからクラークとオブライエンに継承される「白い機械」の間テクスト性を論じるにはクィアな読みが不可欠であろう。けれどもそれがラーナーに継承されるとき、クィア性は後景に退いていく。

(13) クルーンの論文「散文の理論」は、ラーナーがデブ・クロウデンと共同編集長を務めていた年二回刊行の独立文芸誌 *No: a journal of the arts* 第七号に掲載された。この論文は、サイラス・コンソールとジェニファー・モックスリーの散文詩集を論じている。コンソールはアダムの友人、プロヴィデンス在住のサイラスと重なる。*No* は二〇〇八年に第七号で休刊となった。この詩学的相互扶助関係が明らかにするのは、いわゆるポストモダン小説的な虚構と現実の混交よりも、むしろラーナーの文学的な営みが、詩作・評論・小説・雑誌編集をまたぐ形で、問題意識を共有する現代の詩人たちとの協働に触発されながら、実際の言語芸術上の探求としてジャンル横断的に展開されてきた点である。

(14) 詩は現実を改変することができないという「ヴァーチャル詩観」は、アッシュベリーの政治性に関するラーナーの見解にもつながる。「未来進行形」でラーナーは、アッシュベリーが政治関与を避けているという批判に対して、注で以下のような反論を展開している。

詩が読者の注意をこの瞬間に引き戻し留め置く力は、……詩と政治についてのアッシュベリーの数少ない発言とつなげることができる。アッシュベリーにとって現在の経験をより強烈なものにすることこそが、いかに不確かで些細なものだとしても、詩の真に政治的機能なのだ。……ルイス・シンプソンが［アッシュベリーがあからさまに政治的な詩を批判したと受けとめられたコメントに］異議を唱えたとき、アッシュベリーはまれな直截さでこう応じた。「すべての詩は反戦詩であり生命賛歌なのだ。さもなければそれは詩ではないし、それが特定の綱領の型にはめこまれた瞬間にもはや詩ではなくなる。詩は詩である。抵抗は抵抗である。私はどちらの行為も信じている」(n. 18, 209)

(15) ラーナーはゲイル・ロジャースによるインタビューで小説執筆を長年躊躇したのは詩人の自分にとって会話の技巧が難しかったためだったと認めている(“Interview” 234-35)。

（16）実は、小説終盤で、はたしてこの恋人にまつわる話が真実であるか、「オスカル」の存在そのものも含めて怪しいことが間接的に明かされるという捻りが待ち構えているのではあるが、少なくとも小説のこの時点においては、「事実宣告」の色合いを帯びている。

（17）ジェイムズ・ウッドは、『アトーチャ駅』全体を通じた写真挿入のテクニックについて以下のようにコメントしている。「ラーナーは、たとえば不明瞭でふざけたキャプションを付けた粒子の荒い写真を用いることで、W・G・ゼーバルトをダシに愉快なお遊びを演じている」（Wood）

（18）「宙吊りの生」（The Suspended Life）は、詩「アトーチャ駅を後にして」が収められたアッシュベリーの詩集『テニスコートの誓い』所収の別の詩の題名である。

引用文献

Ashbery, John. "Clepsydra." *Selected Poems*, pp. 63-70.

——. *Planisphere*. 2009. Ecco, 2010.

——. *Selected Poems*. Elisabeth Sifton Books, 1985.

——. *The Tennis Court Oath*. Wesleyan UP, 1962.

Benjamin, Walter. "Kriminalromane, auf Reisen." *54 Books*, https://www.54books.de/walter-benjamin-kriminalromane-auf-reisen/.

Certeau, Michel de. *The Practice of Everyday Life*. Translated by Steven Rendall, U of California P, 1984.

Clune, Michael. "Theory of Prose." *No: a journal of the arts*, no. 7, 2008, pp. 226-36.

Crane, Hart. *Complete Poems and Selected Letters*. Library of America, 2006.

Gardiner, Michael E. "Postscript: Not Your Father's Boredom: *Ennui* in the Age of 'Generation Meh.'" *Boredom Studies Reader:*

Frameworks and Perspectives, edited by Michael E. Gardiner and Julian Jason Haladyn, Routledge, 2016, pp. 234-46.

Grossman, Allen. "Hart Crane and Poetry: A Consideration of Crane's Intense Poetics With Reference to 'The Return.'" *ELH*, vol. 48, no. 4, 1981, pp. 841-79.

Katz, Daniel. "'I did not walk here all the way from prose': Ben Lerner's Virtual Poetics." *Textual Practice*, vol. 31, no. 2, 2017, pp. 315-37.

Keats, John. *The Complete Poetical Works and Letters of John Keats, Cambridge Edition*. Houghton, Mifflin and Company, 1899.

Koethe, John. "John Koethe on John Ashbery." *at Length*, 2016, http://atlengthmag.com/poetry/short-takes-on-long-poems-volume-2.

Lerner, Ben. *Angle of Yaw*. Copper Canyon P, 2006.

——. "The Future Continuous: Ashbery's Lyric Mediacy." *boundary 2*, vol. 37, no. 1, 2010, pp. 201-13.

——. "An Interview with Ben Lerner Conducted by Gayle Rogers." *Contemporary Literature*, vol. 54, no. 2, 2013, pp. 218-38.

——. *Leaving the Atocha Station*. Coffee House P, 2011.

Marcus, Laura. *Dreams of Modernity: Psychoanalysis, Literature, Cinema*. Cambridge UP, 2014.

O'Brien, Geoffrey, and Jeff Clark. *2A*. Quemadura Ypsilanti, 2006.

Walkowitz, Rebecca L. *Born Translated: The Contemporary Novel in an Age of World Literature*. Columbia UP, 2015.

Wood, James. "Reality Testing: A First Novel about Poetry and Imposture in Spain." *The New Yorker*, Oct. 31, 2011. https://www.newyorker.com/magazine/2011/10/31/ reality-testing.

木原善彦「訳者あとがき」『10:04』（白水社、二〇一七年）二七七–八二頁

トルストイ、レフ「クロイツェル・ソナタ」『イワン・イリイチの死／クロイツェル・ソナタ』望月哲男訳（光文社古典新訳文庫電子版、二〇一三年）

望月哲男「解説」「訳者あとがき」『イワン・イリイチの死／クロイツェル・ソナタ』（光文社古典新訳文庫電子版、二〇一三年）

ある黒人の「文字通り」な抵抗
――ジェシー・レドモン・フォーセットの「エミー」

杉森　雅美

アメリカ社会の日常に潜む白人至上主義

黒人女性作家ジェシー・レドモン・フォーセット（一八八二―一九六一）は、雑誌『明日の世界』一九二二年三月号に掲載された記事「人種についてのメモ」の冒頭で、「とある著名な小説家」から受けた「[黒人作家は] 人種問題を文学作品に持ち込むべきではない」(Fauset, "Some Notes on Color," 76) という助言を批判する。当時、全米黒人地位向上協会の機関誌『危機』の文学担当編集者だったフォーセットだが、意外なことにこの助言を、文学作品は芸術性と社会運動のどちらに重きを置くべきかという、黒人作家たちの間で盛んに議論されていた問題(1)と絡めることはしなかった。その代わり彼女は自身のアメリカ北部での日常体験を語り、白人社会それ自体についての議論に繋げる。「黒人たちに好意的とされる」環境で常に生活していた彼女は、「最も野卑な形の偏見」とは生涯無縁だったが、それでも「白人世界」は日々彼女を当惑させ、不快な思いにさせるものであったとフォーセットは言う。例えば白人の乗客や給仕は、彼女が「平均的アメリカ人」ではあるが「褐色の肌をしている」ことに気付くや否や、譲りかけていた席に座りなおしたり、サービスを遅らせたりするのだ（76）。

北部でのこのような目に見えにくい不平等は、南部における激しい人種差別と同様に由々しき問題だとフォーセットは訴え、レストランで異常に長く待たされる時に感じる「状況を確定できないもどかしさ」について語る。

このままどれだけ待たされれば、これが侮辱だと確信できるのだろうか？　経営者のところまで行って「ここは黒人にも給仕する店ですか」と問おうか？　あるいは一五分か二〇分席に留まり、テーブルをコツコツ鳴らし、怒りを募らせ、さあ息巻こうかというところで、接客係がやってきて何気ない態度でテーブルを整え始めるのだろうか？　私は食事を終え店を出るが、サービスの遅れが意図的なものかどうかいまだ分からない。白人客だってこれほどの遅れには腹を立てるだろう。私だってそうだ。ただそれ以上の何かに私は腹を立てるべきなのだろうか？　私には分からない。状況を確定できないもどかしさが、私の午後をもやもやとしたものにする。（76）

この引用に先立ってフォーセットは「白人たちが奇妙なのは、彼らの実際の行動ではなく法令書でもって私たちが彼らを評価すると期待していることだ」(76) とし、白人社会では法律とその適用との間に大きな溝があると指摘する。レストランの例でも、人種について——店内の掲示物あるいは店員の言葉においても——一切触れないことによって、公的・公式の言説という点ではこの店はあたかもあらゆる人種を受け入れるかのように振舞っている。そこから逸脱した白人たちの「実際の行動」は言説という形での痕跡を残さないため、黒人客は人種差別が行われているのか分からないまま店を出ることになるのだ。

フォーセットはこのようなアメリカ社会の二面性を、人種的不平等のみならず読みと解釈の問題としても捉える。アメリカ建国に関わるテクストを例に挙げつつ、彼女は「白人世界」がいかに文字通りの意味と言外の意味とを巧みに使い分けているかを指摘する。

学校で私たちは「アメリカ」を歌い、独立宣言を学び、憲法の条文を読み、さらにはいくつか暗記までする。礼儀正しさ・親切・思いやり、これらの理想は私たちの前に高く掲げられている——「礼節と忠誠と善意、それは淑女が意図するものでは全くありません」ここでの淑女とは白人世界である。人生における良いこと、真実・美・正義、そういったものは私たち向けに意図されてはいないのだ。(76)

黒人たちが「読み、さらにはいくつか暗記までする」アメリカ建国テクストは、その字義的内容において「礼儀正しさ・親切・思いやり」といった理想を、人種に関係なく賛美そして約束する。しかしながら実行する段になると、「白人世界」はそれらのテクストの「意図」を捻じ曲げ、黒人たちを対象から除外する。そのような解釈の仕組みは、表向きは人種融和的であるかに見える場所に事実上の人種隔離を導入するのみならず、黒人たちにも同じ解釈を促すことによって彼らをも差別に加担させる。フォーセットが利用しようかと思いを巡らせ、結局やめたレストランがそのいい例である。なぜならそれは具体的な店ではなく、「もし馴染みの店以外に行くのならば」(76) という仮定の下に想起された想像上の店だからである。実際に黒人客をぞんざいに扱わなくても (それどころかこの例においては、店として実在さえしなくても)、黒人客はその店で受けるであろう扱いを想像し、最終的に利用を断念するため、結果的に人種隔離に成功してしまうのだ。

読み・解釈・人種問題のこのような相互関係はフォーセットの小説、特に『危機』の一九一二年一二月号と翌月号に連載された短編「エミー」("Emmy") を分析する上でも有用な切り口を与えてくれる。この作品は、白人たちの言説さらには「白人世界」やその中での人生を対象に主人公エミーが行う読みを、「文字通りの読み」として特徴付ける。フォーセットによる「文字通りの読み」の扱いはこれまでほとんど論じられることがなかったが、その分析によって彼女の作品群の理解を深めることができると考えられる。デボラ・マクダウェルによると、「フォーセットの関心と問題意識は広範囲かつ急進的」なのだが、その作風が白人由来の文学基準を無批判に受け入れているように見えるため、発表当時の読者には「白人批評家の支持を得るために技術的・主題的な創意工夫を避け、使い古された伝統的文学技法という安全策に逃げた『保守的』、『因襲的』、そして『模倣的』な作家」と分類されてしまっていた(McDowell xii)。そのような初期の批判に対して近年の研究者たちは、フォーセットが実際には保守的言説を「調整」(adjust)、「変更」(alter)、「翻訳」(translate)したり、それに「抵抗的語り」(counter-narrate)を施すことで、アメリカの人種イデオロギーを分析・批判していることを明らかにしてきた。(2) これらの修正的な戦略とは矛盾しているように字義的な読み、つまり明示的意味を直接受け入れることは、フォーセットは文字通りの読みというモチーフを通して、逆説的かつ独特な仕方で慣行的解釈さらには支配的イデオロギーそのものを異化・問題化するのだ。

そのからくりは、二〇世紀初頭のペンシルヴェニア州を舞台とした「エミー」において、白人至上主義の言説が必ずしもあからさまに白人至上主義的ではないことにある。表向きは中立的あるいは平等主義的でさえあるこのような言説は、受け手に白人至上主義的解釈を促すことによってその効果を発揮するのだ。「エミー」の黒人主人公は、しばしば無意識的にこのような言説の表面上の意味を鵜呑みにするのだが、それが逆説的にイデオロギーに反した読みを可能にし、(3) 人種階層の虚構性といった抑圧された意味を浮かび上がらせる。

フォーセットによる読む行為の独特な扱いは、精読というモチーフがとりわけ重要な意味を持つアメリカ黒人文学史そのものに新しい光明を投じる。多くの奴隷物語が読み書き能力の習得を、自由の獲得につながる転換点として強調するが、(4) その能力の遂行もまた物語内において重要な役割を果たす。例えばフレデリック・ダグラスは『自伝』(一八四五)で、『コロンビアン・オラター』に収められたリチャード・ブリンズリー・シェリダンの演説を繰り返し丁寧に読んだこと、またそれによって自己を表現し奴隷制を非難するための力強い言葉、そして奴隷としての「救いようのない悲惨な境遇」の明確な理解を得たことに言及している（Douglass 33）。こうして得られた技術と洞察力でもってダグラスは、一八五二年の演説「奴隷にとって独立記念日とは何か？」において、「all men」を対象にしたはずの独立宣言が決して文字通りに適用されていないことを、「この記念日はあなたたちのものであり、私のものではない」という一文で暴き出すのだ（2140 強調原文）。その六〇年後にフォーセットが探究した文字通りの読みが持つ可能性は、アメリカ黒人文学の新たな間テクスト性のみならず、正義と平等を謳ったアメリカの言説がいかに巧妙に捻じ曲げられてきたかをも、私たちに示してくれるはずだ。

エミーは文字通りに読む

ペンシルヴェニア州プレインヴィルを舞台とする短編小説「エミー」は、エミー・キャレルとアーチー・フェラーズという若い黒人カップルを主人公とする。褐色の肌をしたエミーは、翻訳家として働く未亡人でフランス人の母と、フランス人家政婦と共に暮らし、不自由のない洗練された生活を送っている。白人女性教師ウェンツェルは何かにつけてエミーに、黒人としての「彼女相応の立場」（her proper place）を分からせようとするが、エミーは「黒人であることに十分に満足」している（Fauset, "Emmy" 82）。これに対して白い肌を持つアーチーは技術学校を卒業後、白人ニコラス・フィールズが経営するフィラデルフィアの会社に白人技術師として就職する。そしてエミーに対しては、「白人であることそれ自体」のためではなく「白人だけに与えられる機会」のために人種を偽っているのだと言う（84）。フィラデルフィアへ出発する前にアーチーは二度プロポーズをするが、エミーは内心喜びながらも返事を保留する。その後も二人は文通を続け、エミーもフィラデルフィアを訪問し、その関係は一層深まって結婚も時間の問題となる。しかしながらフィールズ氏が、フィラデルフィア滞在中のエミーを偶然目撃し、彼女をアーチーの黒人売春婦だと勘違いする。エミーを通して自分の人種がばれるのを恐れたアーチーは、フィールズ氏の誤解と偏見を黙認するのみならず、クリスマスにエミーと結婚するという当初の計画を諦めるのだが、これに怒った彼女はアーチーとの関係を解消する。落胆し自暴自棄になったアーチーは、フィールズ氏の偏見を責め、自らが黒人であることも明かして、その結果解雇される。一方でキャレル夫人は、娘であるエミーにアーチーを許すよう諭す。実は彼女自身も、誤解に端を発した大喧嘩により最愛の夫キャレル氏を失っていたのだ。危機に陥ったエミーとアーチーの関係だが、結局この物語はクリスマス・イヴに大団円を迎える。アーチーがエミーの家を訪れ一連の出来事について謝り、その訪問中にフィールズ氏の息子ピーターから、父からの謝罪とアーチーの再雇用を伝える手紙が届く。喜びの中エミーが、翌日のクリスマスに結婚式を挙げることを提案するところで物語は終わる。

話の舞台となる二〇世紀初頭のペンシルヴェニアでは白人至上主義は潜在的に、そして特に黒人に対して礼儀正しくさらには親切でさえある（が実は自らの人種的優越性を深く信じている）白人を通して作用する。例えば物語の冒頭において、教室内で「唯一色の濃い」肌をしているが他の誰よりも洗練された一一歳の少女エミーは、先生の質問に答えて「人種には五種類あります……白色人種のコケイジャン、黄色人種のモンゴリアン、赤色人種のインディアン、褐色人種のマレー、そして黒色人種のニグロです」と説明する（79）。白人女性教師ウェンツェルのこの授業は、あからさまな偏見に基づいている訳ではない。エミーには人種区分をランク付けではなく列挙するよう課すのみだし、使用する教科書も

「ニグロ人種全体を代表するために注意深く選ばれたホッテントット人」(79) を描くなど、露骨な差別を避ける配慮がなされている。同様に、ウェンツェル先生の次の質問「では、そのうちのどの人種にあなたは属しますか?」(79) も、字義的な意味では単に人種分類を問うものであり、優越性や劣等性の確認を強いるものではない。

その一方で物語の読者は、ウェンツェル先生が密かに持つ白人としての優越感を垣間見ることができる。深く考えずにこの質問をしてしまったことを恥じた彼女は「即座に赤く」(79) なるのだが、「黒色人種あるいはニグロに属します」というエミーの返答に対する彼女の内的思考は、自由間接話法によって次のように示されるのだ。

> もしエミーがそれ以外の人種、もちろん白人と答えるのはもってのほかだが、を挙げていたとしたら、彼女は、たとえ教師であるにしても、どうやって気まずさなしにこの生徒を正すことができたであろうか? (79 傍点引用者)

実際ウェンツェル先生は帰宅後、妹ハンナとの私的な会話では黒人への差別意識を顕わにし、who ではなく what という関係代名詞を用いながら、「黒人には自分たちが何であるか (what they are) をわきまえた外見・行動をしてほしい」という思いを吐露する (81)。ここで重要なことは、この願望についてのウェンツェル先生の説明が、教育者としての義務を前面に押し出す一方で実は循環論法に基づいていることにある。生徒が物事を「知り」(know)、「理解する」(see) ように導くのが教師の役目だと言うのだが、エミーが「黒人であることが何を意味するのかを理解すべき」である理由については、「とにかくあの子はそれを知るべき」だからだ（81）という堂々巡りの論理しか提示できないのである。これによってフォーセットは、白人至上主義の言説が社会的に受け入れられる形で機能し、実際にその妥当性を問われることのないまま再生産されることを暗示する。

このように白人至上主義が一見道徳的な言説を通して流布することは、エミーの白人クラスメートであるメアリー・ホルボーンの反応にも見て取れる。

「エミー、あなたは嫌じゃなかったの？……何をって、あなたが黒人で」——彼女［メアリー］は躊躇し、そのそばかす顔はどんどん桃色の度を増した——「ニグロであると言わされたことを、それもクラスみんなの前で。」（79）

このシーンはメアリーが「ニグロ」という言葉を使うことに戸惑いを覚えていることのみならず、黒人であることは恥ずべきことだという彼女の固定観念をも示している。さらにフォーセットはメアリーの二面性を個人的性格としてというよりは、町の人たちが共通のイデオロギーに影響されていることの一例として描く。実際メアリーはエミーに対して「あなたはニ——あ、じゃなくて黒人にしては素敵で賢すぎると、いつもプレインヴィルの人たちみんな言うのよ」（79）と伝えるのだ。

ここでの人種イデオロギーと白人の群衆的行動との関係を理解する際に、ルイ・アルチュセールが「イデオロギーと国家のイデオロギー諸装置」で説明する「呼びかけ」理論がとりわけ役に立つ。アルチュセールによると、人は自分の社会的アイデンティティが実体として存在し、それに基づいて自分の意志で行動していると信じているのだが、実際にはアイデンティティは循環的かつ遂行的行為によってのみ与えられる。つまりある仕方で行動し、それによってその行動の源であるところのイデオロギーに帰依するという事実それ自体が、特定のアイデンティティを持っているという（虚構の）感覚を行動主に与えるのである。

あなたも私も、常に既に主体なのである。そして自分がイデオロギーに則して認識されるための儀式を常に行い、それによって自分が個人としての実体を持った、そして（当然の帰結として）替えの利かない主体であると信じるのだ。（Althusser 117 傍点は英語翻訳イタリック）

裕福で洗練された黒人であるエミーは人種カーストに対する脅威なのだが、「プレインヴィルの人たちみんな」は群衆的言説行為によって白人の優位性を再構築しようとする。つまり彼らはまず（「素敵で賢」いことを白人固有の特性と見做すことで）人種間の境界を改めて明確にし、その上でそれらの特性を持つにもかかわらず白人になれないエミーを憐れむことで、自分たちを彼女とは対照的な立場の存在として定義するのだ。繰り返しエミーに黒人としての立場を教えようとするウェンツェル先生の試みもまた同様で、彼女の白人教師としてのアイデンティティがその教えを権威づけるというよりは、黒人としての立場を教えるという行為それ自体によって自分自身を（エミーとは異なる）白人教師として定義しようとするのである。実際フォーセットはウェンツェル先生のしつこいまでの拘りを「間違った義務感」(81)、すなわち白人教師としての立場上遂行しなければならない義務であり、それを遂行する権威が自分にはあるという誤った感覚に基づくものとして描く。

一見親切な言葉が差別的な言外の意味を伝達するためには、仄めかされた内容を受け手が読み取る必要がある。しかしながらエミーは文字通りの読みに拘り、この仕組みを混乱させる。エミーに最初に質問するとき、メアリーは動詞「嫌である」(mind)を自動詞として用い、その目的語「自分が黒人だと言うこと」(saying you were black)を明らかにしない。目的語の不在に混乱したエミーは、「嫌って何を?」と繰り返し問い返すことになり、困惑したメアリーはついにはエミーの「褐色」の肌に言及するのだが、それも効果を得ずエミーはこう返す。「メアリー・ホルボーン、私の手はあなたの手と同じくらい素敵だと思うわ。私たちは一緒なのよ、ただあなたは白くて私は褐色なだけ。どこにも違いなんてないわ」(79)。エミーの直接的な論理において、色の種類として同等の価値を持つ「白」や「褐色」のうち片方だけが嫌悪の対象になることはありえない。メアリーの想定に反して、エミーはこれらの色を階層的人種アイデンティティの暗喩としては捉えないのだ。

このようにエミーは文字通りに物事を理解するため、自分を白人至上主義者として提示しないまま彼女に白人至上主義的な意図を伝えることはできない。この葛藤はメアリーのみならず、ウェンツェル先生をも困惑させる。物語冒頭のやり取りの翌日、ウェンツェル先生はエミーに直接話しかけ、「彼女の運命は、白人クラスメートたちのそれとは異なる」ことを分からせようとする(81)。実際にウェンツェル先生が何と言ったかの描写はないが、エミーはその「冷酷なまでに論理的な」思考でもって「私は褐色の肌をしているから……みんなほどの価値はないということですね」と演繹する。このように直接的で図星を指す言い換えに対して、ウェンツェル先生は狼狽してしまう。

「ええっと――そんなことは言わないわ。」ウェンツェル先生はみじめにも、しどろもどろになりながらそう言った。「あなたはとても素敵で、特に黒人の女の子にしてはすごい素敵なんだけど――ええっと、あなたはみんなとは違うのよ。」（81）

この反応からはウェンツェル先生が、黒人の劣等性についてお互い言及しないまま同意できるだろうと想定していたことが分かる。このようにしてフォーセットは白人至上主義の言説が、言葉の持つ指示機能そのものではなく、受け手の側に誘発された解釈を通して作用することを指摘するのだ。

物語内で実際に文章を読む行為が描かれる際にも、フォーセットによる同様の洞察が垣間見える。前述の試みが失敗した後、ウェンツェル先生は額入りの金言をエミーに贈ることで、彼女に黒人としての立場を分からせようとする。ロバート・ルイス・スティーヴンソンによる『平原を超えて』（一八九二）から引用されたこの言葉は、「野心を持たず謙虚であること」（82）を不特定の――すなわち字義的には人種を問わない――読者に向けて説く。一方エミーは「子供に特有な文字通りの仕方」（a child's literalness）でもって、ウェンツェル先生が念頭に置く人種的要素を考慮に入れないまま読み進める。

「正直で、親切で、少しお金を稼いで、少し節約して使う；」――「あっ、セミコロンだ」とエミーは思った。「――ええっと――セミコロンが示すのは、考えが――」そして彼女はウェンツェル先生から教わったセミコロンの定義を反復し、幸せそうに引用に戻った。

「大体において、自分がいることによって家族を幸せにし」——ここまでは青色の文字。「必要とあれば諦め、それを苦々しく思わない」——このくだりは金色。そして残りは赤色。「数人の友達を持つが、条件表を作らない；とりわけ自分と同じように彼らを扱うこと——これが精神的強さと思いやりを持つ人（a man）の責務である。」

「これはある男の人についての話なのだわ」と、エミーは子供に特有な文字通りの仕方で考えた。「どうしてウェンツェル先生はこれを私にくれたんだろう？　この難しい単語、じーょーうーけーんーひーょーう（cap-it-u-la-tion）」——彼女はそれを訝しげに音節ごとに発音した——「は大文字で記す（spell with capitals）という意味に違いないわ、恐らく。この単語いつかアーチーに使ってみよう。」しかしながら彼女は、この贈り物をくれたウェンツェル先生はとても親切だと思った。（82）

エミーの文字通りな読解手法は、セミコロンに拘りウェンツェル先生から教わった定義を復唱することのみならず、単語manが持つ「人一般」を意味する比喩的・総称的な用法に気付かずに「男」と字義的に解釈することにも表れている。(5) ウェンツェル先生の思惑としては、単語manはまず広義に「人一般」を意味し、そこから（白人から黒人に贈られた言葉という状況に鑑みて）「黒人一般」という意味へと推移、そしてそれによってこの金言は黒人が、「野心を持たず謙虚であること」を説くはずであった。しかしながらエミーの文字通りの読みにおいて、人種に関係のない単語は人種に関係ないままであり続け、かくしてこの贈り物に埋め込まれた差別的メッセージは結局彼女に届かずに終わる。(6)

エミーの字義的な理解がいかに白人登場人物の言説を混乱させるかについて考える際、J・L・オースティンによって提唱された言語行為理論が有効である。『言語と行為』（一九六二）においてオースティンは、言語行為の諸相を「発話行為」（locutionary act）、「発話内行為」（illocutionary act）、そして「発話媒介行為」（perlocutionary act）に分類する。「発話行為」は「俗に言うところの『意味』を持つ文を発することに大体相当」し、「発話内行為」は「通知・命令・警告・請負など」、文がまず第一に持つ効果に対応する。そして「発話媒介行為」は発話者が「何かを言うことによってもたらしたり成し遂げたりすること、例えば証明・説得・抑止、さらには驚かしや欺きなども」意味する（Austin 109 強調原文）。例えばウェンツェル先生は、スティーヴンソンの金言が「発話内行為」としてエミーにある道徳的価値観を「通知」し、「発話媒介行為」としては彼女にその価値観を実行に移すよう「説得」することを期待する。しかしながら、目的語を欠いたメアリーの質問「エミー、あなたは嫌じゃなかったの？」と同様に、ウェンツェル先生の意図する内容は——この場合は名詞 man の——字義的な意味を超えた比喩的解釈による伝達を想定している。ヴォルフガング・イーザーによるオースティン理論の説明によると、「発話内行為」と「発話媒介行為」は、受け手が発話者と「同じ因襲と手順」を共有して初めて機能する（Iser 57 強調原文）。エミーの例は人種イデオロギーの下での発話行為が、いかに過度に「同じ因襲と手順」に依存し、受け手に「発話行為」上の不備を——発話者の意図する「発話内行為」と「発話媒介行為」に沿った形で——補填させるかを示す。このイデオロギーが二〇世紀初頭アメリカにおいては支配的なため、物語の舞台プレインヴィルにおいてこのような発話と解釈は日常的に行われるのだが、外国育ちで表裏のある言語行為に慣れていないエミーには通用しない。スティーヴンソンの金言が適切に通知・説得してくれるだろうというウェンツェル先生の思惑は外れ、エミーはそれを「ある男の人についての話」とし、彼女自身には関係ないと結論付けるのである。[7]

エミーの経験を通してフォーセットは、白人至上主義の言説が内容を直接提示することではなく、受け手に白人至上主義的な思考を促すことによって機能することを指摘する。そこでは見たところ中立的、それどころか平等主義的でさえある言葉が、実は黒人に対する差別・偏見を底意として含んでいて、様々な形での教化によって人はそれを理解し、自分のものにし、そして自らの発言で再生産するよう導かれるのだ。しかしながらこの過程を免れたエミーは、周りの白人が疑いもしない黒人の劣等感をも免れる。後にエミーはウェンツェル先生の教えをついに理解し、「肌の色が何を意味しうるのかを悟る」ことになるのだが、それでも

> 無意識のうちに彼女は、自分が黒人であることに十分に満足していることを、彼ら［白人クラスメート］に分からせていた。彼女はどうして白人になりたいと思わなければならないのか、全く理解できなかった。("Emmy" 84)

「無意識」かつ間接的ながら、エミーは白人の優位性という暗黙の想定を可視化・問題化・そして否定するのである。

黒人の人生という「悲劇」

一九一三年一月号に掲載された後半部分は、アーチー・フェラーズのフィラデルフィアでの生活を軸に物語が展開する。彼は白人として生きることで順調なキャリアを築くものの、褐色の肌をしたエミーとの結婚は先延ばしになってしまう。物語後半では登場人物の読む行為そのものが取り上げられることはほとんどないが、フォーセットは引き続き——特に黒人の自己実現の試みという観点から——人種イデオロギーとそれに基づく解釈手法を精査・批判する。後半部冒頭において、アーチーの白人雇用主フィールズは彼とエミーを遠目に見つけ、それが恋愛関係ではなく白人男性と黒人売春婦との関係だと誤解する。

「なんと!」彼は驚いてこう言った、「あれは若造のフェラーズ、それも女性同伴で! おや、黒人女じゃないか! このやくざ者め! 澄まし返った奴だといつも思っていたんだ。女にはあんなに着飾らして、奴はそんな風に金を使っていたんだ!」(134)

さらにフォーセットは語呂合わせでもって、この場面でも読む行為(reading)が鍵であることを仄めかす。翌日アーチーは誤解されたことを悟り、それを正しにフィールズ氏に会いにいこうとするが、彼は既にレディング(Reading)に向けて出発した後なのだ。

フィールズ氏がエミーを売春婦と誤解するのには、文学ジャンルと白人至上主義イデオロギーという要素が大きく関わっている。アーチーとの関係における、最初のプロポーズをあえて断るなどといったエミーの行動は、クレア・オベロン・ガルシアが指摘するように「感傷映画」・「パフォーマンス」・「劇場性」に基づいており(Garcia 102)、彼女が恋愛小説ジャンルの決まり事を自分の人生に投影していることが分かる。一方白人の優越性を疑わないフィールズ氏にとって、黒人女性は恋愛小説のヒロインにはなりえない。その代わり彼は人種的・性的に戯作化された「黒いヴィーナス」(black Venus)という役割をエミーに割り振るのである(134)。

このようにエミー本人の視点と白人至上主義の視点とで対照的なジャンル付けがなされるのだが、フォーセットはさらに後者の視点を掘り下げ、いかにそれが「悲劇」の枠組みと連動しながら黒人の自己達成を阻むかを例示する。つまりエミーの恋愛小説への自己投影や、人種階層を超越しようとしたアーチー幼少時の試みは、白人至上主義イデオロギーの前ではヒーロー/ヒロインであることの証ではなく、彼らが実際には無力であることの「悲劇的」な誤解に過ぎないのである。物語前半でアーチーはエミーに、子供の頃に参加したコテージ・シティでのキャンプ経験について話す。そこで彼は黒人料理人を「黒んぼ」と呼ぶ白人少年に抗議し、その際に自らの人種を明かすのだが、それによってキャンプを去らなければならなくなる。キャンプの白人責任者は差別的呼称など「どうしてほうっておかなかったんだ」とアーチーに質し、彼もその言葉を教訓としてエミーに繰り返す。だがエミーはこれを「悲劇的」("Emmy" 83)と呼び、英雄的行動が差別的環境とそれを許容する白人の言説によって台無しにされてしまった一例と見るのだ。

二人が別れるシーンでも、フォーセットは悲劇の枠組みを、黒人の自己実現の試みを否定するものとして物語に導入する。このシーンの直前においてエミーは、アーチーが帰省するという突然の知らせを、恋愛小説のプロットに自らを投影しながら解釈する。「とても重要なことを君に訊きたくて」というアーチーの言葉を、プロポーズの前触れだと理解した彼女は、「まず二、三回懇願させて」から承諾するという恋愛小説ジャンルの決まり事にならって、「彼が跪いても驚かない」ようにと自分に言い聞かせるのだ（137）。しかしながらアーチーの用件は、彼が会社の後継者となるためにフィールズ氏が提示した、二年間フィールズ家の近くに住むという条件を満たすために、エミーとの結婚を先延ばしにするというものであり、つまりは彼の人種、それに彼女との関係についての白人雇用主の誤解に迎合するものであった。アーチーが「彼女とその肌の色を恥じている」（138）と思ったエミーは、彼の必死の嘆願にも関わらず別れを選び、彼が去ったところで「きっとこのことを人は悲劇と呼ぶのね……でも彼は跪いたわ」と言う（139）。エミーのこの言葉は、この物語のプロット上の葛藤が実は文学ジャンル間の対立に由来することを象徴的に示す。つまり恋愛小説の枠組みが「でも彼は跪いた」ことに言及させる一方で、悲劇の枠組みはこの黒人カップルの恋愛成就の願望が、白人至上主義社会では僭越的かつ不可能なものだと定義するのだ[8]。

黒人としての人生に組み込まれた悲劇を目の当たりにしたエミーは、かつて白人至上主義的言説を混乱させた文字通りの読みができなくなる。アーチーとの和解を促すために、エミーの母であるキャレル夫人は、彼女の白人の父を夫キャレル氏が愛人と誤解したことに端を発する、愛の絆が誤解によって壊れてしまった自らの経験を娘に話して聞かせる。しかしながらエミーは「もし私たちが黒人でなかったら、そんなことは決して起こりえなかった」（141）という教訓を引き出し、ウェンツェル先生がかつて勧めた「黒人であることの意味」(81) に則した読みを無意識のうちにしてしまう。実際「白人であって素晴らしいことに違いない」と今では感じてしまうエミーは、スティーヴンソンの金言にも人種を念頭に入れた解釈をするようになり、自分は黒人なのだから「必要とあれば諦め、それを苦々しく思わない」(141) でいられるよう人生に試されているのだと考える。

黒人の自己達成を体系的に否定する白人至上主義イデオロギーの強い効果は、エミーの変化のみならず、その一ページ後に物語を大団円でもって終わらせる際に作者が語りで苦労する様にも見て取れる。エミーが白人の持つ特権を痛感するシーンと、帰ってきたアーチーに「勇敢」にも翌日クリスマスの結婚を提案する結末 (142) とを結ぶ、確固とした因果関係をフォーセットは提示できず、物語は説得力に欠けるプロット要素に満ちた場当たり的な構成になってしまうのである。まず第一にこの最終シーンは、キャレル夫人のニューヨーク出張からの予定された帰還ではなく、アーチーの予期せぬ訪問で幕開く。この訪問を一応説明するために、キャレル夫人の知り合いからアーチーに斡旋された、フィリピンでの就職の可能性が言及される。しかしこの突然の展開は、不特定で直接的描写が全くない――実際アーチーは彼らを「ニューヨークにいる何人かのいい感じの人たち」(some pretty all-right people there) と非常に曖昧に表現する――登場人物に依存している。そのため作者はアーチーの反応を現実的なものにするために、語り手に「実際に何が起こったのか彼には分らなかった」と認めさせざるをえない。同様に、メアリーの弟ウィリーが毎年クリスマス・イヴにするキャレル家への訪問も、「特別郵便を配達する少年」の訪問に前触れなく置き換えられ、フィールズ氏の息子ピーターからの、全ての問題を解決することになる手紙が届けられる (142)。またエミーがアーチーとの関係を解消したシーンで、ウィリーがオルガンを「哀れ」や「ひどい悲しみ」を誘う仕方で弾き（139）「悲劇」的プロット展開に音響効果を与えていた点に着目すると、この結末部分での登場人物の入れ替えは悲劇の枠組みそのものの無理矢理な大転換とも言える。

このように恣意的なプロット構成になったのは、幸せな結末に論理的に繋がるような登場人物の関係や行動が提示されないからである。しかしながらフォーセットは、説得力の欠如があたかもエミーの悲観的で一貫性のない先入観のせいであるかのように語りを紡ぐ。例えばエミーが用事から帰宅し、誰かが訪れていることに気付く時、フォーセットは「彼女の母がもちろん帰ってきたのだ」（142）と書く。キャレル夫人のニューヨークからの帰還予定は物語内で既に言及されているので、この「もちろん」という句は蓋然性の高さを語り手が示すための表現にみえる。しかしながら、次の段落で訪問者が実はアーチーで、この文は実は自由間接話法によって表されたエミーの内的思考だったことが判明し、「もちろん」という句は彼女の主観的で誤った想定に由来していたということになる。同様に郵便配達の少年が到着するシーンにおいても、語り手は「しかしそれはウィリー・ホルボーンではなかった。小柄でても薄汚れた特別郵便の配達少年に、彼が突然変身したのでないかぎりは」（142）とし、エミーの誤った見積もりが事実であるためには、肉体そのものが変化しなければならないと大袈裟に言い表すのである。かくしてこの物語の大団円は、登場人物そして語りの中心としてのエミーの葛藤が解決されたことによるものとなり、その葛藤を引き起こしたより大きな人種問題は決して改善されない。結末のエミーの言葉で当初の結婚予定、すなわち元々彼女が思い描いていた恋愛小説ジャンルの枠組みが復活するのだが、社会背景から隔絶されたプロット展開と相俟って、事態が好転するのは二人の人生のみに留まるのだ。ピーターからの手紙によるとフィールズ氏は「戻ってきて、謝罪を受け入れ、復職するよう言っている」のだが、この白人雇用主が人種的偏見そのものを改めたとは考えにくいことは、アーチーの「もしピーター自身がそう言ったのでなければ、彼が復職することは完全に不可能だっただろう」という反応（142）からも明らかなのである。[9]

フォーセットの抵抗は続く

その結びにおいて白人至上主義イデオロギーに対する有効な抵抗戦略を示しえなかった「エミー」ではあるが、この作品そして「人種についてのメモ」を著した後も、フォーセットは平等主義的理想の差別的適用という二重構造を批判し続けた。[10] フローレンス・スミス・ヴィンセントによる一九二九年のインタヴューで彼女は、フィラデルフィアの教育界でなされている事実上の人種隔離について、「理論」対「事実」という切り口からこう述べている。

教師訓練学校を卒業したとき、肌の色のせいで高校には採用されないことを知りました。アメリカ独立の生誕地、そして兄弟愛の街フィラデルフィアで——いまだに私には理論と事実とを両立させる説明が見つかりません。（Vincent）

同年発表の小説『プラム・バン』でもフォーセットは、表向き人種融和的なフィラデルフィアの教育システムに蔓延る「不文律」が黒人を苦しめていることに言及する。そして「厳密に言うと、フィラデルフィアに黒人学校というものはない。しかしながらそこには不文律があり、黒人の子供が白人教師から教わることがあっても、白人の子供が黒人教師から知識を得るということは決してない」(*Plum Bun* 48)と指摘する。

実際「人種についてのメモ」後半部からは、このような「不文律」としての差別にフォーセットがいかに危機感を抱いていたかが垣間見える。彼女はそれが「誤解のネットワーク」や「不正確な描写」によって巧妙な仕方で拡散することを、白人優位社会が自らの吹聴する美徳から黒人たちを排除することを例に挙げて説明する。

私たちは常に、方便主義か知的不誠実かという選択に迫られている。それは漠然としていて、定義しがたく、しかしながら最も危険な二者択一だと私は時に思う。根強く持続した場合、それは私たちの人種の本質にまで影響を及ぼすだろう。これが白人世界のやり方であり、常に私たちの最もひどい部分とその具体例に目を付けて判断を下そうとするのだ。(“Some Notes” 77)

「白人世界」は、偏見に満ち「人種の本質」を捻じ曲げかねないような黒人像を、当の黒人たちに「方便主義」や「知的不誠実」でもって受け入れるよう促し、消極的にではあれ是認するよう導く。そしてこのような状況を黙認することは、黒人という人種そのものに破壊的な損害を与えるのだとフォーセットは言うのだ。

フォーセットは「追い立てられることはなかったけれど」、黒人教師を雇う高校が事実上なかったため「フィラデルフィアを去らざるをえませんでした」と続ける。彼女はそれによって自分が、黒人の行動を白人社会が統計化する際のデータになってしまったことを苦々しく思い出し「こうして私も、社会学の学生がクラスやセミナーで取り扱う黒人の大移動(Negro Exodus)に加担してしまったのです」と書く(77)。フォーセットが抱いたこの深い挫折感を考えると、彼女が作中登場人物の「文字通りの読み」による可視化や、彼女自身の鋭い問題化を通して、白人至上主義言説のからくりを精力的に暴き続けたことも十分に説明がつくだろう。

*本章は *MELUS: Multi-Ethnic Literature of the United States* 二〇一八年秋季号に発表された拙稿、"Black Subjects' 'Literal' Resistance in Jessie Redmon Fauset's 'Emmy' and 'There Was One Time!'" の前半部及び結論部をまとめなおしたものである。

注

(1) この問題は、後にW・E・B・デュボイスの "Criteria of Negro Art" (1926) とそれに異議を唱えるアレイン・ロックの "Art or Propaganda?" (1928) に代表される活発な論争に発展する。

(2) それぞれの論の詳細は、「調整」と「変更」についてはTarver 129-30を、「翻訳」と「抵抗的語り」についてはGarcia 100を参照のこと。

(3) だからといって、字義的意味がイデオロギーの影響を受けないという訳ではない。それどころか字義的意味が第一義たりうるのは、まさに支配的イデオロギーに権威を付加されているからである。しかしながら人種に関する影響の規模は言説によって異なり、フォーセットは字義的意味においてはほとんど影響を受けていない言説を戦略的に選んでモチーフとして使用している。

(4) ジェイムズ・オルニーが指摘するように、「奴隷の読み書きを妨げる様々な障害、そしてその能力の習得に伴う大変な困難の記録」(Olney 50) は、奴隷物語というジャンルを特徴づける重要要素の一つである。

(5) さらには capitulation を spell with capitals と誤解する例に見られるように、字義的意味を知らず推測する場合でさえも、エミーの手法は——この場合は単語の字面の——「文字通りの読み」に依拠している。

(6) このシーンはアルチュセールの理論を例証すると同時に複雑化もする。彼によると学校は「イデオロギー諸装置」の一つとして機能し、「[読み書き計算といった] 技能を、生徒たちの支配的イデオロギーへの帰依や、適切なイデオロギー遂行を確実にするような仕方で教える」(89 傍点は英語翻訳イタリック) 役割を担う。実際ウェンツェル先生の教えも、黒人らしい「外見・行動」("Emmy" 81) をエミーに身に付けさせることを目的としている。その一方で、フォーセットが白人至上主義的言説の二重構造を暴くのと相俟って、読み書き「技能」の教授と「支配的イデオロギーへの帰依」との間にアルチュセールが想定する順接関係に、エミーの読書行為は必ずしも当てはまらない。なぜならエミーがウェンツェル先生の意図を汲み取れず、期せずして「帰依」を免れるのは、彼女が先生の授業内容に反発するからではなく、あまりに忠実に従うからである。「子供に特有な文字通り」な性質を白人同級生には与えずエミーのみに与えることによって、さらにはウェンツェル先生が繰り返し試みる人種教育を物語前半部の中心に据えることによって、フォーセットはいかに反復教育が支配的イデオロギーの浸透に寄与しているか——そして外国育ちのおかげで、いかにエミーがそれによる教化を免れているか——を示す。

(7) ジュディス・バトラーによる *Excitable Speech* は、より直接的な「憎悪表現」を主に扱っているものの、その洞察はエミーがいかに白人登場人物の言語行為を混乱させるかを我々が理解するのに役立つ。憎悪表現において言語行為とその有害な効果は、「発話内行為」におけるように時間的・因果関係的に直接繋がっていると一般に考えられているが、バトラーはこのような理解に異を唱える。行為とその効果の間には実は溝があり、その溝を埋めるはずの「因襲」が実際は流動的であることとも相俟って、憎悪表現を混乱させたり抵抗・専有できる可能性が出てくるというのだ。バトラーは問う、「[憎悪的]言語行為を、それを裏付ける因襲から切り離すような形で――そしてそれによって有害な効果を強化ではなく混乱させるように――反復できるだろうか?」と(Butler 20)。彼女はできると自答し、本来憎悪表現だった「クィア」(queer)という単語が後に効果的に再評価・専有されたことを例に挙げるのだが、フォーセットの作品もまたいくつかの独特な例を与えてくれる。例えば「冷酷なまでに論理的な」仕方でウェンツェル先生の言葉を「私は褐色の肌をしているから……みんなほどの価値はないということですね」と言い換えるときも("Emmy" 81)、「嫌って何を?」とメアリー・ホルボーンの使う動詞を繰り返しながらその目的語を要求するときも(79)、表向き中立的な表現に隠された白人至上主義的内容をエミーは反復したり、発話者に反復させたりする。これらの例においてエミーは、発話者の意図する内容を期せずして浮かび上がらせるのだが、それによって直接口にしないことで機能する言説の仕組みを混乱させることに成功する。

(8) エミーにアーチーおよび彼女自身の苦い経験を「悲劇」だと表現させるにあたって、フォーセットはアリストテレスの論じる「悲劇的過ち」(hamartia)という概念を利用する。アンジェラ・クランは、『詩学』第一三章と第一四章がこの概念を、前者は道徳的過ち、後者は知性的過ちとして、一貫性のない仕方で扱っていると論じる。そして知性的過ちとしての「悲劇的な過ち・認知・運命反転は、効果的で複雑なプロットをもたらす連結的概念である。こういった過ちは、事実理解の欠如によりもたらされる……。事実が認知され、必要な情報が登場人物にもたらされる時、その悲劇的人物は予期したものとは逆の変化を経験する」のだと説明する(Curran 196)。物語「エミー」で「黒人であることの意味」(81)についてウェンツェル先生が繰り返し発する警告の内容は、後にエミーが気づく「事実」・「必要な情報」に対応することになり、そこで改めて悲劇の枠組みが黒人の人生にいかに大きな影響を与えるかが明示される。

(9) 実際に物語内で示される社会変化の可能性もあまり有望なものはなく、父フィールズ氏の反対に逆らって「生活保護ビジネス」に手を出す(136)ピーターのような、軽い気持ちで弱者の苦難に共感する白人の若者に限られている。アーチーを最初にフィールズ氏に紹介するロバート・ファロンも同様で、「若く、裕福で、空想的な」

白人男性と特徴づけられている。実際ロバートがアーチーに好条件の職を斡旋するのは、人種的不平等を正すためではなく、アーチーが黒人であることを彼に打ち明けた「賭け」に魅せられたからにすぎない。そのため彼は、フィールズ氏には黒人であることを「黙っておきなよ」とアーチーに釘を刺す（84）。

（10）支配的人種イデオロギーのからくりを暴きながらも、その強力な作用に語りそのものが影響を受けてしまった「エミー」に対して、一九一七年発表の短編 "'There Was One Time!': A Story of Spring" は、より深化させた抵抗戦略を提示している。この作品において「文字通りの読み」は、主人公に対して個人的成功のシナリオのみならず、忘れられていた黒人コミュニティとの繋がりをも照らし出し、両者の互助的な関係を促進する。そして個人から大衆への主題の広がりは、より豊かな社会的・歴史的含蓄をこの作品に与え、アメリカ黒人の二重アイデンティティといった、後のハーレム・ルネッサンス運動で取り上げられる諸問題を物語に織り込むことを可能にする。詳細についてはSugimoriを参照されたい。

引用文献／参考文献

Althusser, Louis. "Ideology and Ideological State Apparatuses (Notes Towards an Investigation)." *Lenin and Philosophy, and Other Essays*, 1971. Translated by Ben Brewster, Monthly Review P, 2001, pp. 85-126.

Austin, J. L. *How to Do Things with Words*. 1962. Edited by J. O. Urmson and Marina Sbisà, 2nd ed., Harvard UP, 1975.

Butler, Judith. *Excitable Speech: A Politics of the Performative*. Routledge, 1997.

Curran, Angela. *Routledge Philosophy Guidebook to Aristotle and the Poetics*. Routledge, 2016.

Douglass, Frederick. *Narrative of the Life of Frederick Douglass, an American Slave, Written by Himself*. 1845. Edited by William L. Andrews and William S. McFeely, Norton, 1997.

——. "What to the Slave Is the Fourth of July?" 1852. *The Norton Anthology of American Literature*, 7th ed., vol. B, edited by

Nina Baym, et al., Norton, 2007, pp. 2140-43.

Fauset, Jessie Redmon. "Emmy." *The Crisis*, vol. 5, nos. 2-3, Dec. 1912, pp. 79-87; Jan. 1913, pp. 134-42.

——. *Plum Bun: A Novel Without a Moral*. 1929. Beacon P, 1990.

——. "Some Notes on Color." *The World Tomorrow*, vol. 5, no. 3, Mar. 1922, pp. 76-77.

——. "'There Was One Time!': A Story of Spring." *The Crisis*, vol. 13, no. 6, Apr. 1917, pp. 272-77; vol. 14, no. 1, May 1917, pp. 11-15.

Garcia, Claire Oberon. "Jessie Redmon Fauset Reconsidered." *The Harlem Renaissance Revisited: Politics, Arts, and Letters*, edited by Jeffrey O. G. Ogbar, Johns Hopkins UP, 2010, pp. 93-108.

Iser, Wolfgang. *The Act of Reading: A Theory of Aesthetic Response*. Johns Hopkins UP, 1978.

McDowell, Deborah. "Regulating Midwives." Introduction. Fauset, *Plum Bun*, pp. ix-xxxiii.

Olney, James. "'I Was Born': Slave Narratives, Their Status as Autobiography and as Literature." *Callaloo*, no. 20, Winter 1984, pp. 46-73.

Sugimori, Masami. "Black Subjects' 'Literal' Resistance in Jessie Redmon Fauset's 'Emmy' and 'There Was One Time!'" *MELUS: Multi-Ethnic Literature of the United States*, vol. 43, no. 3, Fall 2018, pp. 124-47.

Tarver, Australia. "'My House and a Glimpse of My Life Therein': Migrating Lives in the Short Fiction of Jessie Fauset." *New Voices on the Harlem Renaissance: Essays on Race, Gender, and Literary Discourse*, edited by Australia Tarver and Paula C. Barnes, Fairleigh Dickinson UP, 2005, pp. 125-50.

Vincent, Florence Smith. "There Are 20,000 Persons 'Passing' Says Noted Author." *The Pittsburgh Courier*, 11 May 1929.

The Nickel Was for the Movies
——フィッツジェラルド『ラスト・タイクーン』の一場面をめぐって

森　慎一郎

本稿の目的は、フィッツジェラルドの未完の遺作『ラスト・タイクーン』（一九四一）の一場面を「精読」してみることである。「未完」の作品と「精読」とは、何やら相性の悪そうな組み合わせだが、「精読」というのがひとまずテクストをじっくりと読む、丁寧に読む、テクストに目を凝らしてその滋味を汲みつくす（ことを目指す）、というくらいの意味であるなら、未完であることは特に問題にならないはずだ。つまりここで言う「精読」とは心がけの問題であり、あらゆる読者に、あらゆるテクストに開かれた営みのことである。それが多少とも豊かな読みに繋がれば、自ずと「精読」について何かを語ることになるのではないか、という虫のいい希望のもと、好きな場面を好きなだけ読む道楽に耽ることをお許しいただきたい。

なお、「精読」を試みる前に、まずはフィッツジェラルドと映画やハリウッドとの関わりを整理し、そのハリウッド体験を素描しておこうと思う。『ラスト・タイクーン』はハリウッドの映画産業を描いた小説であり、特段「自伝的」とは言えないものの、作者自身が直接ハリウッドで得た見聞、経験を少なからず反映しているからだ。また、本稿で取り上げるごく短い場面の「滋味」が、そうした作者の経験と切り離せないように思えるからでもある。やや長い前置きになるが、お付き合いいただければと思う。

フィッツジェラルドとハリウッド

一九三七年七月、フィッツジェラルドはMGMにシナリオライターとして半年契約で雇われ、ハリウッドに赴く。それ以前にも二度、一九二七年と三一年にハリウッドでシナリオ執筆の仕事に取り組んだことはあったが、いずれもごく短い滞在で、これといった成果もなく終わっていた。映画への興味から、あるいは高額の報酬に惹かれて出かけたものの、脚本執筆に本腰を入れるまでには至らなかった、というのが初めの二回の滞在であったようだ[1]。

しかしこの三度目は違った。当時のフィッツジェラルドはまさにどん底、過去に書いた本ももうほとんど売れない、短篇を書いても昔みたいに買い手がつかないという状態で、経済的にも逼迫していた。妻のゼルダは精神を病んで療養所に入っていた。娘のスコッティは東部の名門大学に入学し、その学費を工面する必要もあった。そこにＭＧＭがくれた半年契約の話は渡りに船で、今回はじっくり腰を据えてシナリオ執筆に取り組み、ハリウッドで脚本家として成功してやろうと本気で思って行ったわけだ。そして実際、会社に割り当てられた仕事をこなす以外にも、あれこれ映画を観てはせっせとメモをとり、何をどうすればよい映画になるのか、自分はよいシナリオ作家になれるのかと、映画というものの研究にけっこうな労力を注いでいる。

ただ、それでも仕事はうまくいかなかった。一九三七年以降、この三度目の滞在のあいだに、フィッツジェラルドは都合一五作ほどの映画の脚本製作に関わっているが、[2] 唯一、Ｅ・Ｍ・レマルク原作の映画『三人の戦友』（一九三八）で共同脚本のクレジットを得たのを除けば、あとはどれもものにならなかった。シナリオを書いてもボツにされたり、映画自体が企画倒れに終わったりで、あとはときどき他人の書いたシナリオの手直しや台詞のブラッシュアップを頼まれる。ＭＧＭとの契約も一度は更新してもらえたものの、二度目には打ち切られて、以後はフリーランスであちこちから映画の仕事をもらってやっていくことになる。

同じ文学畑の作家でもフォークナーなどは後世に残る名作映画に脚本家として名を残しているが、フィッツジェラルドの名が唯一クレジットされた『三人の戦友』というのは、当時の評判はまずまずだったにせよ、いまでは観る人もあまりいないような作品である。しかもこの映画の脚本の仕事も、フィッツジェラルド本人にとっては不満だらけのものだった。せっかく苦心して書き上げた場面に、シナリオの共作者やらプロデューサーやらがあれこれ口を出してくる。この映画のプロデューサーはジョゼフ・Ｌ・マンキーウィッツで、当時はまだ若かったものの、のちに監督として、プロデューサーとして、名作と言われる映画を数多く手がけた人物である。自身も脚本家としてキャリアを積んでいたマンキーウィッツは、フィッツジェラルドの書くシナリオがどうにも気に入らず、別の作家を共作者としてあてがったうえに、土壇場で自らシナリオを勝手に書き換えてしまった。プロデューサーと脚本家という立場を考えれば、これは当たり前とは言わないまでも、ありうべき事態ではあったように思われるが、フィッツジェラルドは許せなかった。相手が自分よりかなり若かったせいもあるかもしれない。作家としてのプライドもあったろう。手直しされたシナリオを「失敗作《フロップ》」と斬り捨てたうえで、「ああジョー、プロデューサーだって判断を誤ることはあるだろう？　こう見えても私はすぐれた作家なんだ――嘘じゃない」云々と、書き換えた台詞を元の形に戻すよう懇願する手紙をマンキーウィッツ宛にしたためている[3]。

当時のフィッツジェラルドの姿を偲ばせるものとして、この時期に親しい関係にあったハリウッドのコラムニスト、シーラ・グレアムが、仕事をしている彼の様子を回想した文章を引用しておこう。

> ぼろぼろのグレーのフランネルのバスローブは肘のところで破れ、下に着ているグレーのセーターが覗いている。左右の耳にちびた鉛筆を一本ずつ挟み、同じようにちびた鉛筆が五、六本も――まるで葉巻みたいに――バスローブの胸ポケットから覗いている。片方の脇ポケットは煙草二箱でふくらみ、反対のポケットからはノートが半分はみ出している。この週末は映画のシナリオを書いているのだった。前髪がキューピー人形みたいにはねたまま、せかせかと行ったり来たり歩きまわり、ときおり立ち止まっては、足先の、ありもしない小石を蹴ったりしている。

屋上テラスから入れる自室の床には、流麗な書体の大きな字で埋め尽くされた黄色い紙がたくさん散らばっている。書くときはちびた鉛筆で――ペンナイフで丁寧に、ただし筆圧が強いので先を尖らせすぎないように研いである――猛スピードで書いていく。書き終わったページはそのまま床に払い落とし、次のページにかかる。ふと、鉛筆が止まる。探している言葉が出てこないのだ。妥協せず、二〇分ばかりも、言葉が出てくるのを待っていることもある。英語辞典や類義語辞典には絶対に頼らない。「だめだめ、この頭の中にあるんだ。自力でひねり出すよ」と苛立たしげに言う。「それにどうせ、辞典なんか見たら、そこで一時間は寄り道してしまう」(Graham and Frank 174)

よれよれのバスローブを着て、寝癖をつけた頭でうろうろしながら脚本執筆に頭を絞っている、懸命に適切な言葉を探している、そんな姿をグレアムは思い出している。この証言を信じるなら、フィッツジェラルド自身は真剣に、一語にもこだわってシナリオを書いていたようだが、それがことごとくボツにされたり書き直されたりする。文筆を生業としてきて、自負もあっただろう作家にとっては、相当なフラストレーションだったに違いない。スタジオに行けば、かつての人気作家として多少の敬意は払ってもらえたものの、ふとした折にグレアムが知人にフィッツジェラルドを紹介したりすると、相手は決まって目を丸くして、まだ生きていたのかと驚きの表情を浮かべたという(141)。事実、この頃にはもう「小説家」フィッツジェラルドの本は売れないどころか、手にも入りにくくなっていたようだ。街の書店をめぐって自分の小説があるかどうかを確認し、稀にあれば買って、知人に贈ったりしていたようだが、それでその年の印税通知を見ると、買ったのは自分だけだった、という伝説じみたエピソードも残

っている。(4)

もう一つ、違った立場からの証言として、当時ハリウッドで名を揚げつつあったビリー・ワイルダーの目にフィッツジェラルドはどう映ったかを、ワイルダーの伝記に見てみよう。

ワイルダーは、フィッツジェラルドらしいドラマチックなエピソードは一つも知らないと言う。憶えているのは、〈オブラス〉の席に座ってブラックコーヒーを何杯も飲んでいる姿だ。ひとりぼっちで顔色が悪く、肌にはアルコール中毒の者が年をとったときに特有の生気のない感じがあった。途方に暮れて、やけになっている様子だった。幾度となくワイルダーに話しかけてきたそうだ。どうやらフィッツジェラルドは、ワイルダーが何か秘密のコツのようなものを知っていて、それが身につきさえすれば自分もすぐれたシナリオ作家になれるんじゃないかと思っているふうだった。「彼はシナリオの三ページから先がどうしても書けないみたいだった」とワイルダーは言っている。「なんというか、偉大な彫刻家が配管工の仕事に雇われたみたいな感じでね。パイプをどう繋げば水が流れるか、わからなかったんだ」(Zolotow 72)

最後のワイルダーの言葉がおもしろい。小説家としていかにすぐれていようと、シナリオ執筆にはまた別の技能が求められる、要するに畑違いだというこのワイルダーの指摘は、むろん事の本質をついている。先ほど紹介したマンキーウィッツとの諍いにしても、プロデューサー側の落ち度がどれほどのものであれ、少なくともその原因の一端は、フィッツジェラルド自身の小説家としての自負と、シナリオ作家としての技量や経験（のなさ）とのズレにあったように思われるからだ。また、シナリオ書きの仕事を配管に、小説家の仕事を彫刻にたとえるワイルダーの言葉を額面どおりに受け取って、やはり小説家は芸術家、シナリオ書きは技術屋なのかと思うのは間違いだろう。このひと言にこめられているのはむしろ、技術屋としての、映画の職人としてのワイルダーの自負であり、映画を低級な娯楽として見下しがちな、旧弊な「文学」の世界への皮肉である。

この「文学」の側から映画・ハリウッドを見たときの、所詮は映画、庶民の娯楽だろうという見下した態度は、当時の「文学的」な作家の中には多かれ少なかれあったものだ。フィッツジェラルドが一九二七年に初めてハリウッドに滞在し、しかし仕事がものにならずに東部に戻ってきたとき、批評家のH・L・メンケンはフィッツジェラルドにこんな祝福の手紙を送っている。

> 無事に帰ってこられてよかったな！　ずいぶん心配したよ。あのロサンゼルスというのは正真正銘、文明の直腸とも言うべき場所だ。解剖学者の私が言うんだから間違いない。きみが今度あの街を焼き払いに行きたくなったら、私も喜んで手を貸すよ。(Qtd. in Hamilton 37)

ハリウッドが直腸なら頭はニューヨークあたりなのだろうし、その東部の文壇から見れば、ハリウッドとはさしずめ文化的汚物の排出される場所だったわけだ。この言いざまはさすがに過激すぎるとしても、作家がハリウッドに行くことを、文学への裏切り、いわば「文学的堕落《リテラリー・プロスティテューション》」とする考え方は、東部の文学者のあいだに根強くあったようだし(Fine 393)、この点でフィッツジェラルドもまた例外で

はなかったことは、彼の折々の発言からも窺える。(5)

一方で、二作目の長篇『美しくも呪われた者たち』(一九二二)以来、小説作品の端々に映画関係の人物を登場させてきたことからもわかるように、産業としても芸術としても猛烈な勢いで成長していく映画は、小説家フィッツジェラルドの興味を惹き続けてもいた。とりわけ一九二〇年代後半に無声映画からトーキーへの転換が起こり、映画が物語芸術としての精度を高めたことで、フィッツジェラルドは同じ物語芸術で飯を食う小説家として、映画のもたらす脅威にも敏感になっていったようだ。一九三六年、失意のどん底にあった作家がその失意を赤裸々に語った一連のエッセイの中に、映画に対する思いを吐露したくだりがある。

私が大人になった当時、思考なり感情なりを人から人へ伝える手段として最も強力で柔軟だった小説というメディアが、いまや機械的で共同作業的な芸術に、ハリウッドの商人の手によるのであれ、ロシアの理想家たちの手によるのであれ、最もありふれた思想、最もわかりきった感情しか映し出せないような、そういう芸術に負けつつあるのが私にはわかった。映画という芸術においては、言葉が映像に従属し、作り手の個性も押し殺されて、共同作業には避けがたい低速走行を強いられることになる。私は一九三〇年の段階ですでに、トーキーの到来によって、ベストセラー作家でさえサイレント映画みたいに古臭い存在になってしまいそうな気がしていた。みんなまだ本は読んでいた。キャンビー教授の「今月のお薦め本」だけとか、あとは好奇心旺盛な子供たちがドラッグストアの書棚でティファニー・セイヤー氏の下劣な本にくんくん鼻先を寄せるとか、その程度にせよまだ読んではいた。それでも、書き言葉の力が別の力に、もっとぎらぎらした、もっと巨大な力に屈服していくさまを見るのはやはり屈辱的だったし、心を苛むその屈辱は、私の場合、ほとんど妄執と化してしまった。(*The Crack-Up* 78)

引用の最後のあたりには、映画のけばけばしい輝き、その圧倒的な力を嫌悪しつつ、しかし同時に少し惹かれてもいるような、何かフィッツジェラルドらしいアンビヴァレンスが窺える気もするが、映画という芸術メディアの表現の可能性については、むろん小説家としての自負の裏返しとはいえ、かなり手厳しい評価を下している。映画という形式の抱える大きな問題として、作り手の「個性」を押しつぶす「共同作業」という面を槍玉に挙げ、「共同作業的（communal）」な芸術であるがゆえに、映画は陳腐なものにしかなりえない、そう言っているように思われる。そしてその陳腐な芸術に、小説がオーディエンスを奪われていくという「屈辱」――そんな思いを心の底に抱えながら、フィッツジェラルドは物書きとしての生存を賭けてハリウッドに向かったのだ。

このエッセイを書いたのは、三度目の、最後のハリウッド滞在に出発する前年のことだが、この時点ですでにフィッツジェラルドは、一年後、そしてその後数年にわたって、ハリウッドで彼を悩ませ続ける問題を見越していたと言ってもいいかもしれない。先ほどのマンキーウィッツとのエピソードからもわかるように、フィッツジェラルドは何よりこの映画制作の“communal”な面への適応に苦しんでいたように思われるし、その小説家としての自負が――そしてそれと表裏をなす映画という芸術形式への不信が――映画に関わるうえで一種の枷になっていたこともまた間違いないだろう。シナリオ作家として新たな成功を目指したフィッツジェラルドは、結局のところ、小説家であることをやめられなかった、そう言えばいいだろうか。

そしてそんな小説家が、MGMとの契約も打ち切られ、映画界への深まる幻滅の中で密かに構想を練り上げていった小説が、ハリウッドを題材とした『ラスト・タイクーン』である。あちこちのスタジオでシナリオ関係の仕事をもらい、また、こちらもハリウッドを舞台にしたいわゆる「パット・ホビーもの」の短篇を書いてぎりぎりの収入を確保するかたわら、フィッツジェラルドはこの長篇の執筆に没頭するものの、完成には程遠いままこの世を去る。

以上見てきたように、フィッツジェラルドとハリウッドの関係は決して幸せなものとは言えなかった。映画業界に対する怨みつらみもあったはずだし、いわば意趣返しとして、ハリウッド小説の王道とも言える毒の利いた風刺小説を書いていてもおかしくはなかったろう。ところが『ラスト・タイクーン』はそうした作品とは一味違い、むろん風刺的な面はあるにせよ、同時に黄金期のハリウッドの熱と輝きを魅力的に描いてもいる。この遺作を編集したエドマンド・ウィルソンの前書きの言葉を借りれば、「読者を業界の内側へと引きこんでくれる」稀なハリウッド小説なのだ。[6] 主人公はモンロー・スター、映画界の神童と言われたMGMの敏腕プロデューサー、アーヴィング・タルバーグをモデルとした人物である。この映画業界の寵児とも言えるスターという男の栄光と没落を通じて、ハリウッドを、映画という芸術・産業を描こうとした、というのが、大雑把に言えば『ラスト・タイクーン』という小説である。

『ラスト・タイクーン』の一場面を精読する

さて、前置きが長くなってしまったが、この小説から一つだけ、ごく短い場面を取り上げてじっくり丁寧に読んでみたい。

まず、その場面に至る前段の状況を説明しておこう。主人公のモンロー・スター、スタジオの映画制作を一手に取り仕切っているプロデューサーのスターが、ボックスリーという名のイギリス人小説家と面談をすることになる。はるばるイギリスからシナリオ執筆のためにハリウッドに招かれた、それなりに名声のある作家である。ボックスリーはどうやらシナリオ書きの仕事がうまくいかず、苛立っているらしい。そこでスターとの面談とあいなるわけだ。

スターのオフィスにやってきたボックスリーは、いかにも鬱憤を溜めこんでいる様子で、「見えない連行者に両側から腕を摑まれて」いるみたいにいやいや腰を下ろす(31)。そして、シナリオ執筆が捗らないのは、二人の「雇われ作家(hack)」とチームを組まされているせいだと愚痴をこぼす(31)。"hack"とは金のためになんでも書く作家を見下して言う表現だが、この二人はおそらくスタジオ専属、もしくは出入りの作家であり、文才のほどはともかくシナリオ書きのプロである。ボックスリーのような外来の作家は、まずはそうした経験豊富な作家と組んで仕事をすることになる。ところがボックスリーはそれが気に入らない。「連中の語彙はせいぜい百語ってところだ」などと言う(31)。

ところでこのボックスリーなる作家の置かれた立場だが、英米の違いはあれ、フィッツジェラルド自身がハリウッドで置かれた立場とよく似ている。文学の世界で名を成した作家がハリウッドに招かれる。そういう作家だから、物書きとしては相当な自負があるのに、シナリオがうまく書けない。自分ではうまく書いているつもりかもしれないが、映画のシナリオとしては評価してもらえない。おまけに凡庸な「雇われ作家」が横からあれこれ口を出してくる。(7) それで苛立つ。余計に映画を見下したくなる。まさにフィッツジェラルドがハリウッドで経験した状況、ぶつかっていた問題である。

さて、そのボックスリーが目下書こうとしているのが決闘の場面で、最後には片方の男が井戸に落ちて、バケツで引っ張り上げられるという、そんなものらしい。西部劇の一場面のようだが、いかにも安っぽい。そこで話を聞いたスターが、そんな話を自分の小説に書くかと尋ねると、ボックスリーは小説と映画では基準が違うと突っぱねる。ところが、映画はよく観るのかと問われると、実はほとんど観たことがなく、「観る気になれないのは、映画では誰もが始終決闘したり、井戸に落っこちたりしているからでしょう?」とスターに矛盾を突かれることになる。それでもなお、映画なんて「わざとらしい表情」や「不自然な会話」ばかりだと、あくまでおのれの非を認めないボックスリーに対し、スターはちょっとしたパフォーマンスをしてみせる――という、この部分が、本稿でじっくり読んでみたい場面である。スターの台詞から始まるそのくだりを引用しよう。

「想像してください、あなたはご自分のオフィスにいるとします。一日中決闘だか執筆だかに励んでもうくたくた、これ以上決闘も執筆もできそうにない。それでただぼうっと座っている――麻痺したような、誰にでもたまにあるあの感じです。そこに、前にも見かけたことのある美人の速記秘書が入ってくる。あなたはその様子を見守る――なんの気なしにね。女にはあなたが見えていないらしい。すぐ近くにいるのに。女は手袋を外し、テーブルにハンドバッグの中身を空ける――」

そう言いながらスターは立ち上がり、デスクに鍵束をひょいと放り出した。

「中身は十セント玉《ダイム》二枚に、五セント玉《ニッケル》が一枚――それとマッチ箱が一つ。女は五セントをテーブルに残し、十セント二枚はハンドバッグに戻す。それから黒い手袋を持ってストーブのところに行き、蓋を開けて中に手袋を放りこむ。マッチ箱の中にはマッチが一本だけ、女はストーブのそばに膝をつき、マッチを擦りにかかる。窓には強風が吹きつけている――と、そのときオフィスの電話が鳴りだす。女は受話器を取る。もしもし――じっと耳を澄ます――それから受話器に向かって落ち着き払った声で言う、『黒い手袋なんて、生まれてこのかた一度も持ったことはないわ』。そして電話を切り、再度ストーブのわきに膝をつき、マッチを擦ったその瞬間、あなたはふと後ろを見やって愕然とする。オフィスの中にもう一人男がいる。男は女の一挙手一投足をじっと見守っている――」

スターはそこで言葉を切った。鍵束を拾ってポケットに戻す。

「それで？」ボックスリーが笑みを浮かべて尋ねた。「それからどうなる？」

「さあね」とスター。「ちょっと映画を作ってみただけです」

ボックスリーは焦った。このままだと非を認める羽目になりそうだ。

「ただのメロドラマじゃないか」と彼は言った。

「そうとはかぎりません」スターが言う。「なんにせよ、乱暴な行為もなければ安っぽい会話もなし、顔の表情だってまったくなかったでしょう。一つだけひどい台詞があったけど、そこはあなたのような作家ならわけなく直せる。でもとにかく、あなたは興味を持った」

「五セント玉《ニッケル》はなんのためだ？」ボックスリーははぐらかすように尋ねた。

「さあ」とスター。それから急に笑い出した。「ああ、そうそう——五セント玉《ニッケル》は映画代ですよ」

見えない連行者二人はようやくボックスリーを解放したようだった。作家はゆったりと椅子にもたれて笑った。

「まったく、なんのために私に給料を払ってるんだ？」と言う。「私には映画ってやつがちっともわからんよ」

「じきにわかります」スターはにやりとして答えた。「でなければ、五セント玉《ニッケル》のことを訊いたりはしなかったはずだ」(32-33)

さて、一読してなかなかいい場面だと思うのだが、どうだろうか。そのよさはどのあたりにあるのか。まずはごく当たり前のことから確認していこう（当たり前のことを当たり前に読み取るのも、「精読」には欠かせぬ手続きである）。

まず、ここで主人公のスターは即興で、ひとまず映画的と言えそうなスリリングな場面を作り出す。それもオフィスというその場を舞台にして、背景も何もないところから、人物造形なども関係なしに、もっぱらアクションだけで作り出す。女がバッグの中身を空けるところで、鍵束をデスクに落として効果音をつけたりもしている。十セント玉《ダイム》二枚はバッグに戻し、五セント玉《ニッケル》はテーブルに残すというところも、なぜだろうというちょっとした謎になる。この五セント玉《ニッケル》は最後に、いわばこの場面のオチとして使われていたが、しかしこの細部を持ち出した時点では、おそらくその場かぎりの効果が目的で、スターは何も考えていない。マッチが一本しかなく、外は風が強い、などというところも、単純ながら効果的な緊張感の高め方だ。一本しかないマッチを擦ろうというときに、窓が風でカタカタ鳴るとか、窓の向こうで木が強風にもんどりうっているカットがちらりと映るとか、いかにも映画にありそうである。そういうなんでもないようでいてツボを押さえたスターの即興に、ボックスリーはつい我にもなく引きこまれてしまう。一本取られてしまうわけだ。

ただ、単純にボックスリーをやりこめたいだけなら、スターはわざわざこんな話をする必要はなかったはずだ。この話をする前に、理屈ではすでにやりこめているのだから。映画なんてこんなものだろうと、低級な芸術を見下す感じでシナリオを書いていたボックスリーだが、その実、映画のことはろくに知らない、そういう矛盾をスターはそれ以前の会話で暴いている。ではなぜこんな話をしたのか。一つにはもちろん、模範を示すためだろう。映画とはこういうもの、シナリオはこうやって書くものだと。ただ、それと同じくらい大事なのは、空気ががらりと変わることだ。いまのくだりが始まる直前のボックスリーの発話には“stiffly”という形容が添えられており(32)、その身構えたような敵意や警戒心が強調されていたのだが、それがこの場面の終わりには、「ゆったりと椅子にもたれて笑った」とある。ボックスリーを笑わせるとどめの一撃は、「五セント玉《ニッケル》は映画代ですよ (the nickel was for the movies)」というスターの台詞だが、このオチが実に巧妙だ。かつて映画が五セントで観られた時代、いわゆる「ニッケルオデオン」の時代を喚起するスターのこのひと言は、安いから誰でも気軽に観られる映画の大衆性、それこそボックスリーのような文学者からすれば、芸術としての安っぽさということになるのかもしれないが、そういうところに触れているわけだ。安っぽいかもしれない、大衆芸術かもしれない、でも映画もなかなかおもしろいでしょう、と。だからこそ、ボックスリーはまんまとしてやられたにもかかわらず、さほど引け目を感じずに笑うことができる。そして、映画もおもしろそうじゃないかと、少しだけそんな気分になっているように思える。多くの作り手が関わる映画制作を統括するスターのような立場の人間には、みなのやる気を出させる、同じ方向を向かせるというのが何より大事な仕事だ。それをこうして軽妙にやってのけるスターの姿を、これまた軽妙に描き出すフィッツジェラルドの筆さばき、というのが、まずはこの場面のよさだと言えるだろう。

ただ、この場面をあらためてじっくり眺めてみると、何やらややこしいところもある。何かと言うと、虚構と現実の関係、その妙な混ざり具合、絡まり合い具合、そういう部分である。そのあたりを最初から丁寧に見てみよう。出だしでスターは「想像してください（Suppose）」と、ある状況を仮定する。「あなたはご自分のオフィスにいるとします」と。ボックスリーはいまスターのオフィスにいるわけだから、これは一種の虚構、フィクションだ。ただし、そのフィクションにはボックスリー自身も含まれている。ボックスリーも登場人物である物語が、スターによって語られていくわけだ。ボックスリーは、現実にはスターのオフィスにいながら、自分のオフィスにいると想像するよう促される。ボックスリーの意識の中で、スターのオフィスと自分のオフィスが二重写しになる、そんな感じだろうか。

そこに二文目でさらに軽いひねりが加わる。「一日中決闘だか執筆だかに励んで」というところ。おそらくスターの口調は冗談めかした感じなのだろうが、しかし決闘というのは、先ほど触れたように、ボックスリーがシナリオに書こうとしていた場面、つまり彼自身が書いていたフィクションである。そしてここでは、自分のオフィスに座っているボックスリーというのがそもそもフィクションであるわけだから、フィクション内フィクションとも言えそうだが、ただしこの「決闘」は「執筆」と並置されているので、それも必ずしも正確ではない。ここはあくまでスターが叩いた軽口だから、あまり大真面目に取り合うのもどうかとは思うが、ただ、ここでも一瞬、煙に巻くみたいに現実と虚構の境界がぼやかされている、曖昧にされている、ということは確認しておきたい。

さて、ボックスリーはスターの語る物語に、フィクションに、引きこまれていくわけだが、ここでおもしろいのが、オフィスに入ってきた「速記秘書」には、すぐ近くにいる彼の姿が見えていないとされている点だ。なぜ見えないのか。おかしくはないか。そもそも他人のオフィスに入ってくるというのに、中に人がいないか確認しないというのはおかしい。普通は確認する。ボックスリーに気づくはずだ。不自然である。この不自然さを説明する方法は、たぶん二つほど考えられる。一つはオフィスの中が暗いということ。実は、この場面のスターの話のどこにも部屋が暗いという直接的な描写はないのだが、先ほどの「一日中決闘だか執筆だかに励んで」云々というところから、一日ずっと働いて、いまは日も暮れて、という印象が生じるのか、なんとなく暗いオフィスを想像させられる。また、もう少し先の、話が佳境に入るところで、女がマッチを擦った瞬間にボックスリーがふと背後の男に気づく、というあたりも、闇にぱっと火が揺らめく様子を思わせるのかもしれない。なお、スターとボックスリーのこの面談は午前中のことだから、二人がいる現実のオフィスはおそらく明るいはずで、この暗さの印象はあくまでスターの話からそれとなく醸し出されるものである。

ただ、ボックスリー自身は「速記秘書」を視認できていること、「すぐ近くにいるのに」と近さがあえて強調されていること、そしてオフィスでの「速記秘書」の態度なども考え合わせると、部屋の暗さとは別の、もう一つの可能性を考えてみたくなる。それはつまり、ボックスリーは「速記秘書」がいる世界には属していないということだ。この「速記秘書」は、先ほどの「決闘」と似たような意味で、自分のオフィスにいる、スターが語る物語に取りこまれたボックスリーにとって、さらに別次元のフィクションなのではないか。言ってみれば、自分のオフィスに座っていると想像していたボックスリーが、気づけばその虚構内の現実ではなく映画を観ていた、というような――そう思うと、先ほどの暗さの印象もまた別の意味合いを帯びてくる。この暗さはもしや映画館の暗さ、仕事に疲れた男を別世界へ誘うやさしい闇として演出されたものではないか。

むろんこうしたことは、パフォーマンスを終えたスターが口にする、「ちょっと映画を作ってみただけです」という言葉から逆算すれば、わりに簡単に見当がつくのかもしれない。ただ、いちおう丁寧に考えてみることで、そこに至るまでにスターが（あるいはフィッツジェラルドが）打っていた布石が見えてくる。一見シンプルなこの場面に、意外と入り組んだ虚実の層が織りなされていることがわかってくる。現実のボックスリーがいて、登場人物としてのボックスリーがいて、観客としてのボックスリーがいる。スターのオフィスにボックスリーのオフィスが重なり、そこにさらに映画館的な空間が重なる。一、二、三と並べたが、あとのほうの二つについては、別個に存在するというよりはむしろ、どちらかよくわからない、もしくは混ざり合っている、と言うべきかもしれない。登場人物なのか、観客なのか。オフィスにいるのか、映画を観ているのか。電話がかかってくるところを見てみよう。電話が鳴ると、女は迷わず受話器をとる。自分の電話みたいに。しかも電話は女にかかってきたものらしい。ではやはりボックスリーは、その女がいる世界の外から、映画を観ているのか。ところが女のとる電話は「オフィスの電話」、原文では“your telephone”と、ボックスリーの電話であることが強調されている。どうなっているのだろうか。妙な話、ボックスリーが映画の中に迷いこんだというか、オフィスにいたボックスリーが突然映画に襲われたというか、そんな感じがある。

そして、この現実と虚構の境界をめぐる、というか虚構と虚構の境界をめぐる曖昧さは、話の最後の「オフィスの中にもう一人男がいる」というところで絶妙に重層的な効果をあげることになる。このもう一人の男だが、ひとまずは、スターが描き出す映画的場面の登場人物のように思える。この次元では、男は「速記秘書」に脅威をもたらすかもしれない存在、たとえば女の秘密を握ったかもしれない、ドラマに新しい展開を生むかもしれない、そういう存在として場面にサスペンスを与える。ボックスリーは、そしておそらくは読者も、このくだりに差し掛かってどきりとする。ただ、一人の女の怪しい挙動を、部屋の中から二人の男が密かに見守っているという状況は、さすがに不自然すぎるような気もする。となるとやはり、ボックスリー自身は映画の只中に放りこまれた観客として、挙動不審な女の様子を物陰から窺う男、という映画を見ているのか。

そうかもしれないが、さらに別の可能性を考えてみたくなる。つまり、このもう一人の男、「女の一挙手一投足をじっと見守っている」この男も、ボックスリーと同じく映画の観客なのではないか。

映画館で映画を観るときというのは、自分一人ではない。まわりに他の客がいる。まわりに人がいるのにスクリーンにのめりこむ。そうして映画の世界にのめりこみ、ふと我に返った瞬間に、まわりに人がいることに気づいて恥ずかしさを覚える、そういう経験は誰にでもあるだろう。ここでスターが演出して見せたのは、何かそういう経験でもあるように思える。スターがここで、「もう一人男がいる」というところで話をやめるのは、ひとまずは一種のじらしと言えるだろう。案の定、ボックスリーは「それからどうなる？」と訊いてくるわけだ。しかしスターはその質問には答えない。代わりに、ただの映画ですよと言う。「もう一人男がいる」ことに気づく瞬間は、映画の幻想から醒めるときでもある。

そしてもちろん、このもう一人の男、物陰から女の挙動を一方的に覗き見ている男は、それとまさに同じことをしていたボックスリーの似姿でもある。映画というメディアの窃視性を体現した、観客のプロトタイプと言ってもいいかもしれない。ボックスリーが突如背後にいる男の視線に気づくとき、彼は映画の内と外をまたぎながら、「速記秘書」の立場でその視線の脅威を感じると同時に、それが自分の視線でもあることを思い知らされる。スターはボックスリーを登場人物とも観客ともつかぬ立場に置くことで、映画というもののメカニズムを垣間見せるのだ。

そしてこのパフォーマンスに最後の仕上げを施すのが五セント玉《ニッケル》、映画代である。要するに、ここでスターが描いて見せたのは、たんに引きこまれるようなストーリー、こういうストーリーを書け、ということだけではない。シナリオ作家であれプロデューサーであれ、映画を作る人々がいて、その映画に出演する女優がいて、それを上映する映画館があって、そこに集まってくる観客がいて、彼らが払う映画代があって——と、そういう映画をめぐる人々の営み全体が、いわば映画のコミュニティが、そこには含まれていると言えるのではないか。

もっとも、この五セント玉《ニッケル》は映画代というひと言についていては、それがボックスリーの問いを受けて初めて口にされるという点にも注意すべきかもしれない。先ほども触れたように、スターが話の中で五セント玉《ニッケル》を持ち出したのは、おそらくその場かぎりの効果を狙ってのことだ。ボックスリーにその点を突かれたスターの、「さあ……ああ、そうそう（I don't know . . . . Oh Yes）」という一瞬の間《ま》を演技だと、あえてとぼけてみせたのだと考えるのは、少々無理があるように思える。そしてこのことはとりもなおさず、映画人スターの物語作者としての限界を示唆していると言えるかもしれない。そこを言い逃れめいた口調とはいえ、目ざとく突いてくるのが小説家ボックスリーであるという事実には、映画界に辛酸をなめさせられた小説家フィッツジェラルドの密かなコメントを読み取りたくなる。

その一方で、スターが作ってみせた物語にボックスリーが関わることで、口を挟むことで、その物語がしかるべきところに収まる、ということの展開は、それ自体、ボックスリーを苛立たせていた共同執筆という枷が、実は力にもなりうるという事実を証しているようにも思える。実際、二人のこのやりとりの直後、「見えない連行者二人はようやくボックスリーを解放」する。この「見えない連行者二人」が、ボックスリーを悩ませていたシナリオの共作者、「雇われ作家」二人の影を帯びているとすれば、ここでボックスリーは共同執筆の圧迫からひとまず心理的に解放されたとも読める。そして一方のスターも、まさにこの五セント玉《ニッケル》をめぐるやりとりを根拠に、ボックスリーにもじきに映画のことがわかるはずだと請け合うわけだから、この偶発的な、ささやかな「共作」もまた、映画のコミュニティというこの場面の勘所を巧みに補強する細部と言っていいだろう。

映画のコミュニティ——あるいは“communal”な芸術としての映画。フィッツジェラルドのエッセイにあったこの形容詞を、本稿ではひとまず「共同作業的」と訳しておいたが、そこには作るのも共同なら観るのも共同という映画のあり方、さらには、五セント玉《ニッケル》は映画代というこの場面のオチに集約されていた映画の大衆性というニュアンスも読み取っていいだろう。映画のこの“communal”な性質——それは書くのも一人、読むのも一人という小説、文学の孤独な営みとはずいぶんと違った芸術のあり方である——に対する内心の反発は、シナリオ作家としての成功を目指したフィッツジェラルドが、最後までハリウッドに、映画界に、居場所を見出せなかった理由の一つだったように思える。しかも晩年のフィッツジェラルドは読まれなくなった小説家だったわけで、文学の世界にももはや自分の居場所はないかもしれない、この『ラスト・タイクーン』を書いても読んでもらえないかもしれない、そんな不安もあったはずだ。そういう孤独の中でフィッツジェラルドが、“communal”な芸術としての映画を祝福するかのようなこの場面を書いたというのは、やはり驚くべき小説家の底力と言いたくならないだろうか。

「精読」は終わらない

と、この短い場面のすばらしさについて筆者なりに説明を試みてきたが、しかし本稿が「精読」を謳っている以上、ここで気持ちよく終わるわけにはいかないだろう。もとより「精読」というのは一つのすっきりとした理解に行き着くための営みではないし、「精読」にさらされたテクストが快適な解釈に収まりきることはまずないからだ。そこには往々にして、何かしらそこからはみだす部分、違和感のようなものがあり、それがまたテクストの複雑な豊かさを生んでゆく。この場面に即して言えば、ここまで見てきたのはもっぱら主人公の映画人スターの、そして映画をめぐる営みの光の面なのであって、たとえこの場面の主眼がそうした面の描出にあるにせよ、そこに収まりきらない部分、さらなる解釈を呼びこむ契機も、やはり書きこまれているはずなのだ。そして言うまでもなく、『ラスト・タイクーン』は、映画を、ハリウッドを美化する（だけの）小説ではない。そこで最後に、この一見軽妙洒脱な映画礼賛に思える場面に潜む不協和についても軽く触れておきたい。

具体的に注目したいのは、再び五セント玉《ニッケル》のオチの部分である。先ほど確認したように、テーブルに残されたあの硬貨は、スターとボックスリーのささやかな共同作業のきっかけになる一方で、物語作者、芸術家としてのスターの限界を匂わせてもいた。聞き手／観客の興味を惹くことには余念がないが、細部の扱いは杜撰という、そんな印象だろうか。おのれの創作物に対する無責任、無関心と言ってもいいかもしれない。むろんこの場面のスターは即興で話をしているだけなので、これを根拠に芸術家としての資質を云々するのはナンセンスだとも言える。とはいえ、映画人と小説家の対峙という、作者フィッツジェラルドにとって切実な問題をはらんでいたはずの場面だけに、そしてスターが映画を一身に体現する人物として描かれているだけに、やはりスターの創作者としてのモラルという点は少し追及してみたくなる。そんな見地でこの場面を眺め直してみるとき、気になってくるのは第三の——文字通り影の——登場人物、速記秘書のことだ。

あの五セント玉《ニッケル》のオチについて、あらためてこう問い直してみよう。ボックスリーの問いに対するスターの答えは、本当に答えになっているのか。五セント玉《ニッケル》は映画のため、というひと言は、スターが見せたパフォーマンス全体に対する、いわばメタレベルでのコメントとしては、なるほど気の利いたものではあるが、しかしスターが作った速記秘書の物語にそれを当てはめることはできるのか。何やらのっぴきならない羽目に陥っているらしい女性が、オフィスのテーブルの上に残した小銭が映画代だと言うのは、物語としてはいくらなんでも不自然に思える。その意味では、スターの答え方はうまいけれどもずるくもある、と言えるかもしれない。このくだりで「はぐらかすように（evasively）」という副詞をあてがわれているのはボックスリーだが、実際のところ、スターの返答こそはぐらかしだと言えなくもない。物語作者としての自分の落ち度をうまくごまかしているわけだ。

さらに言えば、そうして速記秘書が残した五セント玉《ニッケル》をメタレベルのオチへと回収することで、そしてその気の利いたオチを男二人で笑い合うことで、当の速記秘書の女性は再び顧みられることなく、男（たち）に何やら秘密を握られるという苦境に、きわめて映画的な、一方的にエロティックな男たちの視線のもとに宙吊りにされることになる。むろんスターの目論見がボックスリーに映画のからくりを教えることにあったとすれば、スターが速記秘書の話をやめるタイミングはほぼ完璧とも言えるのだろうし、もとよりこの速記秘書は、スターが端からそうした目的のために生み出してみせた虚構のかけらにすぎないわけだから、彼女の行く末に気をもんでも仕方がないのかもしれない。しかし『ラスト・タイクーン』という小説が、物語芸術としての、そしてまた産業としての映画を描こうとした小説である以上、映画界のエリートであり、映画の作り手であるプロデューサーと有名作家が、一件落着といった感じで笑い合う一方で、かりそめにも映画的な世界に生み出された速記秘書が、テーブルに残した五セント玉《ニッケル》という、彼女自身の物語に新たな展開をもたらすかもしれない小道具を取り上げられ、満足な物語を与えられずに虚構の中に取り残されるというこのエピソードの結末には、やはり何か引っかかるものがある。

いやそれとも、このスターの物語の中の速記秘書は、テーブルに残した五セントを使って本当に映画を観るのだろうか。むろんこの時代にはもう五セントで映画は観られなかったはずだから、現実には無理のある仮定だが、しかし五セント玉《ニッケル》は映画代だというスターの言葉を文字通り速記秘書のドラマにあてはめて、そのように考えてみると、このひと言に秘められた別の含みがあらわになるような気がする。苦境にあるらしいこの速記秘書、しかも所持金が二五セントしかないらしい女性が、そのうちの五セントを映画に使うということ。そこに見え隠れするのは、いささか大袈裟な言い方をすれば、映画はみんなのもの、という理想的でデモクラティックな看板の裏にある、大衆搾取の実態ではないかと思えてくる。そもそも、「五セント玉《ニッケル》は映画代」というスターの言葉は、古きよき時代への郷愁を漂わせることによって、またスターの機知を際立たせる話の展開によって無害なカムフラージュがなされているものの、見ようによっては、庶民の小銭を掻き集めることで富に潤う映画産業のスローガンとも言えそうな言葉である。そんな言葉を、映画業界の大物であるスターが臆面もなく口にするというのは、考えてみれば何やらえげつない話ではないか。

少々深読みがすぎると思われるかもしれないが、実はこうして速記秘書の立場に注目してみることで、スターの独り舞台とも見えるこの場面に潜んでいた不穏な影として浮かび上がってくる階級と性の力学は、『ラスト・タイクーン』の根幹に触れるものでもある。この未完の小説が最終的にどういう形になりえたかは憶測するしかないものの、そのプロットの二本の柱が、労使闘争の激化するスタジオの舵取りをめぐるスターの苦闘と、映画の世界とは無縁であるがゆえに彼を惹きつけるヒロインとの階級をまたぐロマンスの行方であったことはまず間違いない。(8) そのいずれの局面においても、ここで映画人スターがその才気と魅力の陰にちらりと覗かせる醜い顔——ブルジョワ男性的な鈍感さないし冷淡さ、と言えるだろうか——は、それを彼が乗り越えるにせよ、乗り越え損ねるにせよ、物語の行方を左右したはずである。だとすれば、束の間の（虚構内）虚構にすぎない速記秘書の視点に立ってみるという、この深読みめいた試みも、あながち的外れとは言えないかもしれない。

そう考えてみたとき、件の五セント玉《ニッケル》はまた違った相貌を帯びてくる。速記秘書がテーブルに残す五セントが、スターが言うように映画代であるとしたら、その硬貨は彼女が登場人物から観客へ、一方的に見られる側から見る側へと立場を逆転させる契機を秘めてもいるだろう。つまり、「五セント玉《ニッケル》は映画代ですよ」というスターの即妙の決め台詞は、皮肉にも、映画的視線のからくりを講じていた彼自身に跳ね返ってくる批判的視線をこの場面に埋めこんでもいるのだ。小説家ボックスリーはスターのパフォーマンスにまんまと乗せられるわけだが、小説家フィッツジェラルドは、スターという男の有能さを軽やかに描き出してみせるこの場面においても、スターを、そして映画というものを、冷徹な目で眺めていたような気がする。

以上の話が「精読」について何を語りえたかは定かではないが、本稿で取り上げたこの場面に即して言えば、まずはボックスリーと同じく、物語の魅惑にどっぷりつかりながらも、薄暗いテーブルに残された硬貨の鈍い輝きを見逃さないこと、さらには、これはボックスリーを反面教師として、仮にその硬貨を華やかに輝かせる解釈の光が当たったとしても、それに目を眩まされることなく、矯めつ眇めつその輝きを見つめ続け、テクストの重層的な意味を掘り起こすこと、これをもってひとまず「精読」と呼んでおきたい。要するに、「精読」は終わらない——これはもちろん、うねうねと徒らに長い原稿を書いてしまったことへの言い訳でもあるが。

注

（1）以下、伝記情報については、主に Bruccoli に依拠している。

（2）*F. Scott Fitzgerald's Screenplay for "Three Comrades"* の巻末に補遺として添えられたリストを参照。

（3）*The Letters of F. Scott Fitzgerald*, 563-64. なお、ブルッコリによれば、この手紙が実際に送られたかどうかは定かでなく、マンキーウィッツ本人は受け取っていないと述べたという（Bruccoli 512, 703）。この一件についてはマンキーウィッツも後年、フィッツジェラルドの書いた台詞が実際ひどすぎたのだと反論しているが、どちらの言い分も極端すぎるというアラン・マーゴリーズの評価が妥当に思われる。Margolies 196-99 を参照。

（4）晩年のフィッツジェラルドのもとで秘書を務めたフランシス・クロールが、作家本人に聞かされた話として報告している（Ring 66）。

（5）一例を挙げると、『夜はやさし』執筆中にエージェントに宛てた手紙の中では、小説家としての野心を捨てることの謂いとして「ハリウッド行きのチケットを買う」云々と口にしている（*Letters* 394-95）。また、『グレート・ギャツビー』出版時には、本の購買層を話題にする中で「いまや教養のない《ロウブラウ》人々は映画のお得意様だ」とも述べている（168）。

（6）*The Last Tycoon* x. 以下、『ラスト・タイクーン』からの引用はウィルソン編の初版（一九四一）により、引用ページ数を本文中に括弧に入れて記す。なお、この小説のテクストには、ブルッコリがのちに再編集したいわゆるケンブリッジ版、*The Love of the Last Tycoon: A Western* (Cambridge UP, 1993) もあるが、そのタイトルの変更を含め、これを（有用な版ではあるにせよ）唯一無二の「決定版」と見なすべきかどうかには疑問の余地があるように思われる。ケンブリッジ版をめぐる疑問については、Stern 331-32を参照。なお、本稿の扱う範囲では、ウィルソン版とケンブリッジ版のあいだに実質的な異同はない。

（7）ブルッコリの伝記にもあるように、フィッツジェラルドが『三人の戦友』の共同執筆者E・E・パラモアを“hack”と見なしていたのは間違いない（Bruccoli 511）。

（8）編者ウィルソンがまとめた小説後半部（書かれなかった部分）の梗概（129-33）、およびフィッツジェラルド自身が雑誌編集者に連載を持ちかける手紙に記した梗概（138-41）を参照。作者が書き残したテクスト自体も、スターがヒロインのキャスリーンに逃げられ、共産主義者のブリマーに打ちのめされるところで終わっている。ウィルソンによる梗概は、作者が残した覚書ならびに作者周辺の人々への聞き取り調査をもとに作成されたもので、言うまでもなく小説がそのとおりに進んでいた保証はまったくないが、その中で「低賃金の被雇用者」を代表する「速記秘書」の待遇が、スタジオの労使問題をめぐるプロットのポイントの一つとして言及されているのは興味深い（129）。なんにせよここに、「速記秘書」がスタジオのヒエラルキーの最下層に位置することは確認できるだろう。

引用文献／参考文献

Bruccoli, Matthew J. *Some Sort of Epic Grandeur: The Life of F. Scott Fitzgerald*. Rev. ed. Carroll & Graf, 1993.

Fine, Richard. “The Writer in Hollywood.” *F. Scott Fitzgerald in Context*. Edited by Bryant Mangum, Cambridge UP, 2013, pp. 388-97.

Fitzgerald, *The Crack-Up*. Edited by Edmund Wilson, New Directions, 1945.

——. *F. Scott Fitzgerald's Screenplay for "Three Comrades" by Erich Maria Remarque*. Edited by Matthew J. Bruccoli, Southern Illinois UP, 1978.

——. *The Last Tycoon: An Unfinished Novel*. Edited by Edmund Wilson, Scribner's, 1941.

——. *The Letters of F. Scott Fitzgerald*. Edited by Andrew Turnbull, Scribner's, 1963.

Graham, Sheilah, and Gerold Frank. *Beloved Infidel*. Bantam Books, 1959.

Hamilton, Ian. *Writers in Hollywood: 1915-1951*. Harper & Row, 1990.

Margolies, Alan. "Fitzgerald and Hollywood." *The Cambridge Companion to F. Scott Fitzgerald*, Edited by Ruth Prigozy, Cambridge UP, 2002, pp. 189-208.

Ring, Francis Kroll. *Against the Current: As I Remember F. Scott Fitzgerald*. Figueroa Press, 2005.

Stern, Milton R. "*The Last Tycoon* and Fitzgerald's Last Style." *F. Scott Fitzgerald in the Twenty-first Century*, Edited by Jackson R. Bryer, Ruth Prigozy and Milton R. Stern, The U of Alabama P, 2003, pp. 317-32.

Zolotow, Maurice. *Billy Wilder in Hollywood*. Limelight Editions, 1996.

第三部　精読と文学教育

英語文学専攻と精読指導
――アメリカの高等教育

杉森　雅美

「テクスト外に注意を払う前あるいはその際に、学生たちはテクスト内の言葉それ自体の言語的・形式的・構造的な要素について理解する必要がある」(Showalter 56) と説くエレイン・ショーウォーターの二〇〇二年の著作『文学を教える』を例に挙げるまでもなく、精読 (close reading) の重要性はアメリカの大学において久しく認められており、現在も変わることはない。しかし近年の高等教育における目まぐるしい変化の中で、精読の重要性・技術・応用法をいかに効果的に学生たちに伝えるか、苦慮している教員も多い。もちろんアメリカの大学は公立・私立、四年制・二年制、総合大学・職業大学・リベラルアーツカレッジ・コミュニティカレッジといった違いや博士課程・修士課程の有無、さらにはいわゆる「ランク」の違いに加え、人種・民族・社会階級・宗教・地域などに由来する学生人口の構成も多様であるため、精読教育一般について論じることには危険が伴う。しかしながら、議論の対象を英語文学専攻の学部生に限定したうえで、近年のアメリカ高等教育全般を取り巻く諸条件[1]を考察することによって、過度な一般化や単純化を避けつつ現状を分析し、それに即した対策を提案することは可能だと思われる。本章ではアメリカの大学についての著作・資料・統計に加え、地域・規模・学生人口構成の異なる四つの大学（ヴァージニア大学、カンザス大学、南アラバマ大学、フロリダ・ガルフコースト大学）における筆者自身の授業体験を分析することで、精読教育を取り巻く多様かつ複雑な状況をできる限り反映するよう試みた。

「狭義の精読」と「広義の精読」

米国現代語学文学協会傘下の英語文学部協会が設置した英語文学専攻特別委員会は、二〇一八年に『変わりゆく専攻：二〇一六–一七年報告書』を取りまとめた。そこでは精読についていくつかの言及がなされているが、特に目を引く点が二つある。一つめはアメリカの大学の英語文学部ウェブサイトが読む行為に触れる際、最も頻繁に用いられる形容詞は「精密な」（close）や「批判的な」（critical）なのだが、サイト内に「それらの読書行為については全く説明がない」（*A Changing Major* 4）こと、そして二つめは「読む行為そのものが複雑化している中で、異論の余地はあるものの学生たちの精読技術は衰退してきている。英語文学専攻が生き残れるかどうかは読む習慣や技術にかかっているので、それらを理解し促進することが最重要課題である」(14-15) ことである。これらの点は報告書内で直接結び付けられてはいないが、そこからは英語文学専攻を取り巻く複雑な状況に精読教育を上手く対応させるのに苦労する現場の姿が見て取れる。そして以下に議論するように、多くの学部が精読という重要用語を明確な定義を示さないまま使用しているという事実は、精読教育が直面する困難と密接に関わっているように思われる。

もっともそれは、精読の名のもとに各々全く異なる読書法が指導・実践されているという訳ではない。むしろ報告書の指摘は、精読について一定の合意が暗黙のうちになされていることの裏返しとも言える。(実際「精読技術」の衰退を指摘するこの報告書自体にも、具体的に何をもって精読とするのかの説明はない。)そしてその暗黙の合意内容は、先述の著作内でショーウォーターが示す定義――「遅読、つまり語りの持つ神秘的な力から距離を置き、言語・形象・間接的言及・間テクスト性・統語構造・表現形式に注目するという意識的な試み」(Showalter 98)――に大方対応しているように思われる。これは一見すると二〇世紀半ばに猛威を振るった新批評 (New Criticism) における精読のようだが、ショーウォーター本人も言うように両者は大きく異なる (55-56)。なぜなら新批評において精読は、一見矛盾や多義性に満ちた文学テクストに実は内在する究極的な意味――実はそれは新批評の担い手たち自身の価値基準や政治的意図に因っているのだが――を見出すための手法であり、そのような意味を想定すること自体が「語りの持つ神秘的な力」への信仰に基づくからである。[2] また精読を「テクスト外に注意を払う前あるいはその際に」(56) 行うべきものとするショーウォーターの見解は、「意図の誤謬」や「感情の誤謬」を咎める新批評とは異なり、作家の意図や読者への感情的効果、さらには歴史・文化・

社会・政治的背景を、文学テクスト解析の対象から排除しない。それどころかむしろ、作者がなぜこれこれの仕方でこれこれの文を書いたのかを推論したり、読者の感想を客観的に説明したりするための議論を積極的に試みる（98-99）。

一方でこのような精読は、テクスト外の要素の理解を試みる際も、あくまで文学テクストの詳細な分析を起点とする。そのため例えば新歴史主義におけるような、文学も歴史・文化・社会・政治と同様に振舞うテクストでありコンテクストだという観点に基づく、文学テクストの特殊性を想定しない広範的な分析手法とも一線を画す。テクスト・コンテクスト・作者・読者の間の相互作用を意識しながらも、あくまでテクストの詳細分析からそれを読み解くというやり方は、学生たちが安易な思考パターンに陥らないようあらかじめ対処した実際的な取り組みでもある。本来は高度に綿密で広く深い洞察を可能にする新歴史主義的手法だが、時に曲解や単純化をされ、「小説『グレート・ギャツビー』はF・スコット・フィッツジェラルド本人の『狂騒の二〇年代』を生きた経験や、ジネヴラ・キングとの恋愛経験の産物である」といった安易な理由付けや一般化に使われてしまうことがある。あくまでテクストの詳しい考察を第一条件とするやり方は、このような落とし穴を未然に避け、より丁寧で深い洞察に学生たちを導くことを試みる。

今日の英語文学専攻科目、特に学部生用のそれにおいては、このような精読観に基づき文学テクストに重点を置いた折衷型の手法が広く採用されているように思われる。つまり基本的に文学テクストを重視しつつ（例えば学生への宿題は、専ら一次資料すなわち文学作品の読みとする）、クラス討論では必要に応じて社会背景などテクスト外の要素を考察する方向に導いたり、論文課題ではそのような要素について文学作品の分析を通して実証させたりすることで、コンテクストにも対象を広げるといったやり方である。作品を包括的に理解するためにはテクスト・コンテクストともに精査すべきで、それゆえ教員自身は両方に重点を置いて授業準備をする。その一方で授業や課題を通した学生とのやり取りでは、効果的にコンテクストに当たるには文学テクストそのものの深い理解——とそれを得るための分析技術——が必要という認識、[3] さらには学生たちがその必要性を軽視しがちであるという認識に基づいて、文学テクストの細部に至る丁寧な解析を推奨するのだ。『変わりゆく専攻』によると多くの大学が、英語文学専攻の学生が最初に履修する必修入門科目を一コースないし二コース提供しているのだが、しばしばその主要構成要素として設定される「精読」が、一コースの場合は「形式とジャンル、解釈行為、批判的論文作成」と、二コースの場合は「ジャンル」や「コンテクスト」と、抱き合わされることが多い(*A Changing Major* 8)。この事実からも、精読が文学テクストの詳細分析に重点を置いたうえでの包括型アプローチとして捉えられていることが垣間見える。

さて英語文学部ウェブサイトや『変わりゆく専攻』報告書が精読の定義を明らかにしないことについてはこのように説明がつくとしても、「学生たちの精読技術は衰退してきている」という見解についてはどうだろうか。ここで言う「精読」も、先に論じたテクスト分析戦略を念頭に置いているのだろうか。

大学生の英文読解能力を測る全国共通試験はほとんどなく、例えば大学院入試に使われるGREの個別科目「英語文学」テスト内の「文学分析」部門がそれに最も近いと考えられるが、平均点やその推移は公表されていない。GREの一般科目テストについてはより多くのデータが公表されているが、英語能力に関する「言語的論理思考」部門は学生の語彙力や文章読解力を問うものである。そのため内容把握を目的とした読みでは見逃されるような新しい意味の発見といった、より深い洞察を目指した文学的精読の技術を測るものではない。

ではこの報告書は、何をもって「精読技術」が「衰退してきている」とするのだろうか。

個々の授業は、学生たちの読む行為を事実上最も間近で観察できる機会だが、それを経験則以外の基準でもって評価することは難しい。そのため部分的であれそれなりの客観性でもって「衰退」が語られる場合、それは学部や学位プログラムが内部評価をする際の論文サンプル、つまり学生たちがプログラム内の英語文学専攻科目で提出した学期末論文で確認されたものではないかと考えられる。基本的に各大学の英語文学部における論文評価の基準、ましてやその結果は公表されない。しかしながらいくつかの大学は評価基準表をインターネット上で公開していて、そのほとんどが精読を独立した項目としてではなく、それを含む思考過程全体や論文作成との関係性などにも配慮した、より包括的な枠組みのもとで捉えている[4]。

筆者の所属するフロリダ・ガルフコースト大学英語文学プログラムの例を用いて説明しよう（図1参照、なお本段落で言及する項目には下線を施した）。二〇一八年九月に改訂されたこの評価基準表で、精読は「内容・分野の知識と技術」（content/discipline knowledge & skills）部門内の「文学・文化テクストを、適切なコンテクストに鑑みて評価そして分析する」という項目、そして「批判的思考技術」（critical thinking skills）部門内の「テクストの適切な詳細部分を分析し、思考の発展を裏付ける」という項目に直接的に表れているほか、「批判的思考技術」内の別の項目「適切な広がりと深みのある論を考案し、

図 1　English B.A. and M.A. SLO Rubric (revised September 2018)

SLO (Measure)	5	4	3	2	1
Content/Discipline Knowledge & Skills					
Evaluate and analyze literary and cultural texts in their appropriate contexts (Knowledge of Contexts)	Uses meaningful and complex contexts to analyze a text	Provides thorough analysis of a text within relevant and important contexts	Provides sufficient analysis of a text with accurate reference to relevant contexts	Attempts to analyze a text with reference to contexts	Does not attempt to analyze a text and/or to acknowledge contexts
Conduct scholarly research on topics in literary and cultural studies (Sources)	Locates, synthesizes, and integrates a plethora of credible and relevant scholarly sources	Locates, synthesizes, and integrates many credible and relevant scholarly sources	Locates and integrates an adequate number of credible and relevant scholarly sources	Attempts to reference appropriate scholarly sources in relation to the text	Does not include scholarly sources; includes unreliable or irrelevant sources
Use accepted and appropriate formatting (Format & Citations)	Meticulously follows MLA or another accepted format for layout, citations, and the works cited page with no errors	Accurately follows MLA or another accepted format with very few minor errors	Follows MLA or another accepted format, but contains several errors	Attempts to use an accepted format, but contains multiple errors or inconsistencies	Fails to use an appropriate format, or contains major inaccuracies and errors obscuring source provenance
Communication Skills					
Organize ideas and information logically (Organization & Coherence)	Employs meticulous organization, sophisticated transitions, and eloquent diction and syntax	Employs logical and uniform organization, clear transitions, and effective diction and syntax	Employs logical organization, sufficient transitions, and coherent diction and syntax	Employs inconsistent organization, weak transitions, and some imprecise diction or syntax	Lacks organization and transitions; employs vague diction, and/or incoherent syntax
Articulate ideas and information using standard English grammar (Grammar & Mechanics)	Contains no errors in grammar & mechanics	Contains very few minor errors in grammar & mechanics	Contains some errors in grammar & mechanics, but errors do not impede reading	Contains multiple errors in grammar & mechanics, and some errors impede reading	Contains substantial errors in grammar & mechanics; errors severely impede reading
Critical Thinking Skills					
Formulate an argument of appropriate scope and depth and articulate it clearly (Thesis Statement)	Proposes a significant, original, and complex argument of appropriate scope	Proposes a specific and complex argument of appropriate scope	Proposes a clear and relevant argument of appropriate scope	Proposes a vague or unsound argument that may lack appropriate scope	Proposes no argument, or proposes an irrelevant and inappropriate argument
Participate in a relevant scholarly conversation (Scholarly framing of Argument)	Meaningfully and scrupulously situates the argument in relation to pertinent scholarship	Carefully and accurately situates the argument in relation to pertinent scholarship	Adequately situates the argument in relation to previous scholarship	Attempts to situate the argument in relation to previous scholarship	Does not attempt to situate the argument in relation to previous scholarship
Support the development of ideas through analysis of relevant textual details (Analysis & Development)	Thoroughly develops complex, significant, and original ideas through analysis of abundant relevant and engaging textual details	Fully develops significant ideas through analysis of many relevant textual details	Adequately develops ideas through analysis of a sufficient number of relevant textual details	Attempts to develop ideas using relevant textual details	Fails to develop ideas with relevant details; or, references only irrelevant, repetitious, or trivial textual details

明確に提示する」にも「深み」を生み出すための必要条件として垣間見える。つまり読むという作業のみならず、対象テクストの「適切な詳細部分」を見つけ出す作業、そしてそれらの作業を「論」、「思考の発展」、「提示」、「コンテクスト」考察といった論文の別の諸相に、的確に対応させながら遂行する能力が求められるのだ。さらに精読が、「発展」させるべき「思考」を得るための重要過程として定義されていることを考えると、「伝達技術」(communication skills) 部門内の「思考と情報を論理的に構成する」という項目も、精読結果の応用技術を指し示していると言え、これらすべてを考慮に入れると、この評価基準で問われる精読はますます複雑で多岐にわたるものになる。

もし「学生たちの精読技術は衰退してきている」という評が、読む行為そのものについての狭義の精読のみならず、分析対象となる引用や具体的着眼点を状況に応じて選択する能力や、分析結果を適切に言語化しそれを繋げて論として構築する能力といった、読む行為を取り巻く諸相を含むよう広義に捉えられた精読についてのものなのだとしたら、定義の混同によって問題の所在が不明確になる恐れがある。一例として、学生たちは精読が不得意だという認識のもとで精読集中レッスンを組み立て、その成功例から教育戦略を導き出す試みがしばしばなされるが、その学生たちが実は狭義の精読技術はあるものの広義の精読技術に欠ける場合、彼らが元々出来ることが授業で課され、習得する必要のある技術には触れられないということになる。その結果、例えばケイト・ショパンの中編小説『目覚め』(一八九九)からの引用を詳しく分析したり新しい解釈を提示したりはするものの、性役割に対する作者の批判といった既に明白な主題の存在を証明するのみで、そこに練り込まれた修辞戦略などの深層問題には踏み込まないといったような、狭義の精読はなされているが論としての深さや独創性に欠ける論文が多く生産されることになる。

ここでショーウォーターが現代小説クラスで課した、ある小説のある段落を精読し、それを一ページの小論文で表すというレッスンに注目したい。彼女のティーチング・アシスタントの言葉を借りれば、一人の学生が「音節・単語・句・節を『微細管理』する」ことに懸念を示したものの、大多数は「精読の持つ可能性に喜び、きっかけを与えるまでもなく活発で一貫した有意義な議論が、精読活動の効果や意義について沸き起こる」(Showalter 99) という成功を収めた。この報告からは、ひとたび課題が示されれば、一つの段落に注目し詳しく分析してその内容や重要性を自発的に討論する準備の出来た、つまり狭義の精読を実践できる学生たちの姿が浮かび上がる。一方でショーウォーターは、「小説は非常に長いテクストなので、本全体を精読するのではない」とし、この精読レッスンの達成目標として「ある特定の重要な文あるいは語句に着目」し、それらを「まとめて、ある解釈を得たり、洞察の内容を実証したりする」ことを挙げる。つまり目指すところは広義の精読技術の向上なのだが、そこで必要となってくる「重要な文あるいは語句」の判定や精読結果の効果的な統合といった要素は、「精読の仕方を学ぶために、段落を一つ選びそれを文ごとに読んでみなさい」(98) という題目には反映されていない。

誤解のないように付け加えると、広義の精読の構成要素が、ショーウォーターの『文学を教える』から抜け落ちている訳ではない。実際に彼女は、対象の文学ジャンルごとに練られた様々な課題を通して、学生たちが幅広い分析技術を身に着けることを促す。しかしながら次節で論じるように、精読は通常の読書行為の単なる強化版でありやろうと思えばいつでもできるという感覚が、学生たちが精読を軽視する傾向——そして狭義の精読行為から、より包括的で難易度の高い知的活動へと発展させる意識・

技術の低さ――の原因としてあるのならば、精読を謳った授業レッスンでは尚のこと読書行為そのものに留まらない広範囲のトレーニングを導入する必要があると思われる。

現代の英語文学部生

本節では少し視点を変えて、今日のアメリカ高等教育現場の傾向にいくつか触れつつ、学生の立場から精読教育を考えてみたい。そのような考察は、次節で具体的な課程モデル・授業モデルを論じる際にきっと役に立つはずである。

冒頭部分で述べた通り、学生人口の構成は大学によって大きく異なるため、それを十把一絡げに論じることはできない。しかしながら、精読は「我々に自然に備わったものでも直感的なものでもないのであり、もし学生たちに習得してほしいのならば模範と練習機会を与える必要がある」（Showalter 56）というショーウォーターの見解は、広く一般に当てはまる。そして広義の精読は様々な知的活動から成るため、とりわけ授業内で「模範と練習機会」を提供しようと思ったら、学生たちが宿題として課された文学作品に対してあらかじめ狭義の精読という準備をこなしていることが理想である。しかし多くの学生にとって、授業準備としての読書が「言語・形象・間接的言及・間テクスト性・統語構造・表現形式に注目する」（98）ところにまでは達していないのが実情で、その理由の一つとして彼らが精読を還元的に捉え、大学入学前に既に身に着けた技術(5)、やろうと思えばできるが常に時間と労力をかけて取り組むほどの緊急性はない選択肢として、軽視してしまう傾向が挙げられる。

特に専攻として選ぶ程度に英語文学に慣れ親しんだ大学三・四年生にとって、精読がテクストを読む際の必須条件ではないこと、そしてそのような細やかな読解作業を行わなくても作品の大意を理解し個々の授業を乗り切れることが、「練習」を継続してできないことに大きく影響しているように思われる。[6] その結果授業内での自由討論において、文学テクストを引用して詳しく分析する学生がいる一方で、物語の表面的な内容や作家の人生、あるいは歴史的背景への言及に終始する学生や、引用はするが分析をしない学生もいることになる。そして元々精読技術を持った前者の学生は実践・反復を通してますます上達し、後者の学生との差がさらに開いてしまう。前者の学生が大学院での英語文学研究を目指し、後者の学生は――それでも他分野の学生よりは十分に高いとされる英語能力を武器に――実社会に出るか他分野の大学院に進むなどといった棲み分けが、大体の流れとしてあるのは事実である。しかしながら人文学の存在意義に厳しい目が向けられる昨今において、[7] 卒業後の進路やそこでの専門技術の必要性にかかわらず、精読は――例えば今日の教育成果キーワードのひとつ「批判的考察」の具体例として――以前にも増して学生一般に重要になってきている。

それでは今日の学生が、授業準備のための読書で狭義の精読を行い「言葉それ自体の言語的・形式的・構造的な要素」をあらかじめ考察したり、授業レッスンを通してさらにその上に選択・比較検討・言語化・論構築といった広義の精読を積み上げたりすることを妨げる要因として、具体的に何が挙げられるだろうか。

一つ目に、昨今の学生の世代的な傾向があると考えられる。クリスティ・プライスは一九八一―一九九九年生まれのいわゆる「Y世代」・「ミレニアル世代」の学生の傾向を「五つのR」と呼んだ。そしてこの世代の学生に教える際に、妥当性（Relevance）つまり「授業の内容を今日の文化と繋げ、学習の成果や活動を彼ら自身や彼らの将来に関連させる」こと、与えるレッスンや課題の意義を明確に理由付け（Rationale）すること、「教授や他の学生と打ち解けた交流をする」ための和気藹々（Relaxed）とした環境を与えること、学生個々人との親密な結びつき（Rapport）を重視すること、そして彼らの行動様式の研究に基づいた（Research-based）「様々な能動的学習方法」――これは特にコンピュータを駆使した、双方向型授業を意味する――を組み合わせることが重要になると説く（Price 33）。このようにミレニアル学生はグループでの作業、テクノロジーの使用、自分たちの経験や文化に分かりやすく関連した内容、そして楽しめる学習を好む傾向にある。それに対して精読は時間と労力を掛けて、時に難解なテクストと一対一で向き合うことを必要とするため、このような学生にとっては一般的に得意ではない作業であると言える。そして『高等教育クロニクル』による報告書『新しい世代の学生』（二〇一八）から推測するに、二〇〇〇年代後半から二〇一〇年代前半の不景気とさらに加速した情報テクノロジーの中で育ち――そのため教育や学位の実務的応用やキャリア構築への貢献度を重視しがちとされている――ちょうど大学生人口を構成し始めている「Z世代」では、この傾向はますます強まると考えられる。

精読教育が現在とりわけ難しくなっている二つ目の理由として、カリキュラムの問題がある。『変わりゆく専攻』の分類によると、アメリカの大学における英語文学専攻の専門科目は、大きく分けて五種類ある。一．「精読や批評手法を強調した」入門科目あるいは文学研究科目、二．文学史の区分に対応した必修の概論科目、三．各学生がその学術的興味に即して履修する選択科目、四．四年生用ゼミ・研究ゼミなどの「専攻最終プロジェクト」、そして五．研究・論文作成・文学理論・多様性・ジャンルなどを強調した補助的な必修科目（*A Changing Major* 22）である。必要単位数としては二と三が大半を占めるのだが、一学期およそ一五週間という期間内——もしクォーター制ならばさらに短い——で「二〇世紀イギリス文学」「アメリカ黒人文学」などのタイトルに沿った内容を扱わなければならない。そのため大学や科目によって差があるものの、それぞれ大体二週間で本一冊といった分量が宿題として課され、学生の授業当たりの読書量も相当なものになる。一つめおよび四つめの科目タイプ、例えば「英語文学専攻入門」のようなものでは、読む対象そのものよりも文学研究の方法論に主眼を置くため扱う本を少なく抑えられるのだが、そのような科目の数は少なく、場合によっては四つから五つの英語文学コースを同時に履修する学部生たちは、毎週多量の読書を強いられる。狭義の精読を限られた時間で効率的にこなす技術がない状態で英語文学を専攻した学生は、さらなる斜め読みで毎週の授業を乗り切ることになり、その結果一向に精読の技術が磨かれないという悪循環に陥るのだ。そのため論文課題や、試験の小論文問題で精読を課しても、やはり出来る学生は出来、苦手な学生は苦労するという状況が再現されるのである。

三つ目の理由は、近年大きく変化を遂げた本そのものの形式に関係する。アメリカの教育者モーティマー・アドラーは一九四〇年の論文「本への書き込み方」において、本を真の意味で自分のものにするためには、余白への書き込みが重要だと説く。

自分自身の手で書き込むという物理的な行為は、単語や文をよりはっきりした形で意識にもたらし、より鮮明に記憶に保存する。自分が読んだ重要な単語や文に対して抱いた反応や問いを記録することは、それらを維持したり鋭敏にするということなのだ。(Adler 356)

余白に書き込むことによって読者は個々の単語や文への関わりを深め、そのようにして読まれた書物は「考え尽くされた書物」(355)へと変貌する。もし学生たちがこの過程を授業前に経ていたら、テクスト詳細部分についてより研ぎ澄まされた「意識」と「記憶」、そして本の余白に記し残された「反応や問い」の上に授業内での精読指導を積み上げることができるため、一層の効果が期待できる。

しかしながらアメリカでは二〇〇八年に高等教育機会法が成立し、消費者保護の観点から学生の教科書購入時における入手可能情報や選択肢数が増え、それによって安価で利便性の高い電子書籍・レンタル本・オープンアクセス教材の使用が増加した。全米大学書店協会がアメリカ二九州およびカナダ三州の六三大学に対して行った調査によると、二〇一七―一八年に学生の二五パーセントが電子書籍、四五パーセントがレンタル本、一八パーセントがオープンアクセス教材を少なくとも一度利用している。(それにより一〇年前に比べ、学生一人当たりの授業教材購入費の平均値は七〇一ドルから四八四ドルへと、三〇パーセント強減少したことになる。)アドラーの精読モデルが余白に書き込みながら時間をかけて本を読むことに基づくのに対して、電子書籍の書き込み機能は(少なくとも現時点では)紙媒体と筆記具よりも手間が掛かり、授業準備の際にそれを使う学生は少ない。たとえ紙媒体のテクストを用いたとしても、詳細な書き込みがなされることはほとんどなく、後で高く転売するためにむしろ書き込みをしないように気を付ける学生も多い。またレンタル本に至っては、一定量以上の書き込みに対しては買取などの罰則を設けている業者もある。オンライン学習管理システムや大規模公開オンライン講座の導入は、アメリカ高等教育のここ十数年の大きな動きだが、それによって増える電子資料の使用割合、またその根底にあるスピード重視・利便性重視の傾向が、実際の読書行為の際に精読を難しくしている要因の一つだと考えられる。(8)

課程モデルと授業モデル

学生たちに求める精読を、読書行為のみならずその前後の過程を考慮に入れた広義の意味で捉えなおすことは、芸術作品を嗜むだけで社会貢献に乏しい学問とかく誤解されがちな英語文学専攻にとって、文章作成・批判的思考・情報リテラシーといった今日の高等教育のキーワードを有機的に取り入れたり、どのような職種にも対応する移転可能スキルを教えたりするのに役立つだろう。このような基本方針の再考はまた、教員にとっては日々の授業を、そして学位プログラムにとってはカリキュラムを構成する際のヒントを与えてくれる。また前節で触れた、今日の学生たちの視点も、効果的な精読指導モデルを考える際の材料になるはずだ。特に教育のハイテク化や、ミレニアルを経てZ世代へと続く学生人口の推移が、今後も教育現場に重要な影響を及ぼすだろうことに鑑みると、いかに精読指導をそれらに上手く対応させるかが鍵になると思われる。その方法はもちろん多様かつ大学・学部・学生人口の特色に即したものであるべきだが、本節ではそれぞれの状況に対応させる過程も意識したうえで、課程モデル・授業モデルをそれぞれ一つずつ提案したい。

精読を広義に捉えた場合、読む行為そのものに加えて多くの知的活動を伴うため、時間的・容量的に制限のある個々の授業や科目を超えた、三年生・四年生という二年間の学位プログラムという大きな枠組みでもって取り組む、そして個々の授業では広義の精読の構成要素とその相互関係を常に明らかにしたうえで、実際の学生人口にうまく対応した仕方で指導する、これらの点が重要となる。また以下に論じる際、筆者による本論集第二部所収「ある黒人の『文字通り』な抵抗」で用いた、ジェシー・レドモン・フォーセットの短編小説「エミー」（一九一二–一三）を例として使用する。具体的な精読例の詳細をこの論文への言及によって簡略化できるのみならず、この指導モデルが文学キャノンやそれを精読に値する作品たらしめている権威的価値基準に依拠しないことを例証できるのがその理由である。二〇世紀初頭の黒人女性作家によるこの作品は、終始分かりやすい言葉で書かれ、黒人運動を担いつつ大衆恋愛小説の枠組みに依っており、クレアンス・ブルックスとロバート・ペン・ウォレン編の『小説の理解』（一九四三）に代表される新批評的精読が想定するモダニズム規範とは対極にある。しかしながら本節で提案する精読指導モデルでは、対象作品の文学的価値や自らの評価基準を再確認・再生産することではなく、作品についての新しい知識と深い洞察を得ることが目的であり、そこでは「エミー」はむしろ黒人運動や大衆恋愛小説といった歴史・政治・文化的コンテクストに（ある特定の興味深い仕方で）影響されているからこそ精読に値するのである。

長期的・継続的な精読指導を盛り込んだ課程モデルで重要なのは、個々の要素間の連携である。そこでは個々の科目が一貫した教育目標・方針の下で機能するだけでなく、学部基本理念・学習成果目標・論文評価基準などといった学部運営の基礎となる文書の中で、精読の重要性、方法論、そして「批判的思考」など他の項目との相関性が目に見える形で示されるのが理想である。このような連携を実現できれば、カリキュラムを精読のみのために大幅改変することなく手厚い指導を提供し、読む行為そのものに加えて、分析対象や使用概念を状況に応じて選択したり、分析結果を統合し論として構築するといった広義の精読を、学生たちは二年間の枠組みの中で反復練習しやすくなる。精読を取り入れた専攻入門科目、そして卒業年度の必修科目としての「読み・書き・研究に特化したゼミ」を、それぞれ七〇パーセント前後の英語文学部が採用している（*A Changing Major* 8, 12-13）という現状を生かして、前者における精読の基礎指導と後者における技術習得の総まとめを、その間の二学期に学生が履修する選択科目が橋渡しする形がその一例である。

具体例をひとつ挙げてみよう。『文学を教える』内でショーウォーターが示す精読の定義――「言語・形象・間接的言及・間テクスト性・統語構造・表現形式に注目する」（Showalter 98）――を、「表現形式」に着目したうえで広義に適用すると以下のようになる。つまり「自由間接話法」などといった文学技法が対象テクスト内で用いられていることに気付き、その技法が一般的に持つ言語的機能についての知識をテクスト分析に組み込むことで、個々の使用例における具体的機能を割り出し、さらにそれを統合することによってこのテクストにおける自由間接話法について一つのまとまった論を紡ぐというものである。学生がこの過程を全て三年次の専攻入門科目で習得するのは現実的ではない。しかしながら英語文学読解に役立つ文学用語を五〇―一〇〇ほどリストアップして[9]学生と共有し、専攻入門科目でいくつかの項目について詳しく扱った後に、選択科目内で再び取り上げ、そして最終ゼミでの論文や試験、あるいは卒業論文・試験で達成度を確認することは十分可能である。「自由間接話法」について言えば、デイヴィッド・ロッジが『小説の技法』（一九九二）で論じる定義、歴史、「意識の流れ」との関係、さらにはヴァージニア・ウルフ作『ダロウェイ夫人』の精読を通して明らかにされる具体例（Lodge 41-45）を、まず専攻入門内で取り扱う。そしてこの技法がジェーン・オースティンを始めとして、一九世紀の感傷小説、二〇世紀のモダニズム小説、そしてフォーセットの「エミー」のような黒人運動関連文学など様々なジャンル・時代の文学で頻出することを利用して、個々の選択科目で機会に応じて精読の反復指導を提供するという流れである。

では具体的にどのような授業が、学生による精読の効果的な練習に役立つだろうか。広義の精読が広範な知的活動を伴うことを考えると、ここでも個々の要素間の連携が重要である。つまり一つの授業を、同科目内の他の授業や論文・試験などの課題と可視的・有機的に組み合わせることによって、読書行為だけでなく分析対象や着眼点の選択そして分析結果の統合・理論化といった過程を、学生が継続的かつ組織立てて練習できるようにするのだ。

このような考えに基づいて、三年生用選択科目「二〇世紀アメリカ文学概論」コース内、「エミー」についての授業という仮定の下、筆者自身の授業実践例を紹介する。前節で触れたように、学生が授業準備として狭義の精読をあらかじめ実践していることが理想なので、筆者は毎回授業冒頭で小テストを課している。「エミーとアーチーが一度破局する理由を、八〇単語程度の文章で具体的に述べよ」などといった、主題・技法上重要な場面についての、難しくはないが細部への意識を要求するような問題を各授業で用いることによって、授業準備の際に学生は入念な読みだけでなく、小テストに出そうな部分の推測――つまり表面的な意味に留まらない重要性を帯びたシーンの識別――を促されることになる。

このようにして広義の精読への第一歩を既に踏み出した学生たちは、授業ではまず自由討論で物語の理解を共有した後、具体的な精読練習に入る。初めにこの科目における論文課題の留意事項や採点基準を再確認することで、分析結果を繋げて論にすることがこのレッスンの最終目標であることを明らかにする。学位プログラムの評価基準表（図1参照）を科目内の採点基準としても使用する場合は、「批判的思考技術」部門内の「適切な広がりと深みのある論」を生み出すためには、読者がテクストから難なく得られる解釈のみでは不十分であり、より緻密な主題・技法の解析が必要であることを強調してもよい。それによってプライスがミレニアル学生への指導に肝要だと説く「理由付け」を、精読活動と主要課題、それに学位プログラムの評価基準との関係性を明らかにすることで実現できる。またさらに効果的に授業を「五つのR」に対応させるために、個々の文学用語を確認する際にパワーポイントを取り入れた講義を、[10]実際にテクストを解析する際に小グループでの討論を、また最終段階でアイディアをまとめる際に二〇〇〇単語程度のクラス内小論文を用いたりすれば、授業内活動を多様化させるのにも役立つだろう。

このようにして広義の精読の全体像を、科目内の主要課題という具体的な枠組みで可視化したら、あとは実践である。「自由間接話法」を用いた具体例としては、まずその定義・例文と一般的な言語的機能の確認、「エミー」内での実例探し、この技法がいかに応用されているか、それによっていかなる効果が生じているかについて分析と討論、そして出てきたアイディアをまとめて理論化、といった一連の流れが挙げられる。三人称の語り手が登場人物の意識の流れを表象することを可能にするこの技法が、「エミー」において白人教師ウェンツェルの言外に隠された本音を読者に示すという効果をもたらしていることを確認した後、学生たちに他の文学技法や主題を作品内から見つけ出すよう促してもよい。もし彼らが「悲劇」や「恋愛小説」のような語りの枠組みや、「文字通りの読み」や「白人なりすまし」のようなモチーフを見つけたら、それらがいかに自由間接話法と連動して白人至上主義イデオロギーのからくりを暴くのに役立っているかといった、テクストの機能過程についての討論に発展させることもできる。ここで重要なのは継続的な練習であって、一回の授業でこのような洞察のすべてを得る必要も、また精読の全過程を網羅する必要もない。後日の授業で他のテクストを用いてさらに練習し、場合によってはそこから「エミー」に戻って比較考察することができれば、間テクスト性という精読の別の相を意識した、より実りあるトレーニングさえも可能になるのだ。

おわりに

本章では精読指導という観点から、アメリカ高等教育そして英語文学部の現状を分析し、それにできる限り対応した課程モデル・授業モデルを紹介した。もともと多様な上に日々目まぐるしく変化するアメリカ社会の中で、最適な方法論を探り当てるのはどの教育分野においても難しい。さらに本章で広義に捉えなおした精読の概念は、学位プログラム運用法の再考、そしてより広範囲に渡る学生への指導を必要とし、こちらも一筋縄ではいかない。しかしながらこの概念が我々に、専門的な文学研究に留まらない移転可能スキルとしての読みと、包括的・長期的な取り組みの重要性を否応なく意識させるということは、高等教育とくに人文学を取り巻く厳しい状況を考えるとむしろ好都合なのかもしれない。その中で本章の考察が、教育上より効果的な精読とその指導法の理解に向けて何らかの道筋を示すことができたならば、筆者としては幸いである。

注

（1）これらの諸条件については、*Chronicle of Higher Education* の各号に加え、毎年春に発行される "The Trends Report" に詳しい。特に後者は年ごとに一〇個ほどキーワードを挙げて特集するのだが、そこには本章での傾向分析にも垣間見える、高等教育の実学重視・サービス化・効率化といった近年の動きが見て取れる。例えば二〇一五年版には「就職の強さ」と「ミレニアル学生への対応」、二〇一六年版には「大学根幹サービスの外部調達」、そして二〇一八年版には「学生の成功を前面に」がそれぞれ含まれている。

（2）新批評における客観主義と（キリスト教的）神秘主義との共存、そしてその共存状態がいかに二〇世紀の英語文学専攻に有利に働いたかについては Scholes を参照のこと。

（3）ジェーン・ギャロップは二〇〇七年の著作において、文学研究における歴史資料の重要度が増すのに伴って、資料分析に本来役立つはずの文学的精読が疎かになるという傾向を憂慮している。つまり「歴史家や社会学者の資料と同種のものを調べる際に、文学畑で修業した文化学者は［テクスト精読によって］彼らには気付かないことに気付き、新しい貢献をもたらすことができた」のだが、「もし我々が精読を教えることを止めたら、学生たちはそれを文化テクストに応用できなく」（Gallop 183-84）なり、文化研究を行う際の強みがなくなることで、単なる「二流の歴史家」（184）になってしまうと指摘する。

（4）ひとつ例を挙げると、St. Olaf College 英語文学部で二〇一三年より採用されている、四年生用の選択科目での学生論文を用いたカリキュラム評価の基準において、精読行為は「エヴィデンス」のみならず、「持続した考慮に値する」深みを持った「主要論点」、そして「綿密な分析を実証」すべきところの「論構造」といった項目にも直接的・間接的に反映されている。

（5）今日の初等・中等教育における精読の位置付けは、二〇一〇年に発表され現在も四〇以上もの州で施行されているCommon Core State Standards Initiative ——俗に言う「コモン・コア」——特にそのEnglish Language Arts（ELA）部門に垣間見える。その詳細な分析については、米国現代語学文学協会の*PMLA*が二〇一五年五月号で組んだ特集を参照のこと。例えばエヴェリン・エンダーとディードリー・ショーナ・リンチによる導入論文は、コモン・コアが「ＥＬＡ学力基準の段階的発展モデルを、精読技術と連携した形で構築しようとする努力」（Ender et al. 539）を評価する一方で、その「テクスト読解におけるコンテクスト知識の重要性を軽視するような、見たところ限定的な精読の定義」への論者たちの懸念（541）を指摘している。

（6）ここでは便宜上、一定の英語能力を持った学生を念頭に論を進めているが、もちろん英語文学生の全てがネイティヴ・スピーカーである訳ではない。アンドレア・A・ランズフォードは、英語が母語でない学生のような、書き言葉としての英語能力が十分でない「ベーシック・ライター」の認知発達という観点から、彼らが大学の英語の授業で経験する困難を分析する。そしてこれらの学生は、「概念に基づいた抽象的思考を必要とするが馴染みのある日常的な問題」について、個別に対応する分には困難を感じないかもしれないが、その際「自分が用いている思考過程には気付いていない」（Lunsford 280 強調原文）ことが多いと指摘し、具体から一般へ考えを発展させる帰納的思考の練習を推奨する（282-83）。この点を踏まえ、本章次節では「思考過程」を前景化させる精読指導法を提案することで、英語文学専攻の多数派を占めるネイティヴ・スピーカーのみならず、英語を母語としない学生に対しても役立つよう試みた。

（7）人文学の危機についての定量的な情報は、エリック・ハイヨーの二〇一八年七月の記事に詳しい。彼は過去三〇–五〇年間の言語・文学系の求人数や人文学専攻の学生数・学位授与数の動向を分析することで、ここ数年の減少傾向は二〇〇一年や二〇〇八年の経済危機によって全学問分野にもたらされた（が最終的にやり過ごすことができた）苦境とは一線を画すと指摘する。とりわけ今日の「人文学はこれまでよりも他分野から孤立していて、より諸要素の影響を受けやすくなっている」(Hayot B8) ため、昨今の危機が分野自体の本質的な衰退に繋がりかねないと警鐘を鳴らしている。

(8) *Chronicle of Higher Education* が二〇一八年七月に六〇六人の大学教員に対して行ったアンケートによると、「自分の授業で電子書籍・ツールを使うか」という問いに対して使うと答えた比率は、各分野の中で人文学が一八%と最も低く、ある回答者は「子供の頃から読書を愛する文学教授たちが、紙媒体の書物を引き続き好んで」採用していることをその理由として挙げている (*Faculty Views on the Teaching Tools of Tomorrow* 11)。またポーラ・M・クレブスは *A Changing Major* の序文において、「余暇としての読書の全国的な衰退」と「電子媒体のもたらす読書方法の変化」が「英語文学専攻への関心の低下」に繋がっていることを、報告書の内容が示していると指摘する。その一方で電子書籍はテクスト内の単語の意味を即座に調べることができるので、将来もし書き込み機能の利便性が増した場合、通常の本よりも精読に適した媒体になる可能性もある。

(9) 例えば自由間接話法 (free indirect narration) の他にFで始まる項目としては、「フラッシュバック」(flashback)、「平面的登場人物」(flat character)、「伏線」(foreshadowing)、「枠物語」(frame narrative) などをリストに加えることが可能である。

(10) しかしながら漫然としたパワーポイントの使用は、「能動的学習」を好むミレニアル学生には逆効果となる。したがって、主要項目に絞った簡潔なスライドと補足情報の口頭伝達の効果的なバランス、講義の流れに応じて必要な情報を随時表示できる「アニメーション」機能、そして学生への問いを随所に織り込んだ双方向的構成を用いて、レッスンにリズムを与えながら進めることを推奨する。

引用文献

ADE Ad Hoc Committee on the English Major. *A Changing Major: The Report of the 2016–17 ADE Ad Hoc Committee on the English Major*. July 2018, www.ade.mla.org/content/download/98513/2276619/A-Changing-Major.pdf.

Adler, Mortimer. "How to Mark a Book." 1940. *The Sundance Writer: A Rhetoric, Reader, Research Guide, and Handbook, Brief Fifth Edition*, by Mark Connelly, Cengage Learning, 2012. pp. 354-57.

Brooks, Cleanth, and Robert Penn Warren, editors. *Understanding Fiction*. 1943. 3rd ed, Pearson, 1979.

Ender, Evelyne, and Deidre Shauna Lynch. "Guest Column: On 'Learning to Read.'" *PMLA*, vol. 130, no. 3, 2015, pp. 539-45.

"An Executive Summary: The Trends Report." *Chronicle of Higher Education*, 2015, 2016, 2018.

Faculty Views on the Teaching Tools of Tomorrow: How Digital Textbooks and Tech Innovation Impact Professors' Work. Chronicle of Higher Education, 2018.

Florida Gulf Coast University English Program. "English B.A. and M.A. SLO Rubric." Sept. 2018.

Gallop, Jane. "The Historicization of Literary Studies and the Fate of Close Reading." *Profession*, 2007, pp. 181-86.

Hayot, Eric. "The Imminent Death of the Humanities: After Previous Crises, They Bounced Back. This Time Is Different." *Chronicle of Higher Education*, 6 July 2018, pp. B6-8.

Highlights from Student Watch Attitudes & Behaviors toward Course Materials: 2017-18 Report. National Association of College Stores, www.nacs.org/research/studentwatchfindings.aspx.

Krebs, Paula M. "A Note from the Executive Director." *A Changing Major*, ADE Ad Hoc Committee on the English Major, July 2018.

Lodge, David. *The Art of Fiction*. Penguin Books, 1992.

Lunsford, Andrea A. "Cognitive Development and the Basic Writer." 1979. *Cross-Talk in Comp Theory: A Reader*. 3rd ed. Edited by Victor Villanueva and Kristin L. Arola, National Council of Teachers of English, 2011, pp. 279-90.

The New Generation of Students: How Colleges Can Recruit, Teach, and Serve Gen Z. Chronicle of Higher Education, 2018.

Price, Christy. "Why Don't My Students Think I'm Groovy: The New 'R's for Engaging Millennial Learners." *Essays from E-xcellence in Teaching,* Vol. 9, edited by Steven A. Meyers and Jeffrey R. Stowell, Society for the Teaching of Psychology, 2010, pp. 29-34.

St. Olaf College English Department. "Assessment Rubric." *Tools for English Majors*, wp.stolaf.edu/english/tools-for-english-majors/.

Scholes, Robert. "The Rise of English in Two American Colleges." *The Rise and Fall of English: Reconstructing English as a Discipline*, Yale UP, 1998, pp. 1-28.

Showalter, Elaine. *Teaching Literature*. Blackwell, 2002.

パワーポイントのない風景
——文学的な精読を考える

伊藤　聡子

まず前提から確認しよう。本書が考えようとするのは精読と呼ばれる広義の技術《スキル》の一形態であり、ジェーン・ギャロップが「我々を一つの学問領域としてくれるまさにそのもの」（Gallop 183）とまで表現するような文学的な精読（literary close reading）についてである。本稿では教育という観点からこの文学的精読を考えることとなったのだが、教育から考えようとするなら曲がりなりにもこの文学的精読を定義しなければならない。ＰＤＣＡサイクルが声高に叫ばれるようになっている昨今では、授業シラバスでも到達目標、授業計画、評価法を明示して一貫させねばならず、精読と呼ぼうが批判的読み（critical reading）と呼ぼうが説明可能でなければ困るわけで、そうでなければこの読みの技術を採用する意義も教授法も効果もその測定法も何も、まったく出てこないからである。日本の高等教育機関での教育を考える場合は外国語教育と専門教育のそれぞれが考える精読が同時的に教授される状況にあり、両者を区別しようとするなら定義がなおさら必要になってくる。

ところが文学的精読は定義が非常に難しい。二〇世紀を代表する著名な文学批評家の著作を編纂したフランク・レントリッキアとの共編著、その名も『精読』（二〇〇三）の序論で、アンドリュー・デュボイスは「用語（term）としての精読はいわゆる常識の領域からほとんど一歩も出ておらず、『特に注意を払って読むこと』のような何かわかりやすくて曖昧なものだが、同時にそれはちょっと興味をかきたてられなくもない多様性を持った専門用語（jargon）でもある」（DuBois 2）と述べる。文学的精読の定義が難しいのは、この専門用語としての「精読」が文学的な読みの上でも一時的な効力しか持ちえない数々の文学批評理論と連動するものだからである。しかも文学的な精読とより広義の精読――国語や外国語教育がリテラシー教育の中で扱う精読――との境界というのは曖昧である。となると文学的な精読を教育の観点から論じるには、この用語の定義を内包すると思われる文学批評理論を参照しつつ具体的な作品を文学的に分析して精読を暗示的に示すか、教室で学習者に文学テクスト（literary text）を文学的に精読させる具体的な方法について、その効果を測定法やデータと共に示す実践報告という教育学的な手法を採るかくらいしか手がない。実践報告では少なくともその実践の中で使われる精読の定義が、部分的にでも明示できるからだ。

ところが本稿が属する第三部は作品論を扱う第一部、第二部からは独立しているし、かといって教育学的な実践報告の形を採ると、本書の他章と性質的にあまりにも異なるものになってしまう。教育という観点から考えようにもどうやら文学的精読の統一的な定義は先行文献からは見つかりそうにもないわ、作品論とも実践報告とも異なる別の方法でこれを論じなければならないわ、で筆者はもう完全に方向性を見失ってしまった。困り果てていた筆者がふと思い出したのが、前章を担当する杉森がアメリカの大学での文学教育（literary education）について行った講演の際に触れた、文字テクストの電子化が精読にもたらした影響についての話である。電子書籍だと読みながらメモを書き込む作業を学生がしなくなるという趣旨の発言だったと思うが、確かに自分の学生の例を考えても、テクストをＰＤＦで渡すか紙媒体にして渡すかで、文学テクストでなくともかなり異なる読み方をするという実感がある。電子テクストをスマートフォンの小さな画面で読んでいる学生と、紙媒体のテクストを手にした学生の議論を見ているとわかるのだが、電子テクストのままだと要点をつかむことはできても要点を抽出するに至る部分に書かれていた情報はまったくといっていいほど記憶に残っていない。目で文字を追っただけで「読んで」いないのだ。

関連して浮かんできたのが、文学研究の分野ではテクノロジーの導入スピードがかなり遅いことである。二〇一八年七月に出た『変わりゆく専攻』[1]という英語文学部協会英語文学専攻特別委員会（ADE Ad Hoc Committee on the English Major）[2]による二〇一六―二〇一七年度の報告書でも、「デジタル化された作品も含め、メディア研究が英語プログラムの中に入り始めてはいるが、期待するほどの程度ではない」ので、「それが適切なところでは、学科のカリキュラムに関する議論もメディア研究、デジタル研究（digital studies）に関心を広げることを推奨する」（*A Changing Major* 25）という提言がある。要は「デジタル化された創作活動の持つ修辞的、批判的、倫理的次元を模索し、オンラインビデオやポッドキャスト、ブログ、ウェブサイト、ビデオ・エッセイといったジャンルを生み出す」(22)ためのデジタル・リテラシーをキャリア教育の一環として身につけさせろということらしいのだが、わざわざ提言に加えていいだろうと思わせるほど英語文学専攻はテクノロジー導入に無頓着に見えるということだろう。考えてみれば、数十枚のスライドを次々見せながら発表するという今やおなじみの光景は文学研究の学会発表の場では未だ稀であり、文学的精読に基づく作品分析についての発表は、テクストからの引用を羅列したハンドアウトを基にその引用の一節を原文あるいは翻訳で確認しながら論を進める、という昔ながらの形態を採るものの方が主流派である。別に文学研究者が揃いも揃ってデジタル・オンチなのではないし、引用が長くなりがちなのが理由なら細分化して連続するスライドに映し出しつつ発表を進めることも可能である。となると若手も含めて文学研究者が全般的にハンドアウトの方を好む独特の理由があるはずだと思い至ったのが、文学的精読とは何の関わりもなさそうなタイトルを本稿につけた所以である。

以下、本稿ではまずリテラシー教育における文学テクストの使用意義が見直されたことにより、文学研究者が何を考えなければならなくなってきているかについて考察し、文学研究者の精読のとらえ方に見られる政治性を指摘した後、精読の定義のうちでもデュボイスが「いわゆる常識の領域からほとんど一歩も」出ていないと表現する部分——文学批評理論の影響を受け変化する専門用語としての部分ではなく、「精読」ということばが想起させる技術《スキル》としての読みの定義——が持つ、文学研究に特有なのではないかと思われる点についての論に進める。そして最終的には文学研究的な読み書きを教える意義について、メタ認知能力(metacognitive ability)の涵養という観点から筆者なりの回答を示したい。

文学教師の読みと教授可能性

文学テクストを読むという行為やその教育効果を文学研究者とは異なる視点から考えようとする姿勢が、言語教育学、文体論など文学以外の分野、あるいはこういった分野を横断した学際的な研究の中に近年見られるようになってきている。語学英語を教えることの多い日本の高等教育機関所属の文学研究者にとっては、専門科目を除けば情報テクスト（informational text）に席を譲り、語学教室から一時期いわば排除されていた文学テクストの使用が見直されつつあること自体は喜ばしい変化かもしれない。

しかし当然のことながら、文学テクストの活用が見直されることがすなわち文学的なテクスト分析の見直しを意味するわけではなく、文学的な読みの姿勢を文学以外の教室に再び持ち込むことは、むしろ懸念されていると言ってもいい。たとえば現在のヨーロッパ圏の言語教育政策を主導する二〇〇一年の『ヨーロッパ言語共通参照枠』（*Common European Framework of Reference*: 以下ＣＥＦＲ）は、複言語主義（plurilingualism）に基づく外国語教育の側面が強いものの、複文化主義（pluriculturalism）の観点から文学テクスト活用の意義については積極的に認めている。しかしＣＥＦＲの開発段階で行われた試験研究についての説明の中には、「母語話者の教師は上級者レベルでは『理解』ということばをより厳しく解釈する可能性がある、特に文学に関してはそうである」（*CEFR* 220-21）[3]という指摘があり、文学テクストを使用すること自体ではなく、文学テクストを使用する教師の信念（teacher belief）が問題視されていることがわかる。これは母語が何かに関係なく、ヨーロッパ各国で文学的な読みを知る文学教師（literary teacher）が教えようとする、あるいは学習者に期待する読みの性質が、何か語学教師や読解教師のそれとは異なる難解さを含むとCEFRが受け止めていることを示唆している。これに加えてCEFRでの文学テクストの使用が上級者レベルの学習においてのみ推奨されていることからは、文学教師の態度による学習難度の上昇は回避しづらいという、CEFR策定時の判断も推測することができるのである。先の引用部分では母語話者という限定つきとはいえ「教師」という包括的な用語が使用されているが、報告書が他にも教師に言及する中で包括的な「教師」の下位分類として区別するのは実は「文学教師」だけであり、うがった見方をすれば文学教師だけがある種マークされているとも言える。ここで特に文学教師にCEFRが言い聞かせようとするのは、文学的な読みとそうではない読みとを意識して区別しなさい、ということである。

CEFRの場合は言語教育の側面が濃いという絶対的な前提条件があるが、言語教育という枠を外し専門教育の中で文学テクストを分析させようとする場合を考えても、文学以外の教室で文学テクストが復活するということは、文学研究者にとっての新たな問題発生の可能性を意味する。専門課程に進むまでにはるかに多くの時間が注ぎ込まれるリテラシー教育の中で、文学的なものとは何か異なる手法で文学テクストに対峙する学習者が増えるということは、そこで既に体験してきた読みや分析の影響をおそらく従来よりも強く受けた学生が、その既存体験を文学研究に持ち込み混乱してしまう可能性が高まるということである。そのようなリテラシー教育での既体験の読みと文学的な読みとの混同を修正・回避しようとするならば、文学教師も学習者に両者の違いをより明示的に教授する方法を考える必要が出てくる。

さらに人文学の危機が叫ばれ始めた二〇〇〇年代以降は、認知文学研究（cognitive literary studies）のような、文学テクストに伝統的な文学研究とは異なる手法でアプローチしようとする新たな研究領域も生まれつつある。[4] 文学テクストを読むという行為の研究が専門教育においても文学研究だけのものではなくなってきている以上、具体的な定義がなくても文学的精読は感覚的に学習できる、という信念にいつまでも頼ってはいられまい。つまり国内外を問わず、文学教育に関わる限り、文学研究者は自身が何を「文学テクスト」ととらえそれにどう対峙しているかをふりかえり、その教授可能性 (teachability) をあらためて考えつつ、他分野との境界線も意識しながら文学的な読みの定義づけを試みなければならなくなってきているのである。

技術《スキル》としての精読、技巧《アート》としての精読

しかし文学研究者が文学教育について論じようとすると、文学批評理論に関心が集中した議論になるという傾向が見られる。比較のためにリテラシー教育に関わる他分野での議論を見ると、教室からの文学テクストの排除にせよ復活にせよ、その根拠となっているのは文学テクストを活用することの持つ教育的な効果や教授法をめぐる議論であり、文学テクストを使用する際の目的、使用法、効果などが比較的明確に示されている。たとえば外国語教育において文学テクスト排除の根拠となったのは文法訳読法 (Grammar-Translation Method) への批判であり、復活の契機を与えたのは、文学テクストが持つ文化的な要素がグローバル化された時代のコミュニケーションに求められるようになった複言語主義、複文化主義というイデオロギーに対し適しているという判断である。[5] アメリカ合衆国の高等学校レベル

までの教育に影響力を持ついわゆる『コモン・コア（各州共通基礎スタンダード）』（*Common Core State Standards*、二〇一〇）もまた複文化主義から文学テクストの使用意義を見直したものの一つだが、そこで文学テクストの読み方として勧められるのは精読ではなく多読（extensive reading）である。[6]この選択の根拠となるのは、ここでの文学テクスト使用の主目的が読み書き能力としてのリテラシーの習得であり、自由に多読させることがこの目的に適しているという、スティーヴン・D・クラッシェンが古典『読書の力』（一九九四）や『自由で自発的な読書』[7]（二〇一一）で示したような研究結果の存在である。クラッシェンによれば、多読は教師が教室でコントロールしようとするとその効果を損なってしまう性質のものであり、文学テクストが活用されるようになったといっても、教室で精読を教えるために教師が使うのはむしろ情報テクストの方かもしれない。またCEFRと異なりコモン・コアでは文学テクストを使用する対象はむしろ初級レベルの学習者なのだが、対象として初級レベルを選択した理由としては、文学テクストの持つ物語性が読むという行為への動機づけを与えるため、あるいは感情移入が可能な登場人物が存在し、理解に想像力が求められる物語を幼少期から読ませることは、認知神経科学および発達心理学の知見から考えると、青年期に至るまでの読字（reading）能力の発達の上で好ましいとされているため、[8]といったものが思い当たる。こういった動機づけや読み書き能力としてのリテラシーや語彙習得が目的ならば、そのために使用される文学テクストは簡略版でも問題ない、とも説明できる。このように、教育実践を考える場合にはなんらかの意義の説明が可能でなければ困るのだ。

　ところが文学研究の分野で従来このような問いに部分的にでも答えようとしてきたのは文学批評理論である。確かに文学とは何か、何をどう表現すべきか、どう読みどう批評すべきかを探求する文学批評理論は文学の持つ「形式と内容、技法と意味」の関係性を論じることでギリシア・ローマ時代から発展してきたのであり（Ryan 1）、読み方、書き方というリテラシー教育につながる要素を含んではいる。しかしそこでは教育の実践に直接的に結びつく面はほとんどと言ってよいほど表面に出てくることがない。例外的に教授可能性が高かったのが新批評（New Criticism）だが、本来は何も文学研究に限られたものではなくまた文学研究においても読みの技術《スキル》でもある——技巧《アート》ではなく技術《スキル》と呼ぶだけでも異議を唱えたくなる文学研究者もいるだろう——にもかかわらず、「精読」ということばが出るや否やほぼ間違いなく新批評が批判的に言及され、「精読」をめぐる議論が文学批評理論の枠の中にとどまってしまいがちになる、というのは文学研究分野に独特の現象であろう。ただでさえ難解な文学批評理論から暗示的にしかわからないものを自主的・経験的に学ぶしか手段がなくては、精読の技術《スキル》を文学批評理論が衰退させたとテクストへの回帰を唱える声が聞こえるようになるのも当然だろう。

　本書の基盤となった共同研究はエレイン・ショーウォーターによる著作、『文学を教える』（二〇〇二）を読むことから始まった。[9] 同著は既に十年以上前の著作であり、ショーウォーターが繰り返し使う「教育学」（pedagogy）という曖昧な言葉が指す内容にしても、教育学分野からの知見であっても実際には今からすれば古かったり誤解があったりするのだが、同じ文学教育を考えようとするものでも、たとえばロバート・スコールズによる一連の著作とは異なりショーウォーターの著作が画期的なのは、これが文学畑では珍しく、文学教育を文学批評理論に頼らずに教育学から考えようとしたという点である。もちろんこのような試みはショーウォーターだけのものではないのだが、文学批評の分野で優れた著作を多く持つショーウォーターが、あえて文学批評理論とは異なるアプローチで考えようとしたがゆえに持つ影響力は計り知れない。教育の実際的な側面には同じく意識的なスコールズの著作と比較すればわかるが、ショーウォーターの著作は明らかに文学研究を専門とする者が、教育を考えるにあたって文学批評理論と文学教育論とを分け、文学教育論の部分を教育学的見地から示そうとしたことにその意義があるのだ。

文学教育に関するパラダイム転換と呼んでもよさそうな文学教育の文学批評理論からの独立は、教室で文学テクストを使用する言語教育や応用言語学など他分野の研究成果を参照しつつ、それを文学教育に取り入れる、あるいは逆に文学教育をリテラシー教育の一環として応用することを可能にした。そもそもショーウォーターが同書を書くきっかけとなったのは、まるまる一章を割いて語られる文学の授業の前に感じる何をどうやって教えようかという不安なのだが、そのような不安を抱く教師にとっては幸いなことに、今では高等教育レベルで文学を教える際に参照できる、文学研究者による実際的な教案集が、玉石混交ではあるもののいくつか入手可能になってきている。精読はそのような教案集でも中心的な役割を果たしており、文学研究者にとっていかにその教育が重要だと認識されているかがわかる。このような高等教育レベル向けのある教案集の序論には次のように書かれている。

> もし数々の教案（exercises）をまとめた本書に支配的なテーマがあるならば、それは精読を教えるためのまさに数多くの、それぞれ異なるクリエイティブな手法である。精読とはあるテクストの細かな部分（構造、言葉遣い、口調、構文、音声、イメージ、テーマ）に注意を向ける技巧《アート》であり、しばしばより大きな文化的、歴史的、または文学的コンテクストを特定する、あるいは理解する一つ

の方法としてなされる。……精読という優れた技巧の教授はいつも同じような方法で起こると思っているかもしれないが、実際にはある一節を探したり、部分の分布から全体的な構造を考えたり、特定のテーマを見つけたりするためのアプローチは多々存在する。本書に収録の教案は、建設的、批判的な実践として精読を効果的に活用することができるかもしれない独創的（imaginative）な方法のほんのいくつかだけをとらえているにすぎない。（Fuss & Gleason xix-xx）

ここでもまたデュボイスが指摘するのと同じ精読の多様性への言及があるのだが、結局のところは文学批評理論の概観によってこの多様性を暗示的に説明しようとした二〇〇三年の『精読』に対し、二〇一六年出版のこの教案集が多様性として言及するのはあくまでも実際的な教授法が持つ独創性であり、性質がまったく異なる。もう一つ高等教育レベルの英語文学専攻相手の教育を考察したシェリー・L・リンコンによる『文学的学び』（二〇一一）を例として挙げると、リンコンは文学研究に必要な知識を方略的な知識（strategic knowledge）と専門的な知識（content knowledge）とに分けて考えており、精読が属するのは主に前者である。つまり文学研究のために教えるという目的の上でも、精読には文学批評理論には必ずしも頼らなくても済む部分が少なからず存在し、ショーウォーターも試みたようにその部分を教育的観点から説明することは実際に可能なのである。それにも関わらず、文学研究者は意識しないとこれらを同一視してしまい、技術《スキル》としての精読に、文学批評理論という高度に専門的な知識と同レベルの難度の高さが反映されることを漠然と期待してしまいがちになる。これがCEFRに指摘されたような文学教師の態度が出てくる背景にあると言えるだろう。

精読の定義にみる欲望

繰り返すが、CEFRは文学テクストを単純に読むという行為が難易度を上げる主要因だと指摘しているわけではない。確かに文学テクストは学習者にとっての難度を上げる特殊な要素を持つ。教育者ダグ・レモーブを代表とするアメリカの非営利団体法人、アンコモン・スクールズ（Uncommon Schools）がまとめた『リーディング再考』（二〇一六）は、リテラシー教育の中で文学テクストを使うことに意義を見出しているのだが、実際的な教案よりも、その教案を採択する根拠となる文学テクストの読みの考察に多くの紙幅を割いている。この本では未熟な読者を戸惑わせる文学テクストの特性として、使用言語から感じられる時代的・世代的なギャップ（archaic text）、情報テクストならば把握しやすい時系列的直進性の意図的曖昧化または破壊（nonlinear time sequence）、語り手の交代や信頼性をめぐる問題（complexity of narrator）、プロットの交錯や象徴がもたらす複雑性（complexity of story）、実験小説のように本質的に読みの前提条件を崩そうとするようなテクスト（resistant text）、という文学研究者にとってはなじみある五つが挙げられている。しかし使用するテクストや教授法の選定によって教師がこういった戸惑いの解消を手助けできるという前提があるからこそ文学テクストは教育現場に持ち込めるのであり、コモン・コアがその使用の対象とするような年齢層の低い読者であっても、語彙や教授法で難度を調整すれば、文学テクストを読むことやそれに基づく感想文くらいは書くことができるのだ。考えながら繰り返し丁寧に読むという行為もリテラシー教育の中で間違いなく行われているはずである。となると、精読を技巧《アート》として文学批評理論という聖域にとどめようとするのは、精読になんらかの文学的な付加価値を与えたいという、文学研究者による政治的、戦略的な選択だということになる。本稿で技巧《アート》と技術《スキル》という用語を使い分けてきたのも、この政治的選択によって精読を何か高度なものとして差別化したいという文学研究者の欲望が、精読をめぐる議論に垣間見られるように感じたためである。そこで気になってきたのが、文学批評理論の影響を受ける技巧《アート》としてではなく、リテラシー教育につながっていく技術《スキル》としての文学的精読を論じる部分で、文学研究者が精読技術をどのようにリテラシー教育と差別化して文学的技巧につなげようとしているか、という点である。もう少し具体的に言えば、仮に文学的精読はリテラシーの中でも高度なリテラシー獲得をもたらす技術であると擁護したいなら、その根拠がどう示されているかである。そこで精読についての次の二種類の定義を比較してみてほしい。どちらも文学テクストの精読が、そうでないテクストの精読と比較した場合に持ちうる利点を論じようとする、二〇一六年にアメリカで出版された著作からの引用である。

精読とは複雑な文章の意味を確立し分析するために、その文章の言語と構造とを系統的に解体することである。それを学生にするように求めるには階層的な読みとテクストに依拠した一連の問いが必要で、精読は書くことでその習熟が表現できるようになったとき（mastery expressed through writing）に終わりを迎えるべきものである。（Lemov et al. 61）

精読はコンテクストを文学的体験から消しはしないし、我々は理解や楽しみ（pleasure）を豊かにしてくれるデータを無視するわけでもない。自分が読んでいるものに影響したかもしれない著者の人生、当時の社会が持つ価値観、また経済的必然などについての事実や憶測は、やはり持ち出されるべき必要な背景事情である。精読に従事するということは、ある文学作品をそれが死んでしまうまで顕微鏡で解析するという意味ではないし、ある詩人の一呼吸一呼吸に深い隠された意味が存在するという意味でもない。また精読は、あるテクストを理論による汚染から保護したいという願望や、テクストとは時を超越する真実であり普遍的な特質を持つ、ゆえにテクストとは何よりも尊ばれるような貴重で美学的なものだ、として頑なにそれを守りたいとかいう願望は、うっすらとしたものでも間違いなく持っていない。しかし文学作品と直に渡り合うことを求めるがゆえに、精読は文学作品の助けなしでは我々が知ることのできないような世界や、我々自身の意識の細かな部分を明らかにし、加えて読者とテクストの両方の手に独立した力（agency）を戻すような、潜在的可能性を持つのだ。カメラの暗箱のように、そこに開いた文学的精査の目という小さな穴は世界を大きく変化させる光を取り込む。その穴が世界を異なったふうに見せる。その穴が世界を可能性に溢れた果てのないものに見せるのである。（Federico 26）

おわかりだろうが、前者はリテラシー教育としての文学テクストの精読を想定する定義、後者は文学研究での精読を想定する定義のそれぞれ典型的なものである。まず前者を見ると、ここで定義される精読はあくまでも技術としての精読で、説明からしてそれ自体決して難度が低い読み方であるような印象は与えないものの、やろうと思えば批判的読みということばに置換可能な読み方である。かつこの定義の場合は精読をどのように教えるか、評価するか、という教育の実践面を意識できる。しかしこの定義での精読は情報テクストの批判的な読みとしての精読にも通用するもので、そこからは文学テクストを精読する利点は感じられない。念のために添えると、情報テクストは文学テクストよりも理解しやすいのかと言えばそうではなく、先に挙げたレモーブらの『リーディング再考』では、読者になじみのない慣習に従って情報がぎっしりと詰め込まれた、伝記のような物語性のあるものとは違うタイプのノンフィクションは、必要な予備知識も消化吸収すべき情報も多すぎて、初心者には同じく読むのが難しいと指摘される（Lemov et al. 44, 117-22）。コモン・コアが情報テクストの使用をステージが上がるまで待つのには、こういった根拠もあるのである。文学批評理論であれ研究論文であれ、それらは専門性が高い情報テクストであるわけで、それで批判的読みができないわけがない。

次に後者を見ると、こちらからは文学的精読にそうではない広義の精読と比較してなんらかの優越性を与え、技巧《アート》化しようとする政治的な姿勢を感じとれる。つまり後者では技術としての精読の概念が文学批評理論にも立脚する技巧としての精読にすり替わっており、そのすり替えの裏には文学的精読とは技術は技術でも高度なのだという自負が隠れているように思われるのである。にもかかわらず、ここではその高度の技術部分の話が欠落したまま精読が技巧《アート》へと飛躍し、精読を何か本能的なセンスがないとできない、つまり習得が難しい能力として、教育の実践的な側面から本質的に乖離させてしまっている。だからこそ精読が高度だと感じるその根拠は抽象的・主観的にしか示されていないし、ここで定義されるような技巧と技術の混在した精読では教育のための戦略的プランも立てにくい。

文学教育を文学批評理論とほぼ同一視できた時代ならば、文学的精読は高度なリテラシー獲得に結びつくと考える根拠が曖昧でもよかったのかもしれない。しかし繰り返すように今はそうはいかない時代である。リテラシー教育の扱う広義の技術《スキル》としての精読と、文学研究の技巧《アート》としての精読との中間に位置づけられるものとして、教授可能な高度の技術としての文学的精読が存在する、と文学研究者がもし自負するのであれば、情報テクストの精読でも可能な批判的読みという視点とは別に、何か他の視点から文学テクストを文学的に精読する技術に特有だと思われる点を考えなければならない。またその特殊性は教授可能なものとして説明できるものでなければならない。そうでなければ文学的精読はリテラシー教育の延長線上に位置づけられず、リテラシー教育と文学教育との間に分断が生じるからである。

過程を明示化する文学的精読

ここで冒頭で触れた、文学の学会ではスライドを使って発表するという光景があまり見られないという点に話を戻そう。一般にパワーポイントなどのスライド作成・発表ツールが効果を発揮するのは、整理された思考の要点を示す際である。ゆえに思考の整理のためにスライドを作成してみるという作業を取り入れる人もいる。実験結果などのデータもまた、処理され分析されたものがわかりやすいように整理、あるいは簡略化して示されるが、それは考察の結果得られる要点の、副次的な支持内容としてでしかない。スライドに載る主役は要点であって、その要点を支える二次的な情報や要点に至った過程はキーワードのみが示されるか、口頭でしか語られないのが普通、いや過程に関してはスライドを次に切り替えるという動作によってしかむしろ示されない。つまりスライドを使うと説明や過程の部分は一瞬だけ意識化されてすぐにその場を去ってしまう暫時性に彩られたものとなってしまうのだ。見事なスライドを次々披露しながら発表した学生が後から書くレポートが、必ずしも論理的であったり説得力を持ったりするわけではないという経験は、こういった即時的な意識化が記憶または思考に残りにくいことを考え合わせると理解しやすくなる。

文学研究発表の場でスライドがあまり導入されない理由は、スライドを使用する発表がいわば必然的に持つ過程の不可視化という性質が、文学的精読とは本質的に相容れないものだということにあるのではないか、というのが本稿の立てる仮説である。つまり文学的精読を行う文学研究においては理解や解釈に至る思考の過程を他分野の研究や精読の仕方よりもより意識的・明示的に言語化することが期待されており、この精読への期待こそが「我々を一つの学問領域としてくれるまさにそのもの」(Gallop 183)とギャロップが表現するように、文学研究を他の学問領域から差別化しているのではないかということだ。長文の引用を載せたハンドアウトを聴衆と同時に読みつつ論点を導き出した過程を再現する、聴衆は聴衆で同じ過程で自分がその要点に至ることができるかを体験的に確認する、という側面が文学の研究発表から消えないのも、文学研究が過程の再現的意識化に重点を置くからだと考えれば説明できるように思われる。この過程を無視したものは、情意的な反応を要点として羅列するにすぎない、単なる読書感想文になりかねないのだ。言い方を変えれば、文学研究では分析対象となる文学テクストだけにではなく、精読によりそれを論じる研究論文にもまた一種の物語性がより強く表れているのではないかということである。テクストの読みの過程に物語性を与えつつ意識的、明示的に言語化しようとする読み、これが技術としての文学的精読に加えうると考えられる定義の一つ目である。

文学研究に特有の注釈という成果発表形態や、間テクスト性(intertextuality)を意識する考察の存在も、この過程の意識的明示化への強い期待から説明が可能であるように思われる。英国を中心とする認知文学研究の分野に、認知心理学と認知言語学を組み合わせた「テクスト世界理論」（Text World Theory）[10]というのがある。これは音声的なものも含め、言語化されたテクストを理解するという行為をテクストとのディスコースとしてとらえるものなのだが、単純化すると、この理論では文字テクストの中にはテクストの生産者と消費者の双方に対してそれぞれの既存のスキーマを呼び起こす契機を与えるような、テクスト世界展開のスイッチ（world-switch）が無数に埋め込まれていると考える。テクストの個々の消費者がそのどれかのスイッチに反応すると、その意識主体はスキーマの中にある別の時空間に関する知識を参照し、その既存のスキーマを基にテクストを理解可能なようにイメージ化する。このテクスト世界（text world）はスイッチに反応する毎に次々と生み出される。テクストの消費者によるテクスト理解は、既存のスキーマに基づき生成されるテクスト世界を参照することを経て、新たなスキーマとなる統合的なテクスト世界が生み出されることでなされる。たとえば「見事な夕焼けの空だった」というテクストを見たときに、このことばがスイッチになって展開されるテクスト世界の情景は消費者それぞれのスキーマによって違うものであり、その夕焼けの空の下に広がる景色も、そこからさらに想起される香り、音、季節、気温といったものも、そのそれぞれが既存のスキーマから呼び起こされるものである。これらが統合されて最終的に意識主体なりの一つの世界ができたときにこのテクストの理解ができ、さらにこの新しくできたテクスト世界が将来的には今度はスキーマとして呼び起こされる。

テクストの生産者、つまり著者にしても、このテクストを産出する際に、あるいは産出の試みで世界がテクスト化される毎に、消費者と同様に既存のテクスト世界を呼び起こしているわけで、その意味では生産者は常に消費者でもある。この消費者としての著者と消費者としての読者のテクスト世界は当然まったく異なるため、その差異が積み重なり著者と読者という二つの消費者のテクスト世界が乖離していくと異化作用につながっていく。同じ夕焼けの空の下に広がる光景に「背の高い建物」があるという共通点があったとしても、その建物の高さが異なっていれば著者が続けている描写がいずれどこかで違和感をもたらす、というわけである。著者が消費者になる度に喚起されるスキーマも、必ずしも前の段階と同じスキーマではないので、この異化作用は著者にもたらされ、書き直すという決断にいたる。つまりこのテクスト世界理論の概念ではテクスト生産者のコンテクストも消費者のコンテクストも無視できないわけで、新批評なら最初から矛盾してしまう。

さて注意しなければならないのは、このテクスト世界理論の示す理解の枠組みは情報テクストの理解にも当てはまるということである。そう考えると、文学的な理解に情報テクストの理解との差異を与えるのは、やはり過程の意識的明示化の重視にほかならない。文学研究に特有の注釈というのは、言語テクストに潜在的に埋め込まれているスイッチを、個人によってはスイッチとして認識されない可能性のあるものも含めて認識・反応可能にするためにマークし、それをスイッチのリストのように言語化したもの、として説明できるのだが、これに学術的価値を認めるのは文学研究分野の本質的な性質に基づく選択である。一方、間テクスト性はというと、テクスト世界理論の枠組みでは、テクスト内にあった別の文学テクストを想起させるスイッチに、意識主体が反応した結果として発生するものになる。間テクスト的な精読だけが文学的な精読ではないのは、間テクスト性に気づくかどうかがその埋め込まれたスイッチへの反応の有無に左右されるためであり、同時にまた間テクスト的な精読に価値が見出されるのは、意識主体がスイッチに反応し別のテクスト世界を次々と生み出す過程の意識的明示化を、文学研究が本質的に求める分野だからであると説明できるのではないか。

文学的精読の技術としての定義にもう一つ加えられる明らかな点は、それが必ずアウトプットを伴うということである。過程を示すにはそれを言語化する必要がある。先に定義を二種類引用した際に、数あるリテラシー教育における文学テクスト精読の定義から「書くこと」への言及があるものをあえて採用したのは、「精読は書くことでその習熟が表現できるようになったときに終わりを迎えるべきものである」(Lemov et al. 61) という部分に、この文学的精読の本質がとらえられているように思ったからである。授業実践を考えても、テクストを同時進行的に読みながらディスカッションするという作業が文学の授業で占める比重は大きい。一つの作品を読むのに非常に多くの時間をかけ、同じテクストを全員で少しずつ読みながらそれぞれの気づきについて語り、あるいは語られるのを聞きつつ議論する、読書会という形態が採られるのも、文学研究ではよくあることである。このときにその場で行われる読みが文学的精読であるという直観的理解に、異論はないはずだ。そしてこのような形で言語化される内容は、テクスト世界理論が説明するように、その前段階で言語化された内容に触発されて次々と展開され、その意味では最初から整理された論点が簡潔に明示されることはないはずである。もちろん研究発表や論文執筆の段階では展開された議論の全体像から論点の取捨選択が行われ、その論点にとって必要な部分のみに焦点が当てられるわけだが、論点に向かうベクトルは与えられても焦点化されるのが過程という個人差の存在する部分である以上、文学ではその意識的言語化を一定の汎用性のある型に沿って進め、論を構築することは難しくなる。たとえば言語教育学の論文なら着想に至った経緯、先行研究、仮説、手法、結果、考察の順で構成を考えなさいと指導でき、論文・レポートの書き方の類の参考書も助けになるのだが、過程を重視する文学的精読に基づく論文の議論展開に、そのような汎用性のあるパターンがあると言えるだろうか。このように考えてみると、文学的精読というのはむしろ話す、書くといったアウトプットに期待される内容から遡及的に明示される読みのように思われる。

文学的精読は教授可能なのか

さて、以上で文学的精読の技術の定義に加えられる可能性を検討した過程の意識化および言語化による明示だが、残る問題はこれらが教授・習得可能な技術であり、かつ他の精読の技術よりも難度が高いものなのかという点である。スライドに載せられるような要点を見つけるのは認知（cognitive）レベルの活動であり、言語化して載せられる要点は認知的な情報である。それに対し、ふりかえり（reflection）によってその認知に至る過程を意識化するのはメタ認知レベルの活動であり、文学的精読が言語的なアウトプットにより意識的に明示化しようとしたものは、メタ認知活動の記録になる。メタ認知とは認知のプロセスを積極的に制御するような、「学び方の学習」の上で不可欠な能力の次元を指す。このメタ認知の次元で学習の際に使用される技術はメタ認知方略（metacognitive strategy）とも呼ばれ、認知、情意（affect）、記憶（memory）といった次元の能力を統合的に制御し、学びを促進させる上で重要な役割を果たす。したがって技術としては他の技術の一つ上の高次のレベルに位置づけられており、その統括的な性質から学習難度も高い。このため教育学ではその重要性についての議論も効果的な教授法についての研究も長年にわたって進められている。ＣＥＦＲやコモン・コアを始め、各国の現代の教育政策に大きな影響を与えた経済協力開発機構（ＯＥＣＤ）が二〇〇三年に「キー・コンピテンシー」（Key Competencies）と定義をまとめた能力、あるいはATC21sプロジェクト（Assessment and Teaching of 21st Century Skills Project: 2009-2012）がＫＳＡＶＥ（knowledge, skills, attitudes, values and ethics）の枠組みから定義した「二一世紀型スキル」（21st-century skills）、ＥＵの支援を受け現在も進行中のATS2020プロジェクト[11]（ProjectATS2020）がアカデミアに限らず別コンテクストへの「移転可能スキル」（Transversal Skills）として定義する能力、などを見ても、ふりかえりによるモニタリング（monitoring）を通じてのメタ認知能力の涵養が、自己調整学習（self-regulated learning）の実現に不可欠な要素として重視されている、という共通点があり、同時にこの高次のメタ認知技術あるいは方略は教授可能なものとして理解されている。

　このように考えると、文学的精読が前提条件として期待する過程の意識的言語化というのは、メタ認知能力の促進およびメタ認知技術の教授という点においてリテラシー教育の延長線上にあり、高度のリテラシー能力の習得に結びつくものとなる。同時にこの精読過程の明示化は、専門分野としての文学が文学批評理論を参照しつつ文学テクストの分析・解釈を行う、つまり精読を技巧《アート》化するための前提として求められるリテラシーであり、この前提的リテラシーはリンコンが「専門的な知識」と呼ぶものにもつながっていく。文学研究が文学的な技巧《アート》として考える専門的な知識を要求するレベルの精読と、仮に文学テクストを使用しても批判的読みと同義になりそうな、リテラシー教育が技術《スキル》ととらえる精読との中間に、文学テクストを使用した精読の過程を意識化・言語化する精読技術《スキル》というのは、高次ゆえに高難度の技術《スキル》として位置づけることができるのである。

メタ認知能力は省察に基づき活性化される能力だが、同じ能力でも課題への取り組みと同時進行的に行われ情報のインプットに関わるメタ認知はオンライン・メタ認知 (online metacognition)、課題への取り組み終了後に行われ、内在化された情報のアウトプットに関わるメタ認知はオフライン・メタ認知 (offline metacognition) として区分できる。教育を考える場合、教室であればインプットに絡むオンライン・メタ認知の促進にはプロンプトによる教師の効果的な介入法の検討が重要であり (深谷 五〇-五三)、アウトプットに絡むオフライン・メタ認知は、アウトプットしようとした際に言語化できないという経験を起点として発生する (深谷 八八-九〇) 点を考慮すれば、これもやはりアウトプットを求める際の問いの設定の仕方やプロンプトの出し方にその習得が左右される性質のものである。文学的精読の技術《スキル》は両タイプのメタ認知を必然的に駆使させるものとしてリテラシー教育の中でも教授する意義があるのだが、メタ認知能力涵養という目的のための教育の実践的な側面は、やはり文学批評理論に依拠することではカバーしきれない性質のものである。漢字を使い分ける日本語で考えればすぐにわかるのだが、そもそも文学批評理論というのはあくまでも修得する知識であって、習得する技術《スキル》ではない。教育は修得だけでなく習得も考えなければならないものである。その意味で、CEFRが指摘したように文学教師には意識変革が必要であり、それによって文学的精読を文学教育としてあるいはリテラシー教育として行う教育的な意義も、あらためて確認できるのではないか。これが本稿のたどり着いた結論というか仮説なのだが、この仮説の持つ方向性が、文学的精読、あるいは文学テクストをめぐる読むこと・書くことのメタ・リーディング、という本書のテーマに沿っていることを、筆者としては願うばかりである。

＊本稿執筆に至った研究の一部は二〇一七年度南山大学パッヘ研究奨励金I-A-2の助成を受けたものである。

注

（1）*A Changing Major: The Report of the 2016–17 ADE Ad Hoc Committee on the English Major.*

（2）ADE（Association of Departments of English）は米国現代語学文学協会（Modern Language Association）傘下の組織である。MLAにはこのADEとADFL（Association of Departments of Foreign Languages）の二種類が存在し、かつ報告書の内容は明らかに文学を対象としているため、ここでの"English"の訳としては「英語文学」を使用した。

（3）この文章は補遺Bとして付されている、例示的能力記述文（illustrative scale descriptors）の開発に取り組んだスイス研究プロジェクトについての説明の中でみられる。

（4）認知科学的視点から物語を読む行為を考察する認知文学研究が盛んにみられるようになったのは二〇〇〇年代の始めの頃だったと思うが、二〇一〇年代に入って、過去十年間のこの研究分野の動向をまとめ将来的な方向性などを議論する、この研究分野についての概説書などが再び多く出版されるようになっている。

（5）MLA Ad Hoc Committee on Foreign Languagesが二〇〇七年にまとめた報告書（"Foreign Languages and Higher Education: New Structures for a. a Changed World"）の中でも、言語横断的、文化横断的なコンピテンス（translingual and transcultural competence）の習得がゴールとして挙げられている。

（6）コモン・コアはいくつもの下位カテゴリにわかれているが、多読については “College and Career Readiness Anchor Standards for Reading” に記されている。

（7）これは “Free Voluntary Reading”（FVR）という多読のアプローチの名称で翻訳する性質のものではないが、ここでは書名としての訳を付す。

（8）“Reading” ということばはディスレクシアの症例研究なども視野に入れている認知科学の分野では文字を認識する読字能力の意味も含むことが多く、その一例としてここでは Maryanne Wolf による『プルーストとイカ』（*Proust and the Squid*, 2008）を挙げておく。

（9）本書の「はじめに」を参照。

（10）「テクスト世界理論」の枠組みについては Gavins, *Text World Theory* を参照。

（11）ATS2020 プロジェクトの正式名称は Assessment of Transversal Skills 2020 Project。

引用文献／参考文献

ADE Ad Hoc Committee on the English Major. *A Changing Major: The Report of the 2016-17 ADE Ad Hoc Committee on the English Major*. July 2018, www.ade.mla.org/content/download/98513/2276619/A-Changing-Major.pdf.

“ATC21S.” Assessment & Teaching of 21st Century Skills, www.atc21s.org/.

“ATS2020.” *Homepage*, resources.ats2020.eu/home.

Bialostosky, Don. “Should College English Be Close Reading?” *College English*, vol. 69, no. 2, 2006, p. 111, doi:10.2307/25472195.

Caruth, Cathy. “Afterword: Turning Back to Literature.” *PMLA*, vol. 125, no. 4, 2010, pp. 1087-95, doi:10.1632/pmla.2010.125.4.1087.

Common Core State Standards. Common Core State Standards Initiative, 2010, http://www.corestandards.org/.

Common European Framework of Reference for Languages: Learning, Teaching, Assessment. Council of Europe, Council for Cultural Co-operation, Education Committee, Modern Languages Division, Strasbourg. Cambridge University Press, 2001.

Cook, Guy. *Translation in Language Teaching: An Argument for Reassessment*. Oxford University Press, 2012.

"Definition and Selection of Competencies (DeSeCo)." *OECD*, www.oecd.org/pisa/35070367.pdf.

DuBois, Andrew. "Introduction." *Close Reading: The Reader*, edited by Frank Lentricchia and Andrew DuBois, Duke University Press, 2003, pp. 1-40.

Fadel, Charles, et al. *Four-Dimensional Education*. Center for Curriculum Redesign, 2015.

Federico, Annette. *Engagements with Close Reading*. Routledge, 2016.

Fuss, Diana, and William A. Gleason. *The Pocket Instructor, Literature: 101 Exercises for the College Classroom*. Princeton University Press, 2016.

Gallop, Jane. "The Historicization of Literary Studies and the Fate of Close Reading." *Profession*, vol. 2007, no. 1, 2007, pp. 181-86, doi:10.1632/prof.2007.2007.1.181.

Gavins, Joanna. *Text World Theory: An Introduction*. Edinburgh University Press, 2009.

Hall, Geoff. *Literature in Language Education*. 2nd ed., Palgrave Macmillan, 2015.

Hirsch, Marianne. "Editor's Column: The First Blow? Torture and Close Reading." *PMLA*, vol. 121, no. 2, 2006, pp. 361-70, doi:10.1632/003081206x129594.

Hogan, Patrick Colm. *Cognitive Science, Literature, and the Arts: A Guide for Humanists*. Routledge, 2003.

Howe, Elisabeth A. *Close Reading: An Introduction to Literature*. Longman, 2010.

Jaén, Isabel, and Julien Jacques Simon. *Cognitive Literary Studies: Current Themes and New Directions*. University of Texas, 2013.

Jones, Christian. "Literature and Language Awareness: Using Literature to Achieve CEFR Outcomes." *Journal of Second*

Language Teaching and Research, vol. 01, no. 01, 2012, pp. 69-82, doi:10.5420/jsltr.01.01.3320.

Krashen, Stephen D. *The Power of Reading: Insights from the Research*. Libraries Unlimited, 2004. First published in 1994.

——. *Free Voluntary Reading*. Libraries Unlimited, 2011.

Lemov, Doug, et al. *Reading Reconsidered: A Practical Guide to Rigorous Literacy Instruction*. Jossey-Bass, Wiley, 2016.

Lentricchia, Frank. "Preface." *Close Reading: The Reader*, edited by Frank Lentricchia and Andrew DuBois, Duke University Press, 2003.

Lester, Julius. "On the Teaching of Literature." *English Journal*, vol. 94, no. 3, 2005, p. 29, doi:10.2307/30046412.

Linkon, Sherry Lee. *Literary Learning: Teaching the English Major*. Indiana University Press, 2011.

Mills, Nicole. "Teaching Assistants' Self-Efficacy in Teaching Literature: Sources, Personal Assessments, and Consequences." *The Modern Language Journal*, vol. 95, no. 1, 2011, pp. 61-80, doi:10.1111/j.1540-4781.2010.01145.x.

MLA Ad Hoc Committee on Foreign Languages. "Foreign Languages and Higher Education: New Structures for a Changed World." *Profession*, vol. 2007, no. 1, 2007, pp. 234-45, doi:10.1632/prof.2007.2007.1.234. (Also published at: Modern Language Association, www.mla.org/Resources/Research/Surveys-Reports-and-Other-Documents/Teaching-Enrollments-and-Programs/Foreign-Languages-and-Higher-Education-New-Structures-for-a-Changed-World.)

"Project ATS2020." Project ATS2020, www.ats2020.eu/.

Ryan, Michael. *Literary Theory: A Practical Introduction*. 3rd ed., Wiley Blackwell, 2017.

Scholes, Robert. *English after the Fall: From Literature to Textuality*. University of Iowa Press, 2011.

——. *Textual Power: Literary Theory and the Teaching of English*. Yale University Press, 1985.

Showalter, Elaine. *Teaching Literature*. Blackwell, 2003.

Spivak, Gayatri Chakravorty. "Close Reading." *PMLA*, vol. 121, no. 2, 2006, pp. 1608-17, http://www.jstor.org/stable/25501633.

Stockwell, Peter. *Cognitive Poetics: An Introduction*. Routledge, 2009.

Teranishi, Masayuki, et al. *Literature and Language Learning in the EFL Classroom*. Palgrave Macmillan, 2015.

Vervaeck, Bart, et al. *Stories and Minds: Cognitive Approaches to Literary Narrative*. University of Nebraska Press, 2013.
Wolf, Maryanne. *Proust and the Squid: The Story and Science of the Reading Brain*. Icon Books, 2008.
ＯＥＣＤ教育研究革新センター編著『メタ認知の教育学――生きる力を育む創造的数学力』（明石書店、二〇一五年）
江利川春雄「英語教科書から消えた文学」『英語教育』53 (8)（大修館、二〇〇四年）、一五‐一八頁
――『日本人は英語をどう学んできたか――英語教育の社会文化史』（研究社、二〇〇八年）
自己調整学習研究会編『自己調整学習――理論と実践の新たな展開へ』（北大路書房、二〇一二年）
大学英語教育学会文学研究会『〈英語教育のための文学〉案内事典』（彩流社、二〇〇〇年）
高橋和子『日本の英語教育における文学教材の可能性』（ひつじ書房、二〇一五年）
田中義隆『二一世紀型スキルと諸外国の教育実践――求められる新しい能力育成』（明石書店、二〇一五年）
日本英文学会（関東支部）編『教室の英文学』（研究社、二〇一七年）
深谷達史『メタ認知の促進と育成――概念的理解のメカニズムと支援』（北大路書房、二〇一六年）
三笠真智子『メタ認知で〈学ぶ力〉を高める――認知心理学が解き明かす効果的学習法』（北大路書房、二〇一八年）
吉村俊子・安田優 他編著『文学教材実践ハンドブック――英語教育を活性化する』（英宝社、二〇一三年）

あとがき

「はじめに」でも触れられているように、この論集は二〇一三年に始まった精読読書会およびその発展形としての科研費助成事業による研究会（以下、科研費助成事業はその前身の読書会と区別して「研究会」とする）の集大成であるが、それに先立つ、すなわち読書会の発端となった出来事にも言及しておきたい。

精読研究会のメンバーは皆京都大学大学院人間・環境学研究科の同窓生であり、本論集と同じく松籟社から出版された『悪夢への変貌——作家たちの見たアメリカ』（二〇一〇）に寄稿した者たちである。先の論集の出版に際しては皆其々に骨を折ったはずであるが、喉元過ぎれば熱さ忘れるで、わずか二、三年のうちに再結集することとなった。そのきっかけが、先の論集の編著者でもあった京都大学名誉教授の福岡和子先生が、エレイン・ショーウォーター著『文学を教える』*Teaching Literature*（二〇〇二）の読書会をご提案くださったことである。教室での「精読」

実践の効用を説いたこの書物についての読書会は結局幻となってしまったが、代わって我々教え子だけが、すでに一端の研究者として独立していたとはいえ、若干の不安を抱えつつ「精読」をテーマとした読書会を始めることとなったのである。読書会・研究会のきっかけを作ってくださった福岡先生には、研究会のメンバー一同、心よりお礼を申し上げたい。

研究会では、精読の意味を摑むために様々なテクストを読んだが、普段一人で研究している限りにおいては絶対に手にすることがなかったであろうテクストとの出会いは、精読研究会の最も大きな悦びであり成果であった。今、研究会記録を見直してみると、誰もが知るアメリカ文学の正典テクストから、知ってはいても敬遠していた難解な理論書や筆者が初めて知る近年の批評まで、多くのテクストが我々の（と言っては失礼だが少なくとも筆者の）蒙を啓いてくれた。本論集に収められた論考の中ですべてのテクストが生かされているとは言えないものの、それらは確かに我々の脳内に蓄積されているはずである。それらが、いつの日かまた別のテクストによってきっかけのスイッチが押された時に、新たな知識の広がりの中で展開するのを待っているのだと信じたい。

研究会では、科研のメンバーが定期的に集まって精読にまつわるテクストについての議論を行っただけではなく、毎年一名ずつ、外部から講師をお招きして精読に関わる講演もしていただいた。一年目には、京都大学の森慎一郎氏を秋晴れの九州にお招きし、本論集にも収められている、フィッツジェラルドの『ラスト・タイクーン』についての精読を披露していただいた。それは、眼前に見えていたはずの絵が全く別の絵に見える――しかも一度きりではなく幾重にも見え方が変化してゆくという体験であり、息もつかせぬばかりに繰り広げられる奇術や手品を見るかのような興奮をもたらした。そしてそれは、精読がまさにプロセスなのだということを我々が身をもって知る体験であった。二年目には、風薫る名古屋で、フロリダ・ガルフコースト大学で教鞭をとる杉森雅美氏に、黒人女性作家フォーセットの作品における読む行為に着目した精読を披露していただいた。これが研究会に新たな方向性を指し示し、テクストに描かれた読む行為と書く行為を巡る議論は本論集でも一つの柱になっている。また、三年目には立教大学の舌津智之氏が祇園囃子が涼やかに響く京都にお越しくださった。キャザーの短編小説を、フォスターの歌曲とポーのテクストとの間テクスト性の中で繊細に論じてくださり、我々はその議論の射程範囲の広さに圧倒された。歴史の中で複雑に絡み合うテクスト群の網の中から一つのテクストを選び取って論じることが要求する、地道で継続的かつ決して簡単ではない営みが、文学研究にとっていかに大切であるかを教えていただいた。それと同時に、精読と間テクスト性の密接な関係を体験的に知った我々は、クリステヴァによって提示された間テクスト性の検討から始まったこの研究会の方向性は間違っていなかったのだと再確認することができたのである。この三名の先生方には、ご講演をお引き受けくださり、美事な精読体験を我々に与えてくださったのみならず、本論集にもご寄稿下さったことに対して、ここで改めて感謝の意を表したいと思う。

そして、前回の論集に続いて今回の論集でも、我々のためにひと肌もふた肌も脱いでくださったのは、松籟社の木村浩之氏である。木村氏には二年目の途中から研究会に参加していただき、この論集の方向性についてもご意見をいただいた。また、出版に当たっては全ての原稿を丁寧に読んでくださり、精密な校正作業は言うまでもなく、細かい表現などについての的確な助言もしてくださった。木村氏には感謝とともに、ぜひ次回もまたよろしくお願い申し上げたい。

同様に、今回の装画もまたMISSISSIPPI氏に手掛けていただいた。木々の間に青色の紐を見つけ、驚きとも喜びともとれる表情を見せる奇妙な生き物は、テクストの森に分け入り手掛かりを見つけてさまよう我々読者の姿を思わせる。その森の緑の明るい色彩が、この探求の楽しさを示しているように思われるのである。

二〇一九年六月　竹井智子

No PowerPoint Slides for This Presentation?: An Aspect of Close Reading in Literary Studies

Satoko ITO

This chapter examines the definitions of close reading in literary studies, in order to consider its teachability for English majors. Despite the generally accepted understanding that close reading is essential to literary analysis, its definitions remain vague and ambiguous. The lack of clear definition, however, does not necessarily mean that it is something intuitive and therefore unteachable. This chapter views literary close reading as an indispensable skill that bridges literary education and general education for literacy, and investigates some potential aspects of close reading in order to differentiate the content-specific skill from the general practice of attentive reading. It concludes that literary close reading is a self-reflective interaction between a text and its reader, defined retroactively by the reader's output. It also argues that some of the techniques used to interact with the text or to reflect and verbalize the process, are teachable and learnable. The chapter further points out that the reader's conscious effort of recording one's reflective practice is what essentially differentiates literary studies from other disciplines, and argues that literary studies as such has potential to develop the reader's metacognitive skills considered indispensable in becoming self-regulated learners.

also as a surprisingly rich, deeply moving achievement of his novelistic imagination. A closer attention to the scene's structure and details, moreover, reveals its subtler and more complex dimensions wherein lurks a possible key to the class/sexual dynamics at the heart of Fitzgerald's unfinished project.

The English Major and the Teaching of Close Reading: Higher Education in America

Masami SUGIMORI

This chapter explores the challenges of teaching close reading in American higher education, and proposes models of curriculum management and course instruction designed to overcome those challenges. The first part analyzes the terms in which discourses of the English major refer to close reading and points to the coexistence of a narrow definition (a specific mode of reading) and a broad definition (a series of intellectual activities which also include identifying appropriate passages for examination according to topical focus, applying well-selected analytical methods to them, as well as putting together the results of textual analysis into a well-developed argument). This part argues that English departments struggle to offer effective close-reading instruction partly because of the confusion between these usages. The second part examines the difficulty from students' perspective, paying special attention to the circumstances of today's higher education. It discusses how the students' generational characteristics, as well as approaches to course work and textbooks, have a significant impact on the supposed lack of their close reading skills. Building onto these considerations, the final part proposes curriculum management and course instruction models, both customized to feature a holistic, long-term developmental process attending to various aspects of broadly defined close reading. These models also emphasize a coordination between key parameters—between the department's mission statement, learning outcomes and assessment rubric on the curriculum level, and between overall course structure, major assignments, homework for students, and in-class discussion and activities on the level of individual courses.

A Black Subject's "Literal" Resistance: Jessie Redmon Fauset's "Emmy"

Masami SUGIMORI

This chapter argues that Jessie Redmon Fauset's short story "Emmy" (1912-13) reveals how white ideology operates through seemingly unracialized discourse and how "literal" reading practice can offer a unique strategy for resistance. In this story, set in early-twentieth-century Pennsylvania, white-supremacist discourses are not explicitly white-supremacist. Instead, they take an egalitarian guise on the denotative level and function by subtly inviting one to make a white-supremacist interpretation. Often unwittingly, Fauset's black protagonist Emmy takes these discourses at face value, but such a literal approach paradoxically enables the character to disrupt their operation and expose the actual precariousness of ideologically normative assumptions such as whites' superiority. At the same time, this essay points out, Emmy's disruption of racial discourse, if effective in individual, isolated cases, does not fully protect her from the penetrating operation of white ideology. Indeed, this ideology systematically denies black self-actualization by imposing a "tragic" framework on blacks' hope and aspiration, stultifies Emmy's life through more vulnerable subjects like her boyfriend Archie (who passes for white to pursue "a white man's chances") and, ultimately, confounds Fauset's writing itself, as indicated by her narrative struggle to work out a happy ending in the story.

"The Nickel Was for the Movies": A Close Reading of a Scene from F. Scott Fitzgerald's *The Last Tycoon*

Shinichiro MORI

This chapter is an attempt to read closely a brief scene from F. Scott Fitzgerald's posthumously published Hollywood novel, *The Last Tycoon* (aka *The Love of the Last Tycoon: A Western*). The scene in question—a two-page dialogue between the protagonist Monroe Stahr, a film producer of genius, and an English novelist named George Boxley, during which the former gives the latter a little lesson in film-making—stands out in the unfinished novel not only as a brilliantly deft portrayal of its hero and his abilities but, seen in the light of its autobiographical background (i.e., Fitzgerald's bitter experiences in Hollywood before and while he wrote the novel),

The Act of Reading and Writing in Henry James's *The Sense of the Past*

Tomoko TAKEI

Henry James's last and unfinished novel, *The Sense of the Past*, deals with the time travel of Ralph Pendrel, the American protagonist, in his inherited house in England. This chapter, by placing the text as the last piece in the lineage of James's fiction about novelists and critics (e.g., "The Figure in the Carpet" and "The Middle Years"), discusses how James grasps his acts of reading and writing as a novelist and represents these acts in his final phase. Ralph's exploration of the old house before his time travel exemplifies the act of reading for critical purposes; while his experience in the past repeatedly foregrounds the intrinsic inseparability between the two acts of reading and writing in James's creative process. Moreover, James's last text embodies the endless acts of reading and writing, not only of writers and critics, but also of us, the readers.

Negative Power of the Suspended Life:
Reading *Leaving the Atocha Station* as a Prose Poem

Kyoko YOSHIDA

This chapter analyzes how the uses of "suspended time" and the representation of "immediate mediacy" work hand in hand in *Leaving the Atocha Station*, the debut novel by acclaimed young poet Ben Lerner. On one level, the book reads as a comic novel that tells a narrative of the highly unreliable poet narrator Adam Gordon, but upon a closer look at the narrator's reading of how "the subject of the sentence [is] precisely the time of its being furthered" in John Ashbery's poetry in relation to his "lyric mediacy," this book also reads as a prose work in exploration of "virtual poetics," the term coined by Allen Grossman in his study of Hart Crane. Michael Clune has further developed the concept as potential form of experimental prose poetry. According to Clune, poetry is a machine that fails to make things happen because it operates in figurative language and cannot alter reality directly. Following Clune's cue, the chapter argues that Lerner's poet protagonist's constant failures are in fact sincere demonstrations of the negative power of poetry.

of Mississippi. In the story, he decides to get out of the vicious cycle of avenging his father's murder. The argument presented in this chapter is that Faulkner made use of his own family history, historical evidences, and other texts (including the novel's other stories, *Absalom, Absalom!* (1936), and the Bible) to emphasize the changes in Bayard's attitude in "An Odor of Verbena." Faulkner's creative pursuit of intertextuality also resulted in his growth as a writer. When composing *Go Down, Moses* (1942), he continued these efforts to improve his writing techniques through the process of writing and revising and dealt with topics that were not fully discussed in *The Unvanquished*, such as the racial problems seen in the South.

A Rebel with a Lyrical Cause: *On the Road* and White Music

Tomoyuki ZETTSU

Jack Kerouac's *On the Road* has generally been regarded as an experimental attempt to recreate in fiction the spontaneous rhythm of jazz. The novel's improvisational drive, critics argue, emulates the African American musical style, most notably exemplified by such artists as Charlie Parker, Dizzy Gillespie, and Thelonius Monk. A close reading of the text, however, reveals the novel's intertextual transactions with white music, a commercial strain of American popular songs that highlight emotional lyrics. Of particular interest is Kerouac's fascination with Frank Sinatra, whose "Night and Day" encapsulates what Kerouac once termed the singer's "lyrical and sometimes poetical tenderness." Moreover, Sal, the narrator of *On the Road*, pays tribute to Gene Autry's nostalgic country waltz, "When It's Springtime in the Rockies." Significantly, the song's title phrase appears in the novel only as a subtle allusion, since Sal shies away from quoting it directly. Such a hesitant attitude foregrounds Kerouac's simultaneous desire to conceal and reveal his white middle-class sensitivities, a paradoxical mode that also characterizes the novel's queer poetics/politics. Thus, Kerouac's polyphonic—rebellious yet lyrical—soundscape gestures toward his racial as well as sexual oscillations.

for it inherently excludes those texts with some political goal from the canonical texts that, according to those who practice it, should seek originality and uniqueness without political purposes. This chapter, tentatively calling the former political texts and the latter aesthetic texts, attempts to propose a new way of close reading and eliminate the exclusive nature of the practice.

Hawthorne's Ends for Writing Literature: "Solid Cash" and "Bubble Reputations"

Kayoko NAKANISHI

In his 1851 letter to Horatio Bridge, Nathaniel Hawthorne declares that one of his "only sensible ends for literature" is "solid cash." This rather straightforward expression of Hawthorne, now a renowned writer, seems to suggest multiple meanings: his gratitude toward Bridge who secretly paid "solid cash" as security money when Hawthorne published his first book in 1837; his self-mocking humor in the face of the harsh reality that he cannot earn enough "solid cash" despite his literary reputation; and his resolution as a man of letter to create works of artistic merit that can make "solid cash." Focusing on his use of contrastive metaphors, "solid cash" and "bubble reputations," this chapter elucidates Hawthorne's dilemmatic view of writing and earning from it. We primarily discuss intertextuality among Hawthorne's works and Andrew Jackson's speech; we analyze Hawthorne's "Peter Goldthwaite's Treasure," *The House of the Seven Gables, The Snow-image and Other Twice-told Tales*, and other works along with Jackson's farewell address in 1837.

The Addition of "An Odor of Verbena": Development of the Main Character and the Author in *The Unvanquished*

Kayoko SHIMANUKI

After revising and connecting six short stories that had been previously published in magazines, William Faulkner added a seventh story and published the collection as a novel called *The Unvanquished* (1938). The last story added to the book, "An Odor of Verbena," best exemplifies the bildungsroman of the main character, Bayard Sartoris, who is depicted to be in his fourth year at the School of Law, University

Abstracts

Introduction

Kyoko YOSHIDA

The introduction of *Lost in Text: Meta-Reading of American Literature* defines the practice of close reading in the studies of American Literature in Japan as a compromise between the scholia that originates from the studies of the Classical Chinese texts and the New Critical style of close reading. For the Japanese scholars of America Literature, the New Critical focus on the anatomy of literary texts has served them more conveniently than contextual approaches to literary texts have. The introduction surveys the premise and limits of the New Critical way of close reading and criticizes the rationalization that one can analyze a literary text closely, independent of its contexts and outside references to other literary texts or reality. Literary texts canonized by New Criticism, in fact, strategically draw attention to themselves to prompt close reading by making direct and indirect references to preceding texts and thus differentiating themselves from their predecessors. *Lost in Text* aims to reveal some mechanisms how texts induce close reading.

Political Texts and Aesthetic Texts

Yasushi TAKANO

The term "close reading" cannot be defined clearly enough for academic terminology, for the closeness of the practice always leads to the possibility of a "closer" reading. Despite the vagueness of the term, "close reading" has been considered a prerequisite for literary criticism and has never been paid appropriate attention thus far. Moreover, recent attempts to reorganize the literary canon to incorporate works of minority authors have shed light upon the unconsciously political tendency of "close reading,"

ワイルド，オスカー　Wilde, Oscar　144
「私と煙突」（メルヴィル）“I and My Chimney”　78
ワトソン，ジェイ　Watson, Jay　97
話法　183-184, 187, 204, 216, 273, 275-276, 279

モダニティ　164, 166, 169, 179, 193
モリス，ウィリアム　Morris, William　143
「森の聖歌」（ブライアント）“A Forest Hymn”　48

【や行】

『雪人形と他のトワイス・トールド・テールズ』（ホーソーン）*The Snow-Image, and Other Twice-told Tales*　60
『ユリシーズ』（ジョイス）*Ulysses*　46-48
『ヨーロッパ言語共通参照枠』（CEFR）　287
読み書き教育　24

【ら行】

ラーナー，ベン　Lerner, Ben　22, 165, 168, 176-177, 180-182, 184, 191-195
ライス，アン　Rice, Anne　38, 267, 275
『ラスト・タイクーン』（フィッツジェラルド）*The Last Tycoon*　23, 225-226, 234-235, 246-249, 251
「ラパチニの娘」（ホーソーン）“Rappaccini's Daughter”　70
ラマー，ルーシャス・クインタス・シンサネイタス　Lamar, Lucius Quintus Cincinnatus　90-91, 106
ランサム，ジョン・クロウ　Ransom, John Crowe　13
ランビネ，エミール　Lambinet, Emile　42, 45-46
リー，ペギー　Lee, Peggy　114, 125, 133
リテラシー（＝識字力）　24-26, 271, 284, 286, 288, 289-292, 294-298, 302, 304-305
リベラルアーツ教育　24
ルーセル，レイモン　Roussel, Raymond　176
レアージュ，ポーリーヌ　Reage, Pauline　38
冷戦（体制）　13-14, 28, 30
「レディたち」（キプリング）“The Ladies”　47
レモーブ，ダグ　294, 297
ローズヴェルト，フランクリン・デラノ　Roosevelt, Franklin Delano　117
ロス，フィリップ　Roth, Philip　168
ロッジ，デイヴィッド　Lodge, David　274
『ロデリック・ハドソン』（ジェイムズ）*Roderick Hudson*　159

【わ行】

ワイルダー，ビリー　Wilder, Billy　230-231

ポストモダニズム　21
『ボストンの人々』（ジェイムズ）*The Bostonians*　148
ポピュラーソング　18, 110, 114
ホメロス　Homer　47
ホリデイ，ビリー　Holiday, Billie　110, 121-123
ボルヘス，ホルヘ・ルイス　Borges, Jorge Luis　154, 158-159, 161, 164
「本への書き込み方」（アドラー）“How to Mark a Book”　269
翻訳　19, 111, 166-169, 171-172, 188-192, 201-202, 206, 219-220, 286

【ま行】

マイノリティ文学　21, 36　（フォーセット，M　も参照のこと）
マクガール，マーク　McGurl, Mark　21-22
「マタイによる福音書」The Gospel According to Matthew　98-99
マレット，ルーカス　Malet, Lucas　140
マンキーウィッツ，ジョゼフ・L　Mankiewicz, Joseph Leo　227-228, 230, 233, 251
『マンスフィールド荘園』（オースティン）*Mansfield Park*　40
ミザナビーム　175
ミシシッピ大学法学部　The University of Mississippi School of Law　17-18, 83, 89-92, 97, 106
「水時計」（アッシュベリー）“Clepsydra”　176
『ミドルマーチ』（エリオット）*Middlemarch*　143
ミニマリズム　21
ミレニアル世代（＝Y世代）Millennials　267-268
『無門関』（マレット）*The Gateless Barrier*　140
「昔あった話」（フォークナー）“Was”　105　→『行け、モーセ』
メイソン，A・E・W　Mason, A. E. W.　47
メタ散文詩　182, 192
メタ認知　286, 303-305, 310
メタ認知技術　27, 304
メタフィクション　16, 19, 166
メタリーディング　22
メトロ＝ゴールドウィン＝メイヤー　Metro-Goldwyn-Mayer　82
メルヴィル，ハーマン　Melville, Herman　78
メンケン，H・L　Mencken, H. L.　48, 231
モグレン，セス　Moglen, Seth　13
文字通りの読み（＝字義的な読み）literal reading　23, 200-202, 207, 209, 214, 219-220, 222, 276
モダニズム　13-15, 17, 19, 21-22, 28, 30, 38-39, 41-42, 46-47, 166, 179, 192, 272, 274

フォークナー，ウィリアム・クラーク　Falkner, William Clark　89
フォークナー，ジョン・ウェズリー・トンプソン　Falkner, John Wesley Thompson　89-90
フォークナー，マリー　Falkner, Murry　89
フォーセット，ジェシー・レドモン　Fauset, Jessie Redmon　23, 197-223, 272, 274
フォスター，スティーヴン　Foster, Stephen Collins　129
『フュージティヴ』 *Fugitives*　12
ブライアン，ウィリアム・ジェニングズ　Bryan, William Jennings　48
ブライアント，ウィリアム・カレン　Bryant, William Cullen　48
『ブライズデイル・ロマンス』（ホーソーン） *The Blithedale Romance*　70, 78
ブラウン対教育委員会裁判　Brown v. Board of Education of Topeka　102
ブラックストン，サー・ウィリアム　Blackstone, Sir William　106
『プラム・バン』（フォーセット） *Plum Bun*　217
『フランクリン・ピアス伝』（ホーソーン） *The Life of Franklin Pierce*　72-73
フランゼン，ジョナサン　Franzen, Jonathan　168
ふりかえり　reflection　289, 303-304
ブリッジ，ホレイショ　Bridge, Horatio　57-62, 67-68, 71-72, 75-77
ブルックス，クレアンス　Brooks, Cleanth　13-14, 19, 272
プレッシー対ファーガソン裁判　Plessy v. Ferguson　102
『プログラム時代——戦後小説とクリエイティヴ・ライティングの台頭』（マクガール） *The Program Era: Postwar Fiction and the Rise of Creative Writing*　21
ブロットナー，ジョーゼフ　Blotner, Joseph　89, 99, 105
フロベール，ギュスターヴ　Flaubert, Gustave　39
文学キャノン　Literacy canon　272　→　キャノン
文学教育　19, 27, 255, 285, 289, 291-292, 297-298, 305
『文学講義』（ナボコフ） *Lectures on Literature*　39
文学史　14-16, 21, 28, 36-38, 191, 201, 268
『文学を教える』（ショーウォーター） *Teaching Literature*　24, 257, 265, 273, 291
米国現代語学文学協会　Modern Language Association of America　258, 278, 306
ペトロニウス，ガイウス　Petronius, Gaius　47
ヘミングウェイ，アーネスト　Hemingway, Ernest　16, 19, 46-48, 56
ベンヤミン，ヴァルター　Benjamin, Walter　171, 193
ポー，エドガー・アラン　Poe, Edgar Allan　16, 38
『ボヴァリー夫人』（フロベール） *Madame Bovary*　39
ポーク，ノエル　Polk, Noel　86, 104
ホーソーン，ナサニエル　Hawthorne, Nathaniel　16-17, 57-80, 140
ポーター，キャサリン・アン　Porter, Katherine Anne　19
ポーター，コール　Porter, Cole　112, 115-116, 123, 133
ボールドウィン，ジェイムズ　Baldwin, James Arthur　19

「眠り姫」シリーズ（ライス） *The Sleeping Beauty Quartet* 38

【は行】

ハーレム・ルネッサンス Harlem Renaissance 222
「バーバリーナ夫人」（ジェイムズ） "Lady Barbarina" 160
媒介性 165-166, 175-177, 188-192
『破壊的要素』（スペンダー） *The Destructive Element* 154
白人至上主義 white supremacy 197, 201, 203, 205, 207-208, 211-215, 217, 219-221, 276
パスティーシュ 16, 46
『八月の光』（フォークナー） *Light in August* 105
ハドソン，W・H Hudson, W. H. 48-50, 159
『鳩の翼』（ジェイムズ） *The Wings of the Dove* 146, 158, 160, 162
バトラー，ジュディス Butler, Judith 220-221, 404
バラード 18, 110, 112, 115, 119, 121
パロディ 16, 179
パワーポイント PowerPoint 27, 275, 279, 283, 298
「反撃」（フォークナー） "Riposte in Tertio" 83 → 『征服されざる人々』
ハンムラビ法典 The Code of Hammurabi 98
ピアス，フランクリン Pierce, Franklin 72-73, 76
ビアズリー，モンロー Beardsley, Monroe 40, 54
「ピーター・ゴールドスウェイトの宝」（ホーソーン） "Peter Goldthwaite's Treasure" 17, 58, 62-65, 67-69, 71
美学テクスト 15-17, 33-56
悲劇 tragedy 88, 96, 159, 212-214, 216, 221, 276
悲劇的過ち hamartia 221
『悲劇の詩神』（ジェイムズ） *The Tragic Muse* 159
『日はまた昇る』（ヘミングウェイ） *The Sun Also Rises* 16, 46-47, 49-52, 179
「批評の科学」（ジェイムズ） "The Science of Criticism" 143-144, 160
『緋文字』（ホーソーン） *The Scarlet Letter* 58-60, 65, 71, 73, 75
ピルキントン，ジョン Pilkington, John 96
『ファイナー・グレイン』（ジェイムズ） *The Finer Grain* 157
『ファンショー』（ホーソーン） *Fanshawe* 59
フィッシャー・キング伝説 The legend of the Fisher King 47-48
フィッツジェラルド，F・スコット Scott Fitzgerald, F. 19, 23, 47, 225-253, 260
フィップス，ジョーダン・M Phipps, Jordan M. 91
フェミニズム 24, 73
フォークナー，ウィリアム Faulkner, William 16-17, 19, 81-108, 227

『大使たち』（ジェイムズ） *The Ambassadors* 42
ダイムノベル 74-75, 78, 80
『大理石の牧神』（ホーソーン） *The Marble Faun* 78
大量文盲社会 25
ダグラス，フレデリック Douglass, Frederick 201-202
タルバーグ，アーヴィング Thalberg, Irving Grant 234
短編小説 20, 148, 159-160, 202, 272
「地上の大燔祭」（ホーソーン） "Earth's Holocaust" 70, 78
宙吊りの生 22, 165, 192, 195
「中年」（ジェイムズ） "The Middle Years" 140, 157
『土にまみれた旗』（フォークナー） *Flags in the Dust* 105
ツルゲーネフ，イワン Turgenev, Ivan Sergeevich 47
ティクナー，ウィリアム デーヴィス Tickner, William 72-74
テイト，アレン Tate, Allen 13
テクスト世界理論 Text World Theory 300, 307
「鉄石の人」（ホーソーン） "The Man of Adamant" 70
鉄道 94, 96, 166, 169, 171-172, 175, 178, 185, 188, 191, 193
『テニスコートの誓い』（アッシュベリー） *The Tennis Court Oath* 175, 195
デュボイス，アンドリュー DuBois, Andrew 219, 284, 286, 293
トゥーマー，ジーン Toomer, Jean 19-20
同害報復法 lex talionis 98-99
投票権法 The Voting Rights Act 102
トランスリティクス 189
トルストイ，レフ・ニコラエヴィチ Tolstoy, Lev Nikolayevich 168-169, 176, 178, 188, 196
「奴隷にとって独立記念日とは何か？」（ダグラス） "What to the Slave Is the Fourth of July?" 202
奴隷物語 slave narrative 201, 220
『トワイス・トールド・テールズ』（ホーソーン） *Twice-told Tales* 59-62, 67, 69, 77

【な行】

ナイール，ルクミニ・バヤ Nair, Rukmini Bhaya 24, 27
長いモダニズム 21-22
ナボコフ，ウラジミール Nabokov, Vladimir 39-41, 45, 49, 55
南部農本主義 13
南北戦争 The Civil War 14, 81, 83, 85-86, 88, 90, 93-94, 98, 100-101, 104-105
ヌーヴォー・ロマン 19
ネガティヴ 22, 165, 182-183, 185, 190

『詩をどう読むか』（イーグルトン） *How to Read a Poem* 33, 56
人工知能（＝AI） 26
人種 14-15, 18, 82, 101-103, 110, 115, 121, 123-125, 197-210, 212-218, 220, 222, 258
人種隔離政策（＝人種分離、セグリゲーション） segregation 15, 102
「人種についてのメモ」（フォーセット） "Some Notes on Color" 197, 217-218
人種分離 → 人種隔離政策
新人文主義 22
新批評 New Criticism 12-15, 18-19, 21-22, 28, 30, 40, 176, 259, 272, 277, 291, 301
「申命記」 The Book of Deuteronomy 82, 99
新約聖書 The New Testament 98-99
新歴史主義 New Historicism 260
「水晶の棺」（メイソン） "The Crystal Trench" 47
『スクリブナーズ』 *Scribner's Magazine* 81
スコールズ，ロバート Scholes, Robert 291-292
スタイン，ガートルード Stein, Gertrude 47, 176
スペイン内戦 167, 179, 192
スペンダー，スティーヴン Spender, Stephen 154, 158-159
『星座表』（アッシュベリー） *Planisphere* 180
政治テクスト 16-17, 23, 33, 36-39, 46, 49, 51-54
正典 → キャノン
精読指導 27, 257, 270-272, 276, 278
『征服されざる人々』（フォークナー） *The Unvanquished* 17, 81-108
世界文学 12
セグリゲーション → 人種隔離政策
『セメイオチケI 記号の解体学』（クリステヴァ） *Séméiôtiké: recherches pour une sémanalyse* 16
セルデス，ギルバート Seldes, Gilbert 48
戦間期 13, 21
全米黒人地位向上協会 National Association for the Advancement of Colored People 197
「善人はなかなかいない」（オコナー） "A Good Man Is Hard To Find" 19
『象牙の塔』（ジェイムズ） *The Ivory Tower* 157
創作科（＝クリエイティヴ・ライティング） 98, 102
「創世記」 The Book of Genesis 99, 103

【た行】

「退却」（フォークナー） "Retreat" 84 → 『征服されざる人々』
退屈 178-179

【さ行】
『サートリス』（フォークナー） *Sartoris* 105
「サートリス農園での小競り合い」（フォークナー） "Skirmish at Sartoris" 85, 104
→ 『征服されざる人々』
サーバー，ジェイムズ Thurber, James 19
サーモンド，リチャード・J Thurmond, Richard J. 90
再建期 The Reconstruction era 17, 81, 83, 86, 88, 90-92, 95, 100-102, 104, 107
『サタデイ・イヴニング・ポスト』 *The Saturday Evening Post* 81
『サテュリコン』（ペトロニウス） *Satyricon* 47
散文詩 22, 165, 181-182, 191-192, 194
「散文の理論」（クルーン） "Theory of Prose" 194
「シェイカー教徒の結婚式」（ホーソーン） "The Shaker Bridal" 64
シェイクスピア，ウィリアム Shakespeare, William 61
ジェイムズ，ヘンリー James, Henry 19, 21-22, 42, 46, 48, 90, 130, 139-164
ジェンダー gender 15, 38, 115-116, 125
識字力 → リテラシー
字義的な読み → 文字通りの読み
自己調整学習 self-regulated learning 304, 310
『七破風の屋敷』（ホーソーン） *The House of the Seven Gables* 58-60, 62, 63-65, 67, 71, 75, 140
「私的生活」（ジェイムズ） " The Private Life" 148
自伝 65, 157, 168, 226
『自伝』（ダグラス） *Narrative of the Life of Frederick Douglass* 201
シナトラ，フランク Sinatra, Frank 18, 111-117, 119, 125, 133, 135
『詩の理解』（ブルックス＆ウォレン） *Understanding Poetry* 19
資本主義 117, 177, 179
ジム・クロウ Jim Crow 93, 102
ジャクソン，アンドリュー Jackson, Andrew 17, 68-69, 91
ジャズ 18, 109-110, 114, 117-119, 123, 132
自由間接話法 free indirect narration 184, 204, 216, 273, 275-276, 279
「絨毯の下絵」（ジェイムズ） "The Figure in the Carpet" 140, 145
「出エジプト記」 The Book of Exodus 82, 99
ジョイス，ジェイムズ Joyce, James 46
ショーウォーター，エレイン Showalter, Elaine 24, 257, 259, 265-266, 273, 291-293
『小説の技法』（ロッジ） *The Art of Fiction* 274
『小説の理解』（ブルックス＆ウォレン） *Understanding Fiction* 19, 21, 272
「情熱の巡礼」（ジェイムズ） "A Passionate Pilgrim" 159
『触発する言葉』（バトラー） *Excitable Speech* 220
叙情的媒介性 176-177

グッドリッチ，サミュエル・グリズウォルド　Goodrich, Samuel Griswold　69, 77
「熊」（フォークナー）　“The Bear”　102, 105　→『行け、モーセ』
クラーク，ジェフ　Clark, Jeff　180, 194
クライトン，ジョアン・V　Creighton, Joanne V.　101
クラッシェン，スティーヴン・D　Krashen, Stephen D.　290
クリエイティヴ・ライティング　→　創作科
クリステヴァ，ジュリア　Kristeva, Julia　16-17
クルーン，マイケル　Clune, Michael　180-182, 187, 191, 194
グレアム，シーラ　Graham, Sheilah　228-229
グレイ，リチャード　Gray, Richard　105, 157
クレイン，ハート　Crane, Hart　180-181, 193-194
『グレート・ギャツビー』（フィッツジェラルド）　*The Great Gatsby*　47-48, 251, 260
グレッセ，ミシェル　Gresset, Michel　93, 104
『クロイツェル・ソナタ』（トルストイ）　Крейцерова соната　168-171, 173, 175, 192
グロスマン，アレン　Grossman, Allen　181
ゲイル・ジュニア，アディソン　Gayle, Addison Jr　14
『ケニヨン・レヴュー』　*The Kenyon Review*　12
ケネディ，ジョン・F　Kennedy, John F.　106
ケルアック，ジャック　Kerouac, Jack　18, 109-135
『言語と行為』（オースティン）　*How to Do Things with Words*　210
後期資本主義　179
口承性　25
「構成の原理」（ポー）　“The Philosophy of Composition”　38
高等教育機会法　Higher Education Opportunity Act　270
『高等教育クロニクル』　*Chronicle of Higher Education*　268
公民権法　The Civil Rights Act　102
コーク，サー・エドワード　Coke, Sir Edward　89, 106
コール，ナット・キング　Cole, Nat King　117-123, 125, 133
コール，ハンター　Cole, Hunter　106
「コールリッジの花」（ボルヘス）　“La flor de Coleridge”　154, 158
黒人文学　15, 201, 202, 269
国籍離脱者　179
国民国家　26
『コモン・コア』（各州共通基礎スタンダード）　*Common Core State Standards Initiative*　278, 290, 294, 297, 304, 307
コモン・ロー　common law　89, 106

オースティン，J・L　Austin, J. L.　210, 274
オースティン，ジェイン　Austen, Jane　40
オートリー，ジーン　Autry, Gene　123-127, 129-131
『お気に召すまま』（シェイクスピア）　*As You Like It*　61
オコナー，フラナリー　O'Connor, Flannery　19
『オデュッセイア』（ホメロス）　*Odysseia*　47
オブライエン，ジェフリー・G　O'Brien, Geoffrey G.　180, 194
『オン・ザ・ロード』（ケルアック）　*On the Road*　18, 109-135

【か行】

ガーディナー，マイケル・E　Gardiner, Michael E.　179
ガーネット，コンスタンス　Garnett, Constance　169, 188
カール，フレデリック・R　Karl, Frederick R.　101, 105
カイザー，アーネスト　Keiser, Ernest　14
『過去の感覚』（ジェイムズ）　*The Sense of the Past*　22, 139-164
『カサマシマ侯爵夫人』（ジェイムズ）　*The Princess Casamassima*　148
合衆国銀行　68-70
カッツ，ダニエル　Katz, Daniel　168, 175
「カティサーク」（クレイン）　"Cutty Sark"　180
カラー，ジョナサン　Culler, Jonathan　35
ガルシア・ロルカ　Garcia Lorca, Federico　172, 189
『変わりゆく専攻』（英語文学部協会）　*A Changing Major*　258, 261, 268, 285
カントリー音楽　18, 110, 124, 130, 133
キーツ，ジョン　Keats, John　183
『危機』（全米黒人地位向上協会）　*Crisis*　23, 197, 200
キプリング，ラドヤード　Kipling, Rudyard　47
キャノン（＝正典）　canon　13, 16, 21, 36, 86, 272
ギャロップ，ジェーン　Gallop, Jane　12, 277, 283, 299
「旧牧師館」（ホーソーン）　"The Old Manse"　65
旧約聖書　The Old Testament　98-99, 101
教育学　27, 284, 287, 291-292, 303-304, 310
『教室の英文学』（日本英文学会関東支部）　27, 30, 310
「共同作業」（ジェイムズ）　"Collaboration"　160
教養主義　26
禁酒運動　70, 76, 78
近代　25-26, 177-179
近代小説　184, 193
金本位制　17, 68-69, 71, 76

『アンクル・トムの小屋』（ストウ） *Uncle Tom's Cabin* 38
アンダソン，シャーウッド Anderson, Sherwood 16
イーグルトン，テリー Eagleton, Terry 33-35, 53
「イーサン・ブランド」（ホーソーン） "Ethan Brand" 70
『行け、モーセ』（フォークナー） *Go Down, Moses* 83, 100, 102-103, 105-107
イデオロギー ideology 13, 35, 37, 41, 53, 201, 205-206, 210, 212-213, 215, 217, 219-220, 222, 276, 289
イデオロギー素 17
「イデオロギーと国家のイデオロギー諸装置」（アルチュセール） "Ideology and Ideological State Apparatuses" 205
移転可能スキル transferable skills 271, 276, 304
「いとよきところ」（ジェイムズ） "The Great Good Place" 148
インターテクスチュアリティ → 間テクスト性
ヴァーチャル、ヴァーチャリティ 22, 178, 181-185, 187-188, 190-192, 194
ヴァーチャル詩 178, 181-182, 188, 190, 194
「ヴァーチャル詩論」（グロスマン） 181
「ヴァビーナの香り」（フォークナー） "An Odor of Verbena" 17, 81-108 → 『征服されざる人々』
「ヴァンデー」（フォークナー） "Vendee" 82-84 → 『征服されざる人々』
ウィムザット，W・K Wimsatt, W. K. 40, 54
ウィルソン，エドマンド Wilson, Edmund Jr. 234, 251-252
ウェルズ，H. G. Wells, Herbert George 140, 159
ウェルズ，ディーン・フォークナー Wells, Dean Faulkner 106
ウェルティ，ユードラ Welty, Eudora 19
ウォーカー，イライアス Walker, Elias 89
ウォルコウィッツ，レベッカ Walkowitz, Rebecca L. 191
ウォルトン，トマス・J Walton, Thomas J. 91-92
ウォレス，デイヴィド・フォスター Wallace, David Foster 168
ウォレン，ロバート・ペン Warren, Robert Penn 14, 19, 21-22, 272
『美わしきかな草原』（ハドソン） *The Purple Land* 48-51
英語教育 24, 27, 310
英語文学部協会 Association of Departments of English 258, 285
英語偏重主義 191
英文学教育 27
「エミー」（フォーセット） "Emmy" 23, 197-223, 272, 274-276
エリオット，ジョージ Eliot, George 143
エリオット，T・S Eliot, T. S. 47, 140, 159
エリソン，ラルフ Ellison, Ralph Waldo 14-15, 19-20
オースター，ポール Auster, Paul 168, 193

◉ 索 引 ◉

・本文および注で言及した人名、作品名、媒体名、歴史的事項等を配列した。
・作品名には括弧書きで作者名を添えた。

【英数字】

『2A』（クラーク & オブライエン）　180, 193
AI　→　人工知能
『AI vs. 教科書が読めない子どもたち』（新井）　26, 30
GRE（Graduate Record Examinations）　261
『O 嬢の物語』（レアージュ）　*Histoire d'O*　38
Y 世代　Y Generation　268　→　ミレニアル世代
Z 世代　Z Generation　269, 272

【あ行】

アイオワ大学ワークショップ　19, 22
「痣」（ホーソーン）　"The Birth-mark"　78
アシモフ，アイザック　Asimov, Isaac　54
アッシュベリー，ジョン　Ashbery, John　22, 173-178, 180, 192-195
アップダイク，ジョン　Updike, John Hoyer　19
『アトーチャ駅を後にして』（ラーナー）　*Leaving the Atocha Station*　22, 165-196
アドラー，モーティマー　Adler, Mortimer　269-270
『アブサロム、アブサロム！』（フォークナー）　*Absalom, Absalom!*　82, 85-89, 106-107
新井紀子　26-27, 30
アルコン，ジェイムズ・L　Alcorn, James L.　90, 92
アルジャー，ホレイショ　Alger, Horatio　49
アルチュセール，ルイ　Althusser, Louis　205, 220
『ある婦人の肖像』（ジェイムズ）　*The Portrait of a Lady*　143, 148, 162
『荒地』（エリオット）　*The Waste Land*　47-48

伊藤聡子　Satoko Ito
南山大学外国語学部准教授

［主要業績］
(共著)『悪夢への変貌――作家たちの見たアメリカ』(松籟社)
(共著)『身体、ジェンダー、エスニシティ―― 21世紀転換期アメリカ文学における主体』(英宝社)
(共著)「学習者の動機づけと英語習熟度―― L2動機づけ自己システム理論からの検討――」、『アカデミア』文学・語学編（南山大学）

舌津智之　Tomoyuki ZETTSU

立教大学文学部教授

［主要業績］

（単著）『抒情するアメリカ——モダニズム文学の明滅』（研究社）

（共編著）『アメリカン・マインドの音声——文学・外傷・身体』（小鳥遊書房）

（共編著）『抵抗することば——暴力と文学的想像力』（南雲堂）

杉森雅美　Masami SUGIMORI

フロリダ・ガルフコースト大学言語文学部准教授

［主要業績］

（共著）『悪夢への変貌——作家たちの見たアメリカ』（松籟社）

（論文）“Black Subjects' ‘Literal’ Resistance in Jessie Redmon Fauset's ‘Emmy’ and ‘There Was One Time!’”（*MELUS: Multi-Ethnic Literature of the United States*）

（論文）“Narrative Order, Racial Hierarchy, and ‘White’ Discourse in James Weldon Johnson's The Autobiography of an Ex-Colored Man and Along This Way”（*MELUS: Multi-Ethnic Literature of the United States*）

森慎一郎　Shinichiro MORI

京都大学大学院文学研究科准教授

［主要業績］

（論文）『夜はやさし』を雑誌連載版で／から読む（「日本F・スコット・フィッツジェラルド協会研究活動報告」）

（翻訳）フィッツジェラルド『夜はやさし』（作品社）

（翻訳）ウラジーミル・ナボコフ『淡い焔』（作品社）

◉執筆者紹介◉（掲載順）

高野泰志　Yasushi TAKANO

九州大学大学院人文科学研究院准教授

［主要業績］

（単著）『下半身から読むアメリカ小説』（松籟社）

（編著）『ヘミングウェイと老い』（松籟社）

（共編著）『悪夢への変貌——作家たちの見たアメリカ』（松籟社）

中西佳世子　Kayoko NAKANISHI

京都産業大学文化学部教授

［主要業績］

（単著）『ホーソーンのプロヴィデンス——芸術思想と長編創作の技法』（開文社出版）

（編著）『海洋国家アメリカの文学的想像力——海軍言説とアンテベラムの作家たち』（開文社出版）

（共著）『アメリカン・ルネサンス——批評の新生』（開文社出版）

島貫香代子　Kayoko SHIMANUKI

関西学院大学商学部・言語コミュニケーション文化研究科准教授

［主要業績］

（共著）『ノンフィクションの英米文学』（金星堂）

（共著）『悪夢への変貌——作家たちの見たアメリカ』（松籟社）

（論文）「新しい時代の到来と幻滅——『行け、モーセ』におけるバンガロー表象」（『フォークナー』第19号）

◉編者紹介◉（掲載順）

吉田恭子　Kyoko Yoshida
立命館大学文学部教授

［主要業績］
（単著）『Disorientalism』（Vagabond Press）
（単著）『ベースボールを読む』（慶應義塾大学出版会）
（共著）『悪夢への変貌——作家たちの見たアメリカ』（松籟社）
（翻訳）*Spectacle & Pigsty: Selected Poems of Kiwao Nomura*（OmniDawn）

竹井智子　Tomoko TAKEI
京都工芸繊維大学准教授

［主要業績］
（共著）『ホーソーンの文学的遺産——ロマンスと歴史の変貌』（開文社出版）
（共著）『悪夢への変貌——作家たちの見たアメリカ』（松籟社）
（論文）“Pain and the Possibility of Spaces Between: Henry James's Last Tale”
（*The Journal of the American Literature Society of Japan*, No. 17）

本書の刊行にあたり、学校法人立命館より助成を受けました。

精読という迷宮——アメリカ文学のメタリーディング

2019年9月20日　初版第1刷発行　　定価はカバーに表示しています

編著者　吉田恭子・竹井智子
著　者　高野泰志・中西佳世子・島貫香代子・
舌津智之・杉森雅美・森慎一郎・伊藤聡子

発行者　相坂　一

発行所　松籟社（しょうらいしゃ）
〒612-0801　京都市伏見区深草正覚町1-34
電話　075-531-2878　振替　01040-3-13030
url　http://www.shoraisha.com/

印刷・製本　モリモト印刷株式会社
カバー装画　MISSISSIPPI
装幀　安藤紫野（こゆるぎデザイン）

Printed in Japan

 ISBN978-4-87984-381-4　C0098